【南都娱乐周刊丛书】华语音乐名流访谈录

南都娱乐周刊 著

对弹

南方日报出版社
NANFANG DAILY PRESS
中国·广州

图书在版编目（CIP）数据

对弹 ：华语音乐名流访谈录 /《南都娱乐周刊》著.
— 广州 ：南方日报出版社，2013.8
ISBN 978-7-5491-0893-0

Ⅰ. ①对… Ⅱ. ①南… Ⅲ. ①访问记—作品集—中国—当代 Ⅳ. ①I253

中国版本图书馆 CIP 数据核字(2013)第 156755 号

DUITAN
对弹——华语音乐名流访谈录　《南都娱乐周刊》 著

出版发行：南方日报出版社
地　　址：广州市广州大道中 289 号
电　　话：（020）83000502
经　　销：全国新华书店
印　　刷：广东信源彩色印务有限公司
开　　本：32 开
印　　张：11.75
字　　数：280 千字
版　　次：2013 年 8 月第 1 版
印　　次：2013 年 8 月第 1 次印刷
定　　价：28.00 元

投稿热线：（020）83000503　读者热线：（020）83000502

网址：http://www.nfdailypress.com/

目 录

第二辑　舶来的爱

第三辑　幕后英雄

第四辑　摇滚悍将

序一　娱乐就是一种修行

知名传媒学者、中山大学传播学院副教授张志安先生曾经在微博上发帖："中国人的枕头底下不妨时常放本《南都娱乐周刊》。它，消费娱乐，又记录时代；追逐惊悚，又探求真相。娱乐至死不可怕，意识麻醉更可悲。今天翻了这期五周年专集，一本绝佳的娱乐报道教科书。若提建议：把明星当普通人写，把娱乐当成政治来想，让最煽情的故事都透着悲悯和理性。"这感受与评价，与2007年《南都娱乐周刊》获得中国新锐榜年度媒体荣誉的获奖理由有异曲同工之妙。主办方当时的评价是："它是当代中国最具报道深度的娱乐供应商，也是中国名利现场目击证人。它深入娱乐工业，解密星路奇缘，传递时尚趣味，不弃文化关怀。在名人私隐与公众知情权、八卦与游戏精神之间，它拥有近乎精准的节奏感。"

感谢这些知音慧眼识珠，能够穿越这些年来笼罩在《南都娱乐周刊》之上的"八卦"面纱，触摸到隐匿于主创团队骨髓深处的人文情怀与现实关切。作为杂志主编，我一再说，办刊的意义，不仅仅在于为公众提供信息、厘清真相、传播观念，更大的价值在于激发、唤醒一种阅读需求，并通过这种需求为自己寻找同类、为公众寻找知音搭桥铺路。而在《南都娱乐周刊》创办之前，内地兼顾娱乐工业与大众趣味之间的娱乐杂志几近断档，我们是在几乎空白的市场上艰难并谨慎地探索、塑造着专业娱乐媒体的品质与品相、内涵与外延。

我一直认为，娱乐新闻是突发新闻、社会新闻、深度报道和人物报道、文化报道的综合体，被戏称为“狗仔”的娱乐记者，其实是最具敬业精神的新闻人。正因为喜欢娱乐是人的天性，娱乐媒体不仅是舒缓个人压力、消解社会情绪的减压阀，更是传道解惑的软载体。娱乐，是我们和现实对话最亲切的手段，以娱乐的方式思考，我们也更容易理解人生的意义、生命的价值。就此而言，娱乐杂志的社会价值并不比时政杂志逊色。

好的娱乐杂志，绝对不是低俗八卦的代名词，而是一个民族最朴素的文化表达，最真切的审美呈现。优秀的娱乐报道，不仅能触动人性最隐秘的共鸣，还能够传递娱乐产业的善意与温情，更能够烛照当下生态与时代变迁。

为多元现实祛魅，替流行文化截图，帮娱乐工业助威，是《南都娱乐周刊》的愿景与使命。

我一再强调，娱乐离不开八卦消息，但八卦绝对不是娱乐媒体的全部；明星艺人的绯闻、恋情值得关注，但他们的表演能力、艺术追求和社会责任感更值得关注。《南都娱乐周刊》一直以独立姿态揭秘、梳理娱乐圈复杂的生态关系，同时也对迸发文化创造力的各类作品擂鼓助威，更对明星的公益慈善行动褒扬传颂。

一句话，《南都娱乐周刊》一直努力以柔软而新锐的姿态，传递着温润人心的正能量。

这次，我们将刊物中三个常设栏目《百家讲坛》、《时事开讲》和《返潮》的内容精选结集出书，就是对这种努力的集中延续与闪亮呈现。

《百家讲坛》，纵说明星风云际会人生，横看娱乐跌宕起伏脉络、拨云散雾，抖落轻浮浅俗的八卦笑料；推窗见月，还原酸甜苦辣的娱乐真相。我们费尽心思请来150多位娱乐大家，面对面口述对话，重构历史与娱乐之间的重与轻，梳理辉煌与散淡之间的得与失，在这些明星大腕的亲历与缅怀背后，构建的是一部更真实生动的娱乐史。

《返潮》栏目，关注的是近30年来逐渐从我们的生活与记忆中淡出的曾经的商品名牌，这个策划其实体现了《南都娱乐周刊》独特而细腻的现实关怀。30年，不过是历史一瞬，却足以留存一代人的成长记忆，从改革开放之初商品的寥寥无几到如今名牌琳琅满目，从简单到奢华，我们仿佛历经了几个世代，从几毛钱的雪花膏到万元的精华液，从永久自行车到宝马奔驰。那些包装古朴陈旧的居家用品，就像卖货郎走街串巷的黑白记忆，显得亲切可爱起来。《返潮》栏目就试图恢复这种快速时间运转下被遗忘的童年、少年记忆，当那些贝壳油、话梅糖、黑白电视剧、缝纫机、蜡笔、海魂衫……一样样在版面上展现，你一定能感受到岁月的回流，时间的凝固！现在这些老物件被我们重新包装，拍成精美的图片结集出版，在反抗遗忘的意义之外，却也焕发出新鲜的时尚感！

《时事开讲》其实就是针对各种娱乐新闻的热议酷评，角度刁钻，行文灵趣，或激扬挥斥，或皮里阳秋，嬉笑怒骂间，水落石出，见血封喉。他们的文字，见娱乐精神，也隐藏着解开娱乐真相的另一种密码，留待有心者去会心破译吧。

在《南都娱乐周刊》五周年特辑中，我写了一个题为《娱乐是最通俗的诗意》的前言，认为有娱乐精神的人是最幸福的，而创办娱乐杂志，就是为提高人们日常生活的幸福指数而“修行”，希望这套丛书，能够得到你们的喜爱，让我们一起修行！

《南都娱乐周刊》总编　陈朝华

序二　怀念

在我的心里，我的梦里，我的歌声里。

音乐是天给的，地上的一切声音：海潮、鸟鸣、伐木或是呻吟，都不是音乐。

音乐是天给人心的暗示，证明人有灵魂，是唯物主义绕不过去的沟坎。

世界上有许多民族没有文字，但每个民族都有音乐。

人们千山万水相隔，语言文字迥异，所以诞生了翻译这个职业。但世界每个角落的音乐都能互通，不需要翻译。

每当想到这些，我就觉得，生活在一个没有音乐版权的国度里也算合理，因为音乐如同天气一样，是天给的，老天爷的版权。

我们行里常说：好歌是天把着手写的，破歌是自己写的。

有人与天结缘，被天把着手写出一段段自己都难以复制的曼妙。五体投地。

行里又说：能唱歌糊口，是祖师爷赏饭吃；能抚慰千百万人的心灵，是老天爷赏饭吃。

老天爷吝啬，不常布施，所以，好歌和好声音不常有，要等待，要怀念。

下面开始怀念……

音乐人　高晓松

第一辑
那些歌声

张 蔷

在没有内地原创流行音乐的20世纪80年代，16岁出道的张蔷用她“猫爪挠心般”的独有音色，掀起了中国城市流行音乐的狂潮。凭借翻唱，港台流行歌曲飘满中国内地城市的大街小巷：《害羞的女孩》《爱你在心口难开》《潇洒地走》《好好爱我》《凉啊凉》《星期六》《恼人的秋风》……牵动了一代年轻人躁动的青春和新鲜的幻想。短短几年间，张蔷发行了28张个人专辑，在内地的总销量达到2000万，与麦当娜持平，列全球销量前三名。

★内地80年代流行文化标志

张蔷：她把80年代记忆都变成了磁带

张蔷坐在记者面前，指着饭店大厅说，当时我待的录音棚有这么大。从1980年到1987年，她曾以个人专辑内地总销量2000万的记录，成为当时流行歌手中当之无愧的“卡带女王”。张蔷的记忆如野草般蓬生，随料峭的春风扯出一面旗帜，那感觉，近看像她80年代引领潮流的爆炸头，远看则幻变成一个个叠着的歌者背影。歌声和时代，一并远去。

80年代之忆
“弹吉他被认为不正经”

南都娱乐：从什么时候开始接触流行音乐的，挺小吧？

张蔷：1980年，大概小学毕业之后，就开始接触流行音乐，最先听的就是邓丽君的歌，然后就是刘文正、凤飞飞。随后就开始听国外的歌，比如Bee Gees、日本的大桥纯子。我特别喜欢大桥纯子，她的歌有Funk的味道，我后来唱歌都是往这个路子上靠，很注意节奏感。我第一次登台是在15岁，1984年，那时候在北京海淀剧院举办北京第一届流行歌手大奖赛。我当时对吉他并不熟，只会简单的扫弦，只叫了个朋友在旁边帮衬下我，就算开始了我的歌手生涯。

南都娱乐：听成方圆老师说，那会儿女孩子弹吉他都被认为是不正经，是这样的吗？

张蔷：是这么回事，那时候女孩子要是弹个吉他，会被人说成不学好。吉他那时候都不能看做是一种真正的乐器。不过，成方圆弹吉他比我早。对了，还有朱明瑛唱《男子汉宣言》时，我不准我弟弟说话，说“我正录音”呢。

那个年代
“歌手都学邓丽君”

南都娱乐：你几乎很少上电视，演出也不多，基本上就在录音棚里待着，算是“棚虫儿”了，第一次进棚，什么感觉？兴奋吗？

张蔷：不兴奋，那个时候录音棚特别大，就像现在我们坐在这里的饭店大厅。我小的时候就跟我妈进她们单位中央乐团的录音棚，能很近地看到李谷一在录《乡恋》、《妹妹找哥泪花流》。

南都娱乐：那时候，歌手之间的交流多吗？会不会经常在一起切磋歌技？

张蔷：那时候歌手特别单纯，除了在录音棚里录带子、演出，就凑上几个人，在建国饭店吃饭，或者在录音棚里打扑克，打麻将。常宽有时候就会背上吉他，跑到我家来，说给我听他弄来的国外的带子。他跟我说，等有钱了就去开出租，开酒吧。

南都娱乐：我听成方圆说过，那个时候女歌手甭管嗓音适不适合，全学邓丽君，像田震那样的声音，都能把邓丽君学得很像。

张蔷：是啊，因为没有什么可模仿的，只能学她了。其实我并不喜欢邓丽君，但是也唱，因为旋律不错。我更喜欢节奏性强的歌，那个时候的女歌手，大多数全一个味儿，甜甜的，（比如李玲玉？）对，她就是这个类型的。

南都娱乐：一直以来都说中国早期流行音乐缺乏原创性，你们唱的歌被认为是“口水歌”，你介意这样说吗？

张蔷：不介意，事实本来就是这样。那个时候，原创的歌，比如《长江之歌》，还是有革命的感觉，拿过来给我唱，我就觉得旋律没法听，而港台、日本、欧美等地的歌，毕竟有多年的基础，旋律就是比内地的强。所以，我们这些翻唱的歌手就起到了一个介绍和推广国外流行音乐的作用。崔健这样的摇滚歌手，早期组的乐队也是翻唱国外的歌。

南都娱乐：男歌手的类型应该比女歌手多一些吧。

张蔷：好一点。我记得分三类，比如学刘文正的，学罗大佑的，还有的就是学日本歌的，就是今天说的“哈日”吧，像周峰的《玛丽》、《灯火阑珊》等歌就是日本歌的调子，他那个时候也挺红的。

南都娱乐：你第一张专辑《东京之夜》卖得挺好，后来一般专辑都得卖100万张，是吧？

张蔷：是啊，其实第一张只能算可以，真正卖得好的是第二张《害羞女孩》。那时候，我们歌手都是一张专辑结一次，以后卖多少张都跟我们没有关系。我在香港听张明敏说，他那个时候每卖一张专辑能拿10港币。我记得我第一张专辑给的是1400元，后来就慢慢多了。

南都娱乐：那时候都在扒带子，比如你，还有张行、张蝶，被称为翻唱歌手“三张”。

张蔷：无所谓，那个时候国内的流行歌少，人们对音乐又很渴望，那只能去港台、欧美里找歌。虽然我们私下也说，从来没有说给谁版税，但是，全国都在这么干。张行也卖得很好，他比我录带子要早大概半年，张蝶在我后面，第一张很好，后面就不行了。她唱歌挺狂野的。

南都娱乐：那时候的卡带不像现在的唱片讲包装，封面的歌手都拍得很好看。

张蔷：那时候拍，我记得女歌手一定要拍得跟大糖果一样才好卖，因为盒带是不允许打开看里面内容的，只能靠封面吸引人了，除非老板把卡带的歌不停地放。

南都娱乐：有人说你的声音女人味挺足的，男人听你的歌，就有了性意识，你认同吗？

张蔷：哈哈，是有人这样说。我现在的老公就对我说过，我影响了他的青春期，他听我的歌就想找唱歌的女孩做老婆，没想到还真成了。

南都娱乐：那时候，全国的女孩子都看着你的卡带上的造型弄……你还弄过熊猫眼！

张蔷：是啊，那时候我能在我妈单位里看外面买不到的电影画报，都是欧美的，我就跟着学。时尚就这样，轮流转。我朋友就对我说，你看今天还有小女孩弄爆炸头，还有烟熏妆（王菲就弄过啊），我那会就用了。

南都娱乐：你们都会去全国各地走穴演出吧，像吉普赛人一样。

张蔷：是啊，那时，歌手就是坐着火车去的，条件也挺艰苦。

南都娱乐：还记得自己走穴时的情形吗？

张蔷：我在出国前最后一次走穴是在山西，和当地歌舞团一起合作的。在我之前，就是景岗山和周峰，他们当时也开始火起来了。（这样的演出能拿多少钱？）不多，最高的也就2000块，我最后一次演就是这个数。

【记者手记】

张蔷的离去，使内地翻唱年代的辉煌到此结束——此时，原创音乐风生水起，声势日盛。翻过80年代这一页，中国内地流行乐坛开始了新的起步。而当年的磁带皇后，也从一段失败的婚姻中终于悟出做女人一定要独立。在和记者交谈的1个小时20分钟内，她的儿子和丈夫就在一边等着，她的第二段婚姻，幸福美满。

（采写／艾辉）

印象：她是一个时代的Queen

文／平客

张蔷上《时代》周刊是1986年的事，她上的可是美国版的《时代》。文章很短，也就豆腐块那么大，配了张照片，照片上的张蔷梳着爆炸头，穿得花里胡哨。我记得文章大致说她是中国的迪斯科女皇，如果我没记错，他们用了“queen”（王后）这个词。

尽管如此，张蔷开始流行的时候，我很是不屑一顾。1986年，我还是个艺术青年。我对哥们撇撇嘴，她唱的都是别人的，有空你听听人家原唱。

张蔷一盘接一盘地出，满大街都是，躲也躲不开，我开始觉得她唱的那味道和欧阳菲菲之类的有那么点不一样，于是腆着脸找哥们借来听，然后就迷上了。

现在让我回忆，我只能说，张蔷的声音挺独特的，欧阳菲菲偏中音，还是比较正的中音，张蔷的声音则偏高，关键是有那么一种懒洋洋的味道，不管翻唱谁的，哪怕是江玲，她都能给你变成张蔷。也就难怪她能成为皇后，她的磁带累计起来，都过亿了，美国人哪见过这阵势啊。

扯开时间线，1986这个坐标上，崔健已经开始他的摇滚征程了，尽管当年我心里还没原创这个概念，但直觉告诉我，歌得唱自己的才牛，可这个铁律却被张蔷活生生给打破了。当然不能排除时代背景的因素，那时候刚刚开放，咱们听过什么啊，土包子一样，给你二两假洋酒就美得屁颠屁颠的了。可也不尽然，为什么不是张三翻唱别人的歌成为女皇，却偏偏是张蔷，这里面还是有她的独到之处。那时候的翻唱太简单了，编曲配器，每首歌几乎都一样，可这往往更考验歌手的声音实力，我觉得张蔷的成功靠的还是她声音的感染力。

前几年，张蔷把她80年代高产的所有专辑都出成了CD，我兴冲冲买了一套，听得我眼泪哗哗的。她也试着复出，找人写歌，按照包装那套路线出了新作品，说实话，听不进去。

我以前信奉音乐的永恒性，就是说真正牛X的作品是可以跨越时代的。从张蔷开始，我慢慢发现，尤其是流行音乐，几乎所有东西都不可避免带有时代属性，你给80后听听张蔷，他们也许不会像听Beatles（披头士乐队）那样还得装着说真好听，但十有八九，怕是奉承两句，拿起自己的iPod，里面全是周杰伦。

程 琳

出生于“九朝古都”——洛阳的一个艺术家庭，父母是洛阳艺术学校的创始人。6岁开始学习拉二胡，8岁登台演出，12岁考入海政歌舞团任二胡演奏演员，13岁一曲《小螺号》传遍祖国大江南北后，迅速成为中国歌坛年龄最小的新星，从此以其清新纯美的演唱风格奠定了她在当时中国歌坛的领先地位，成为中国流行音乐史上里程碑式的人物。《小螺号》《熊猫咪咪》《风雨兼程》《信天游》《酒干倘卖无》《妈妈的吻》等歌曲家喻户晓。

★内地第一代流行歌手

程琳：那个时代没有现在这么多垃圾音乐

她从小与音乐结缘，13岁家喻户晓，从此风雨兼程20余年；作为“内地第一代流行歌手”，程琳是最早将台湾民谣带到内地的人，被人称为内地音乐的铺路石；她有一段艰难晦涩又略带神秘色彩的情感纠葛，就像她的音乐一样备受关注，流传至今……程琳这个名字，在那个年代，几乎无人不晓。她用清新自然的声音，驱走了人们精神荒漠中的寂寞。时光荏苒，记忆定格，即成永恒经典……

1983年：童星生涯开始
“当时的社会还比较封闭”

张爱玲说过，成名要趁早。程琳红得足够早：9岁登台演出，12岁进海政歌舞团，13岁正式成名，成为中国歌坛上年龄最小的歌手。但是这条童星之路，程琳却走得异常艰辛。

南都娱乐：你那么早就开始出名了，是怎么走上童星这条路的呢？

程琳：那时候我什么也不懂，大家说唱得好听，我就上台唱了。其实我妈妈是唱京剧的，我从6岁就开始拉二胡。所以对我来说，走到艺术的舞台上是顺其自然的事。

南都娱乐：《小螺号》是你在海政歌舞团的时候唱的？

程琳：那个时候，我们团里的涪陵老师，还有其他的一些搞音乐的老师写了一批歌给我，《小螺号》也在其中。

南都娱乐：后来为什么到了东方歌舞团呢？

程琳：在海政歌舞团时，我是拉二胡的。后来大家发现我唱得挺好，就让我在台上唱歌。团里有个大姐，叫苏小明。有一首歌叫《军港之夜》，原本让她唱。当时有人建议说：那个小程琳，也唱得不错，让她也唱吧。团里就让我和她一起唱这首歌。唱了一段时间，（团里）又觉得一个小孩子唱这首歌不太合适，就把我给压下去了，让她唱。所以我不想在那儿待了，就去了东方歌舞团。

南都娱乐：当时你的台风好像引起了很大的争议吧？甚至还被禁唱。

程琳：是啊。说是颓废之音，靡靡之音。我大概有两年时间没有唱歌，后来到了东方歌舞团时才可以再上台唱歌。主要是当时的社会还比较封闭。那个时候的音乐类型很少，大家都没听过这种音乐，而且还是一个13岁的小女孩唱这种歌。所以觉得是不健康的东西。其实你现在来看《小螺号》，有什么不健康的呢？从这点上来讲，社会是在进步。

南都娱乐：当时是故意模仿邓丽君？

程琳：我觉得那会儿大家都是在模仿邓丽君。邓丽君是一个全世界都喜欢的歌星，我觉得没有人能超越她。但是我有自己的风格，不然也不会被大家记住了。

南都娱乐：十几岁时就去香港演出了？

程琳：除了演出，专辑也在香港制作，当时香港录音制作比内地要好很多，专业很多。

南都娱乐：成名过早带来负面影响了吗？

程琳：带来很多。比如我如果闯了红灯，警察见我是小程琳，可能就让我走了，我当时觉得很骄傲。过了这么多年以后，我才明白那是一件很丢人的事。一个小孩如果有太多的特权，会给她的成长带来很多的负面作用。这不是一个正常人的成长路线。我的生命中遇到很多让我很困惑的事情，出名以后，我一直觉得自己和别人不一样，我有很多特权，所以我特别想离开这个环境。我想到一个没有特权，没有人认识我的地方，想知道我到底是谁。我到了美国、法国和其他国家，都没人认识我，我感觉特别好。大家都不认识我，交到很多好友，这让我很有安全感。

80年代末：花儿正红

“《信天游》让我长大，‘西北风’让我成熟”

也许对于程琳来说，侯德健是一个不得不提，却又被她故意屏蔽在记忆之外的人。因为侯德健，她成为了国内流行音乐第一人；因为侯德健，她离经叛道，备受孤寂和流言的袭击；因为侯德健，她得到了很多，也付出了很多……侯德健这个改变她一生的名字，已经永远无法从她的生命中抹去。

南都娱乐：是不是有了你和侯德健老师的合作，才有了你后来歌唱事业的巅峰？

程琳：可以这么说，他是一个很优秀的音乐人。要合作我就和最好的音乐人合作，这也是我的追求。

南都娱乐：也是因为你的原因，侯老师才能更好地融入到大陆的音乐环境中吧。

程琳：我认识他的时候，他已经到大陆，所以他肯定会接触到大陆的音乐市场。只是因为我演唱他的歌曲，才让大众认识到他吧。

南都娱乐：私下的他是个什么样子的人呢？

程琳：我不太想评价他个人。这个事情都是上个世纪的事了，已经纠缠了我很多年。我只愿意对他的音乐作出评价。他对中国流行音乐作出巨大贡献，我觉得应该颁给他一个终身成就奖。

南都娱乐：你觉得当时台湾的流行音乐为什么会在大陆如星星之火，迅速燎原？

程琳：因为当时大陆没有流行音乐，另外也没有原创歌曲。我唱了很多原创歌曲，大概有二十几首是大家耳熟能详的，这是最重要的原因吧。

南都娱乐：那个时候就意识到原创的重要性？

程琳：我小时候是拉二胡的嘛。受到的教育就是这样的，艺术家就要不断地创作。如果你没有创造，你只能永远拉别人的作品。像我和崔健聊天的时候就说过，我们的创作在国内是不能讨好市场的，不像在国外，原创会特别受鼓励和支持的。原创歌曲一直都是我追求的。

南都娱乐：你的《信天游》让中国大地刮了一片“西北风音乐风”。这首歌和你之前的作品风格区别很大。

程琳：《信天游》是解承强的作品，之前有别的歌手唱过，但是解承强不太满意。新版的《信天游》音调上选用了北方民谣，配器上吸收了摇滚乐的元素，我有幸把《信天游》唱到了春晚。那时，《程琳新歌1987》是我事业成熟的一个标志。很多人都说，程琳不再是唱着《小螺号》和《熊猫咪咪》的童星了。而我略带北方戏曲唱腔的声音正是业内人士认为演绎《信天游》的最佳人选，电声乐器的使用也令当时听众倍感新鲜。可以说，《信天游》让我长大，“西北风”让我成熟。

南都娱乐：80年代的音乐环境是怎么样的呢？

程琳：那个时候并没有现在这么多垃圾音乐，因为我们把音乐看得比较神圣，比如说一些作曲家通过专业训练，专科毕业，他写一首歌曲可能会比较保守，可是他会去采风，到不同的地方去住两三个月，就是为了和当地的音乐家交流。现在的流行歌手很幸福，人们的认同感逐步提高；现在流行音乐的包装、制作手段上了一个台阶。但是现在很多年轻人就是为了出名去唱歌，并不是真的喜欢音乐，我觉得这是很可怕的。

南都娱乐：你有违背自己的意愿，唱过一些不想唱的歌吗？

程琳：虽然当时中国的大环境并不鼓励个性化发展，但是我还是一直坚持唱自己想唱的歌。春晚的时候让我唱一首歌，我说我不唱；还有50集电视剧的主题曲让我唱，我说我不唱，我放弃了这些出名的机会，是为了保留作品的价值。

90年代：从远走他乡，到回国发展

“我必须成长，那些老的东西只能留在过去”

对于程琳远走他乡，在外游历5年的原因，众说纷纭。有人猜测是因为她的感情经历，导致事业低谷；有人说她由于恋情失败，出国疗伤；也有人说她盲目追赶出国潮流……程琳本人给出的答案很简单，简单到让人难以信服。1994年程琳回国了。在近五年的海外旅居生活中，她完成了美国的音乐学业，并且在洛杉矶成立了乐队。对于曾经，她说得不多，有些避讳，洗尽铅华后仍沧桑。

南都娱乐：为什么选择在最红的时候出国呢？不怕被人遗忘吗？

程琳：我认为在国外进修也好，开拓环境也好，提升自己的修养也好，都是值得的。前段时间我去参加赈灾义演，请我唱《熊猫咪咪》，我唱的时候很多人都在流眼泪。有人问我，你怕别人会忘记你吗？我说我不怕。我一直说伟大的作品流传下来都是因为那些作品，而不是因为哪个人留下来的。一定是你的作品在前，人在后面，有了作品，才会有你这个人。

南都娱乐：在国外的几年你做了些什么？

程琳：我先去澳洲待了一年学习英文。然后去法国，在巴黎待了半年，跟各种艺术家混在一起。后来到了美国，待了差不多五年，在加州大学读了一年英文，两年音乐。我是一个非常热爱生活的人。我觉得我的生活不应该只在舞台上唱歌，所以当时特别想到国外去看看，了解各国的风土人情。现在每年我都要花四五个月的时间到世界各地，我去过印度、土耳其、以色列、非洲等国家和地区，我也非常善于思考。可能现在对我来说，思考的东西多了一些。

南都娱乐：这几年收获一定很大吧？

程琳：在美国，我认识了一批音乐家，他们都是非常有爱心、非常有责任感的人。在他们的影响下我的世界观发生了改变。音乐是为人类服务的，如果音乐家以自我为中心，只是发泄一下，那意义就不大了。这是我整个人的一次转折。国外的几年学习，对于我现在对音乐的演绎和理解有很大帮助。

南都娱乐：1994年你就回来了，听说你后来曾得到过黄霑的帮助？

程琳：黄霑是我很早就认识的朋友。当时我让陶喆帮我制作歌曲，黄霑听了以后，给我建议，说让我坚持自己的风格，我要是唱R&B，别人也不会再热衷了。他还说陶喆是假洋鬼子，呵呵。现在我觉得他是对的，多亏他，我才能坚持下来。

南都娱乐：你回国后发展顺利吗？

程琳：刚回来的一段时间，发展并不顺利，面临很多困难。当时人们对我有一种误会，认为我和政治有关系，但其实我对政治一窍不通，这个误会对我是很不公平的，很多大型演出都不让我参加。有时候节目单上本来有我的节目，甚至我已经化好妆，马上要登台了，主办方却因为某种原因取消了我的演出。尽管这个打击对我来说是很大的，但同时对我是一种锻炼。

南都娱乐：1994年回国到现在，十几年的时间你都在做什么呢？

程琳：我一直都在创作，只是别人不知道，我创作的有器乐作品，被全世界音乐人公认的，比方说在中国，可能他们会介绍我是一个老歌星，但我其实是一个一直站在世界前沿的人，只是我不愿意宣传自己罢了。在美国和我合作的是美国最棒的音乐家。但在中国我追求更高的艺术的时候，我就会甩掉一批喜欢我的歌迷。就像之前喜欢我《小螺号》的那些歌迷，他们不希望我成长，他们希望我能保持原有的风格，这就是一个矛盾。但我必须要成长，在成长的时候会有一些新的东西，那些老的东西只能留在过去。

（采写／宋寻）

印象：对一个时代的呐喊

文／杨晋松

已找不到那台单卡录放机了，但我买的第一盘盒带的封面却永存脑海，广州太平洋烫金字的大红主色，一张不算上镜的娃娃脸上的笑容留存着集体主义特有的单纯机械与美好温暖。那时候编曲叫配器，配器突破了以《军港之夜》为代表的沙球加电子琴的简单，织体丰富，让一个清脆并充满气声的嗓音通过一首首童谣般的流行歌曲红遍大江南北，她就是程琳。

尽管程琳被说成大陆邓丽君，但以《童年的小摇车》为主打的第二张专辑基本是海政歌舞团付林的原创，作品发展了邓丽君的民谣风格，可以说摈弃了男女小情爱，充满对母爱、故乡、友谊等主流文化推崇的主题的歌颂。这其实与通俗歌曲情爱主题有一定偏差，却因歌曲中个体情感的前所未有的张扬而得到大众的认同。

尽管程琳本人现在已不多提侯德建这三个字，但如烟往事早已在《新鞋子旧鞋子》这张专辑中凝聚成历史。那位才子是首批越洋而来的宝岛音乐先锋，程琳与他的相恋使得她的演唱在最大限度上得到通俗流行的真传。《程琳1987》、《新鞋子旧鞋子》专辑至今仍能让人触摸到对一个时代的思辨与呐喊。她的确是代表20世纪80年代的歌星，那个时代的任何音乐与文化热潮中，我们都会找到她的名字相伴的作品，包括西北风也是由她演唱《信天游》而掀起。她个人情感的选择使得她摆脱了自身文化的局限，与她的作品一样成为时代的化石。

1989年，著名导演谢飞同样将目光锁定在了这位祖籍河南、自幼练习二胡的红歌星，请她与姜文一起主演电影《本命年》。程琳在片中本色出演一位歌星，仿佛是她暂别歌坛的一次最好纪录，她把她当年的单纯留在了与同样青涩的姜文牵手长安街的黑色背影上，她更是将一个思想奔放、血气方刚的80年代永远地留存在了胶片中。

1990年《本命年》在柏林电影节获得银熊奖，而程琳却从国内观众的视线中消失了。直到1994年，她辗转香港回归北京，依然以歌为生，1995年与黄霑先生合作《回家》专辑，唱尽思乡苦与青春祭。

老 狼

本名王阳。于1968年出生于音乐世家，母亲是中央广播交响乐团团长，父亲为中国航空航天部总工程师。大学毕业后，在北京一家工业自动化设计公司做电脑工程师，后参加香港大地唱片公司唱片《校园民谣1》的录制，演唱《同桌的你》、《睡在我上铺的兄弟》及《流浪歌手的情人》三首主打歌；《同桌的你》因为一场意外的大学生毕业晚会而瞬间红遍全国。

★内地校园民谣歌手

老狼：老狼不是我，我只是在扮演一个叫“老狼”的角色

尽管老狼认为“校园民谣”对于他本身来说，更多时候只是一个标签，但他无疑已经永远地和这个标签联系在一起了。20世纪90年代中期，《同桌的你》因为一场意外的大学生毕业晚会而瞬间红遍全国。著名小资作家安妮宝贝多年后曾气愤地说，老狼最好听的歌根本不是《同桌的你》，而是《青春无悔》。但无论是《同桌的你》还是《青春无悔》，老狼都以迥异于当时流行音乐充满商业味道的歌词和配曲以及低沉沧桑的诗情演绎，迅速攫取了当时年轻一代的心。

老狼的第三张专辑是2007年2月初发行的，距离他最火的日子，已经过去了10多年。10年里，他没有唱歌，但现在听来，他仍旧和当年一样，喃喃唱着对逝去的事物的感怀。也许这就是老狼的音乐宿命。时光溜走了，老狼依然在这儿。唯有旧日子带给我们幸福。

当年

“那时候唱歌，都是青春荷尔蒙啊”

南都娱乐：这么多年，才出过3张个人专辑，你的生活来源主要靠什么呢？

老狼：你想我唱歌的，我挣钱怎么也比上班族要来得容易啊，我明星啊（笑）。我唱一次，估计也够上班族一年挣的了。但我当然也不到处走穴，我最怕的是在走穴的时候飞机失事，自己一辈子就毁在这上面了（笑）。

南都娱乐：2007年2月份出的新专辑，你说特别有当年那个劲，当年哪个劲儿？

老狼：这次我唱《北京的冬天》，刚开始是个Demo状态的时候，我自己刻成CD听，很激动。还有唱《想把我唱给你听》，我一想到10多年过去了，就很感慨。因为当年第一次录男女对唱是和叶蓓，现在和另外一个女孩，年纪很小，岁月带给一个人的东西她不懂，我很难让她体会那种沧桑感，因为她还处在很懵懂的年纪。这种经历和年纪的差距，让人很伤感，我觉得心情回不到那个状态了。

南都娱乐：哪种状态？

老狼：小时候喜欢去冬天的北海玩，看他们滑冰，我特希望自己也像他们一样，手里牵一姑娘，滑得特溜。那时候快乐来得很简单——我小时候，还有我开始搞音乐的年代。

南都娱乐：什么时候开始接触流行音乐的？

老狼：中学时。学校办了吉他班，我喜欢唱歌，就报名了。抄了刘文正、罗大佑的歌，那时候唱歌受姑娘关注，出风头，都是青春荷尔蒙啊。我记得高考那年，同学都在复习功课，就我还抱个吉他唱歌。

我妈是搞音乐的，当时我们家住广播艺术团的宿舍，周围很多搞音乐的，像殷秀梅啊，孙国庆啊。我小时候最深的印象就是看孙国庆在走廊里唱歌，觉得倍儿帅，我走上音乐的“不归路”可能就是受了这种影响。

南都娱乐： 真正搞音乐是什么时候？

老狼： 大学时。1990年，我和高晓松开始组乐队，当时我也不太会弹吉他，没好好练。和我同时学的人都弹得很好，我只会一点，但就立即拿出去臭显。当年从我家窗口能看见一个女生家的窗口，我就在窗口显摆。当年我还写诗，崇尚文艺青年的生活，办杂志——狗子（北京作家）办的那个杂志传到我们学校，还被我妈拿到学校去告状，说是黄色小说。我还记得狗子那小说的女主人公，叫刘云。

南都娱乐： 那时候也是碴歌的年代吧？

老狼： 碴歌的事大部分在中学时代，大学时候也碴过，但没那个年代那么激烈。

当红

“‘老狼’是我和高晓松一起创造出来的形象”

南都娱乐： 在别人看来，你和高晓松是分不开的。

老狼： 是啊。那时候的音乐创作，都是高晓松。我的音乐之路上，最重要的也是高晓松，没有他就没有今天我这人。而且“老狼”是我俩一起创造出来的形象，在人们心中，他是个伤感的、唯美的人，但实际上我并不是这样。

我和高晓松一起玩了很长时间，也创作了很多东西。毕业后，我工作了两年。1993年底，他拉我录《同桌的你》，然后在1995年大学生毕业晚会上我唱了这首歌，一下子火了，红遍全国。然后我才开始做唱片歌手。

南都娱乐：同时代还出了很多歌星？

老狼：1994年在中国流行音乐是个小高潮，当时一下子冒出了十几位歌手。郑钧、林依轮、高枫、孙悦、戴娆等等出了一大堆。而且大家都感觉特别新鲜和好奇，比如在排行榜争夺排名啊，在颁奖礼争夺地位啊，都很好玩。那时候排行榜也是刚开始有，不多，好像只有广州、北京、南京、上海有。那时候很开心，因为老在一起演出，一下子认识一大帮人。

南都娱乐：校园风潮起来后，你是不是突然觉得自己不一样了？

老狼：当时心里觉得特别牛，一下火了，有点不可一世的感觉，更想唱歌，更想出风头。后来有那么一段走穴的生活，记得突然有一天从台上下来，我脑海中闪过一个问题，这是我要的生活吗？这么一问，就颓了。于是跟这行的交往也慢慢少了。后来我想我在扮演一个角色——“老狼”的角色。

南都娱乐：你怎么看同时代的歌手？

老狼：我觉得他们每个人都挺棒的，我经常和他们一起演出，他们唱得好的时候，我会觉得真不错！高枫的《大中国》我并不是很喜欢，但他才华横溢，能写出各种风格的作品，还是很了不起的。还有林依轮，他一站台上就把气氛调节得特别好。我从来没觉得他们俗，好像大家看起来我不是那种很商业的歌手，但我也从来没觉得自己牛。《老鼠爱大米》也有它自己存在的道理，即使有人讨厌，它也不会因为自己的判断，而变得有价值或没价值。

南都娱乐：当时的高校、大学生是什么样子？你和他们有过更多接触吗？

老狼：那个年代高校特别狂热，我们随便去一所学校，往台上一站，还没出声，下面的气氛就到了顶点。我没跟大学生有过多接触，那时候也不会像现在，一去公司就发现有很多歌迷来信。

南都娱乐：你的音乐是和情怀分不开的？

老狼：当时我感觉自己很纯洁，可能那种情感也很纯洁，我唱歌的时候会想象一些美好的感情故事，会回忆一些画面，并通过那种故事来感动自己，再通过感动把歌唱好。比如《恋恋风尘》，那感觉就像在下雨的胡同里撑一把伞，对面走来一姑娘。

南都娱乐：当时的思想状况呢？看什么书或电影？

老狼：当时看的书是国外的多。过了30岁我反而开始喜欢中国的书。特别影响我的是《在路上》，那种自由的精神生活状态，当时看到了，深受影响。电影呢，当时看的是《37°2》《美国往事》《牯岭街少年杀人事件》，还有《碧海晴天》、《新桥恋人》等，是残酷青春浪漫主义。

当下

“我从来不想一杆大旗扛到底”

南都娱乐：进入90年代后期，民谣风潮低落了，你当时的感觉是什么？在做什么？

老狼：我才不在乎呢，跟我有什么关系！我在混日子，走穴，挣小钱。

南都娱乐：后来你又出了第二张专辑？

老狼：对，就是《晴朗》。当时觉得想干点什么，就又出了一张。感觉自己又被重新记起来一回。

南都娱乐：做这张专辑时，“校园民谣”在你心里有什么变化吗？

老狼：校园民谣是当年的概念，是一个标签，这么多年，我并不是特别在意这个东西，也不想一杆大旗扛到底。我觉得也就是我们作品里呈现出来的那种与商业歌曲不同的气质，感染了不少人，不至于一直扛着这个。校园民谣走来的一批人，像我、高晓松、黑楠等，都有那种气质，但现在来说，他们也不会写《我爱你祖国》或《老鼠爱大米》。

南都娱乐：你会一直“校园民谣”下去吗？对现在的中国民谣状况你觉得如何？

老狼：我没有民谣的概念，也没有刻意地在乎是不是校园民谣。我后来听的万晓利、鲍勃·迪伦，包含政治啊生活啊等很多元素在里面。我们只不过是里面很小的一部分。直白的叙述是校园民谣，但并不代表所有的民谣。只要有歌有人有音乐，就会有民谣。

南都娱乐：回望10多年历史，中国的民谣似乎没有别的高潮，而且也不像台湾的“民谣”一样一直不衰？

老狼：大陆的民谣不弱啊。像万晓利、小河、小娟等等，他们的民谣做得多棒啊。如果说他们没有更多进入公众视野，那就是多方面原因了，比如公众的浮躁心态体会不到民谣的美感等等。

南都娱乐：平时听自己以前的作品吗？

老狼：我从来不听自己的作品，为什么听自己的啊，有那么多可以听。有时候看电视，发现某个电视台在播自己，我就立即换台。

南都娱乐：现在听什么音乐？

老狼：最近听的是马木尔，他唱的是哈萨克民谣，我觉得特牛。国外的音乐，现在更喜欢听Tom（汤姆·威兹）那样的。

【记者手记】

见到老狼的时候才觉得，他跟这么多年来在歌迷心中根深蒂固的形象完全风马牛不相及——不沉闷不矫情，爱玩，爱开北京人经常开的“扯皮”玩笑，丝毫没有在歌中给人的伤感形象，终于理解了他所说的“‘老狼’是我和高晓松一起创造出来的形象”，也理解了他所说的这么多年其实他一直在扮演“老狼”。

但老狼不是谁都能扮演的。这个原名为王阳的人虽然不热烈，但真诚坦荡，看人时眼神永远充满善意，想必爱好旅行的他在面对山川河流一草一木时也是如此。而且，他是那种活明白的人，言谈举止都是大家气象。

这么多年，年轻人走马观花拥有过很多偶像，但当老狼再度唱起歌谣，当我再度为岁月深处的悲伤仰起问询和感动的脸时，他是永远的偶像。

（采写／侯子英）

印象：一个年代的符号

文/和晓宁

老狼的歌唱技艺肯定不能用卓异来形容。可谁叫中国的流行音乐里那么多的脏乱差、假大空？他的发声至少没有匠气，没有被潮流污染。即使有的歌失败，那失败也听不出谄媚的意味。

无论如何，我们从老狼这里收获的是一种比较本色的声音，有北京青年的懒洋洋，但也是淡淡的，既不痞，也不文艺腔。这种质朴和内向，在抒情的高潮部分自然做不到游刃有余，可反过来说，他的抒情也因此让人觉得贴近内心，可以信任。

20世纪90年代的校园文化，是80年代末风云突变后满目疮痍的废墟，是赶在消费主义风暴彻底胜利前飘摇的小船。而其中最伤感、最安全、最柔弱、最才子佳人的部分，以风花雪月的散文诗与青春期（而不是青春）的情怀为底蕴，借一把木吉他，被淋漓尽致地表达出来。老狼正是在这股潮流中造就出来的人物，并被更广泛的群体喜爱，这首先要得力于高晓松的创作，当然也与刚才提到的他的演唱风格有关。

校园民谣风过去，老狼留在了音乐界，由工程师变成职业歌手，并且在退潮后可以作为一个年代的符号被人铭记。

我们看到了，北京在变暖，世界更加缭乱而浮夸，而老狼还在抒情，踏踏实实的。高晓松很久没有跟他搭档，何况当年的氛围和主题，也不可复制。而另一个贴心的郁冬，也因为种种原因没有出现在最新的制作班底中。当然，朋友们、棚虫们还在鼎力相助。但动人的力量，不是仅靠大伙齐心协力就能造就的。

总是捉襟见肘的唱片工业，而不是时代精神和心灵相通的爆发，成为了老狼如今的基石。那么，谁也不能再要求这个不温不火、心思敏感的北京男人，再创造出奇迹。

在他唱片封面上，他的脸被修饰得过分干净，那些雪花也像来自童话，而不是来自谁的心。认识他的，了解他的，对他念念不忘的都知道，这并不真实。

艾　敬

辽宁沈阳人，创作歌手，曾经创作出版发行多张个人演唱专辑，以及其他EP单曲。并在20世纪90年代初以其独特音乐风格风靡亚洲，曾创下华语歌手海外销售纪录，并成功在日本以及其他国家和地区举办演唱会。

★内地第一民谣女歌手

艾敬：挺反感别人叫我“小巩俐”

作为中国原创音乐最蓬勃那些年的在场者，从艾敬在1992年那一刻率先唱出《我的1997》开始，就注定即使多年过去，她的故事还是会被翻出来，作为一个时代的符号挥之不去。从更市场化的角度来讲，艾敬的形象则更为丰满，因为她正是当年中国音乐“造星运动”和“签约时代”成就的神话，这只流浪的燕子的故事，不停歇地从一个城市到另一个城市，她的脚步所至，不仅是一个朝气蓬勃的理想音乐年代，更融合进内地唱片工业人第一次集体且积极与国际接轨的步伐。

从艾静到艾敬

“在广州做翻唱歌手一晚上挣几千块”

当艾敬抱着吉他一路走一路唱地来到公众视野之前，她其实做过很多事，1987年，从小看过很多法国浪漫主义文学的艾敬便考入东方歌舞团做合约歌手，接着，她南下广州拍了电视剧，并以另一种方式进入内地乐坛——成为当时特有的“扒带歌手”，为真正的歌唱事业打下基础。所谓“扒带”，就是将通过各种渠道流入内地的港台歌曲进行解剖和分析，还原配器，然后召集一批歌手进行模仿、演唱，最后由音像公司投放市场，这是在海外音乐引进还是一片空白的特殊时代存在的特殊制作方式。

南都娱乐：我们很少能触及你在《我的1997》以前的一段经历，现在看来那段日子对你来讲有什么意义？

艾敬：简单来说，就是先在东方歌舞团做签约歌手，之后去广州唱歌，然后回到中戏读表演，之后拍电影。以前我不会提，在广州那段时间我其实翻唱过很多歌，至少有10张专辑，录了很多，唱了很多比如罗大佑、千百惠的歌，我学过声乐，能应付千百惠那种高亢的声线，所以她的几乎所有专辑我都翻唱了。当然，那时候没有盗版的概念，都是找歌手重新录音，唱片公司的要求就是跟原唱者唱得越像越好。那时候的北京和广州是两个完全不同的气氛，广州那边已经在靠音乐挣钱了，我当时唱一首歌大概两三百元钱，一个晚上能录10多首，就是几千块，所以其实我很早就是小富婆了。（笑）

南都娱乐：那些盒带上就是叫艾敬？

艾敬：不是，改了名叫艾静，我那时候很少写自己的名字，根本不想让别人知道我是谁，但其实那个阶段很重要，我对录音棚已经完全熟悉了，知道录歌是怎么一回事，这为以后做真正自己的唱片打了基础。

南都娱乐：因此第一张专辑你才做得顺风顺水，继而一炮而红？

艾敬：其实我在音乐上的发展一直不是很顺利，《我的1997》做出来之后将近两年才出版。我创作的东西在那个年代还不能被承认，主要卡在出版审批上，因为那个时候对于流行音乐尤其是在创作的度上，把握得非常谨慎，不知道该放还是该收，出版审查上经历了很多，比如《我的1997》那首歌，都是改了两句歌词才出来：“原来我留在广州的日子很长，因为我的那个他在香港，他可以来内地，我不能去香港”后面那两句改成了“他可以来沈阳，我不能去香港”。类似这样的事情每一张专辑都有遇到，这些外人都不清楚，其实是有很多波折的。

边走边唱的人文女歌手
“那时我身边都是‘文青’”

艾敬推出《我的1997》前几个月，第一个市场化的歌手在广州诞生，那就是杨钰莹，这个唱情歌的甜妹子还与毛宁一起结成“金童玉女”打天下。在南方的强势市场出击下，艾敬的出现，被视作当年在北京的唱片业者的重拳还击。引入海外资金的大地唱片的音乐人刘卓辉、黄小茂在唱片业率先实行签约制，集合了内地最优秀的音乐班底推出了艾敬的首张专辑《我的1997》，“弹琴的是臧天朔，编曲的是三宝”，然而，在艾敬眼里，这一切却丝毫不是市场行为，反而带了点理想主义。

南都娱乐：在回顾那段历史时，我们常常会说艾敬是真正通过包装走红的艺人，你们当时对“红”是什么样的概念？

艾敬：实际上都想错了。我根本没有任何包装，作为一个新人，公司出很多钱请这么好的班底来做，而且是一张纯创作专辑，当时没有人认为我会成功的，包括我周围帮我做音乐的，包括我自己。那个时候根本对“红”没有期待，只是想把音乐做出来就好。

但我承认那个时候大家都很陶醉，像帮我制作的黄小茂，我记得他常拿着一罐雀巢咖啡有点小得意地说，哎呀，我们喝掉多少罐啊。大家真的是一起熬了很多时间去完成，觉得是在做一件理想中的事情，是在创作音乐。而我就想得更简单，大概就是想要能够有一张写着艾敬名字的专辑放在架子上就好了。

南都娱乐：可大家记住的你是“巩俐会唱歌的妹妹”这样的宣传词。

艾敬：其实我跟黄燎原他们在做唱片之前和过程中都是不认识的。唱片公司做完音乐之后，找到他们，想让他们对我的歌作评价。在我印象中，他们并不是那种听过很多很多歌的乐评人，反而更接近文艺青年，懂的东西倾向政治和文学方面，就是文笔特别好。那时我完全是个新人，没人认识，说长得像巩俐当然是一个策略，但其实我自己挺反感的，不想像别人，尤其我这种埋头做自己工作的人，当然希望有自己的特点。但我的个性属于不是很在意的人，主要的东西没误会我就不去解释了。我觉得买我唱片的人是通过外形了解我的，我不介意，因为通过这样的机会买唱片了，就是给我一个机会，都是好的。

南都娱乐：很奇怪，你说没有包装，但是却做了不少当时内地歌手少做的事情，比如当VJ，还有拍风格化的MV。

艾敬：他们的确帮助了我，我们选择的那些导演，他们自己就带着很多主意，注入了很多自己的想法在里面，比如《流浪的燕子》是顾长卫导的，而张元拍的是《我的1997》。所以你看，我周围都是文艺青年出身，整个的气质、听的歌都是有这样的印记，他们都很纵容我，他们觉得音乐就是这样，应该注重心灵情感的表达，在音乐中这是最重要的，而不是外在的包装。可能正是对音乐本身的专注，反而形成了一种新效果，像去卫视中文台做VJ，是因为那个导演说，没想到内地还有喜欢穿牛仔裤、形象看上去这么时髦的歌手。但你知道吗？我真的是最没有包装的，很多年都没有造型师，上台都是自己的衣服。我去了香港之后就会觉得我不会在香港久待，他们一场演唱会换几十套衣服，我觉得自己不能融入香港，觉得彼此不能接受。

跟国际接轨
“我是被淘汰的歌手”

艾敬的第三张专辑是在日本录制的，在当年那批走红的歌手忙着商演的时候，艾敬已经走出了国门，在资讯并不太发达的当时，人们只觉得唱红了很多自己的故事和时代记忆的艾敬消失了。

南都娱乐：你是很早就走出了中国，这种往外走是你自己在音乐上的一种追求的需要还是有人推着你向外走？

艾敬：是我对音乐的一种需要，当然也有很多人推着我，我背后有很大的力量，周围的人，经纪人唱片公司给我提供条件，支持我毫不犹豫地往前追。有些人会说好像《我的1997》红了之后我就消失了，其实是因为那时候国外的工作太多。我从没有想我应该多留下来赚钱，或者是把江山更稳固一些。我自惑是带着一个任务，希望除了中国人认可喜欢我的音乐之外，还有外国人也会喜欢，我觉得这是很了不起的一件事情。所以每次上台之前我都会说：我是艾敬，I'm from China（我来自中国），好像自己是一个文化使者。现在看起来很可爱，很天真，但那是很善意的。可能这也是女性艺术家和男性的区别，女性更加从本真出发，而不是把它当一个事业，是当作情感的，跟着感觉在走。

南都娱乐：你完全拒绝了商演？

艾敬：曾经有过一两次，但国内商演环境令我觉得没有乐趣，就只是为了赚钱。我尝试过自己带乐队，但是现场设备很简陋，有的甚至都没有乐队设备，这对我和乐队都有很大打击。由于我演出又坚持要带乐队，别人可能会认为我很麻烦，我自己也就不再去尝试了。加上签了日本公司之后，唱片都会预付版税，更加不用为经济担忧。

南都娱乐：之后你也曾经回归国内歌坛，但发现自己格格不入了？

艾敬：《是不是梦》那张专辑是分水岭，我是很倔的人，一些电视节目请我去，我不愿做游戏，只愿唱歌。我觉得音乐纯粹就是应该去唱。当这个圈子里娱乐因素越来越多的时候，这样的我是被淘汰的，但我并不放弃做音乐，只是放弃做职业歌手。我是反叛的，一旦很多人都喜欢一样东西，我就会怀疑，不可能啊，不可能让所有层面的人都接受，音乐应该艺术化，应该强调内容，关怀社会各个层面，比如我的作品中有写环保的，写老人的，写中国制造的，写民族的。

南都娱乐：你们那一代歌手，要么融入这个圈子，越来越进入核心层，变得纯商业化、纯市场化；要么就是像你这种越来越艺术化，这也是一个共象，走了两个极端，为什么你们在当时经历过那样一个状态之后会发生分流？

艾敬：我觉得这跟个性和个人审美有关系。有些人觉得团结就是力量，太小众就会太边缘，只有和大家一样才有安全感，要与时俱进。有些人会觉得和大家不一样才好，在吸收很多好的东西以后才能创造出来东西，有自己的信念，比如窦唯。对一些人来说，写出一个大家都能喜欢的歌很开心，而我就会觉得我的歌只有少部分人喜欢才很开心，不求同，我很害怕和别人相同。

【记者手记】

现在的艾敬想通了一件事，就是将音乐从爱人变作情人，想温存的时候便去创作，不再强求，但是年份之于她的特殊意义仍然在音乐之外得以呈现，2007年，香港旅游发展局邀请她写了10年后的香港。她对我说，黄燎原那个时候的记者最爱榨干歌手，细致到要问她每一句歌词的想法，但现在80后的记者会直截了当："我觉得你的歌一般，但我对你的故事很好奇。"日渐变成记忆的那一代重新发声，要么就变作传奇被人膜拜，要么变成古董为人研究。但不变的是，他们谈起音乐，你还会相信，那真是他们的理想。

（采写／张燕）

印象：流浪在街头的小女孩

文／杨闳

在娱乐圈有一种人，也许名声并非大到天上去，也许出场费、代言费、身家并没有多少，更也许他们今天已经淡出人们的视野成为普通如你我的凡人，但他们是那种曾经影响过一代人或者引领过风潮的大人物。艾敬就算是这种吧。

20世纪90年代初，电视台播放《我的1997》时，那是一个纯净甜美异常的姑娘，用今天的话说，她的样子一开始就是复古和文艺的，但那时没这些词儿，我们只知道，这个东北姑娘跟之前所有的晚会歌手都不太一样。甚至你问一个喜欢艾敬的人她到底哪里不一样，也不大会有人说得清楚。那时大陆还是一块流行文化贫瘠得几近荒凉的地方，虽然几乎家家都有视为家用电器的收音机、录音机和随身听，但是音乐教育对于20年前的人们来说还是一项奢侈的项目。所谓音乐无非是老师钢琴伴奏下唱那么几首虽然动听但非常枯燥的歌曲，流行音乐虽然已经蔓延开来，但从小缺乏必要的音乐熏陶和音乐多元性的欣赏，也是数代人身上不争的事实。

艾敬的清新和卓尔不群令其一出道就迅速走红华人圈，这在当时并非是噱头或者宣传奏效，而是一种天赋使然。整个90年代初是艾敬红遍华人世界的几年，她不动声色，甜美动人，唱着不俗气的歌，写着自己心中的小小梦想，无论是对于偶像文化刚刚兴起的台湾香港来说，还是对于流行文化正待爆发的内地来说，艾敬都是一种特例，她跟所有上一代和同时代歌手、创作者不同，她笔下是小人物的悲欢，她哼唱出来的是一个时代的印记。

也许艾敬身上那种东方人温文尔雅、缓慢朴实的风格成就了她，她既得到了只能接受大众娱乐的流行产品消费者的拥护，同时也令那些文艺趣味明星中特立独行的一群人非常信赖，她成了打通大众文化与精英文艺范式的流行歌手，是继罗大佑、崔健等歌手之后，又一位用心灵创作打动大多数人的歌手。

尽管艾敬被追捧的时间并不长，但这并非源于她自身的某种障碍，而是当时不健康、不健全的流行文化机制。比如她被不合时宜地包装成独立歌手，后又被送到日本等地再次被包装成在海外吃香的文艺歌手，再或者她又被当时庸俗的流行机制贩卖成邻家女孩形象，这些都是阻碍她取得世俗意义上更大成就的外在原因。

不过，当时间之河不可逆转地迅速流淌过之后，我们回望自己生命的时刻当然不会再计较某个时段的得与失。艾敬本来就是沈阳街头的一个流浪小女孩，我们记住了她那段美好的歌声比什么都重要。

汪 峰

1970年出生于北京，自幼在中央音乐学院学习小提琴、中提琴并完成本科学业。17岁开始涉猎流行音乐。1993年汪峰作为发起人成立鲍家街43号乐队，2000年以个人名义签约华纳音乐。2004年7月发行《笑着哭》，第一主打歌《飞得更高》在音乐之声“Music Radio 排行榜”7周高居榜首，打破了该榜自1997年建榜以来的纪录。

★内地摇滚中坚

汪峰：我现在更摇滚，年轻时是无知无畏

当大部分人还停留在身着奇装异服，唱得歇斯底里，表情愤世嫉俗，内心颓废疯狂才是摇滚乐的时候，出现了这样一支乐队：磁性的嗓音、有节奏的旋律、伴随着蓝调的优雅，不闹腾、不刺耳、不吼叫，却可以把心中的苦恼和沉闷倾泻得一干二净，这就是鲍家街43号乐队。那时候作为主唱的汪峰，得到了很大程度的肯定和认可，包括现在对其音乐不屑一顾的乐评人们。离开乐队单飞的汪峰仍然惯用浪漫的手法和人文内涵，但似乎经典真的只有一次，不能重来，也不可复制。从不可一世的愤青变为居家的中年男人，也许是人生必经的过程。

关于鲍家街43号

“崔健说我们玩的这个很好，前途无量”

鲍家街43号，一个众所周知的门牌号——中央音乐学院门牌，也是一个已经不复存在的乐队。虽然这支乐队只有7年的生命，但是它勇敢地抛弃了中国摇滚背负的沉重包袱，吐露了摇滚音乐人面具下淳朴本真的温柔。撕裂人心的孤独、似懂非懂的愤怒、

懵懂莽撞的梦想、颓废焦灼的迷茫，无一不在演绎着珍藏在心底的青葱岁月。就如同那首《晚安，北京》一样，不完美，却难忘怀。

南都娱乐：你的音乐中，一直有蓝调的音乐元素在，是受谁的影响，还是和你的教育背景有关系呢？

汪峰：应该是和我的教育背景有关系，我从小上音乐学院嘛，所有现存的流行音乐的根源就是蓝调。我觉得如果没有专门研究过，做什么都不太像，做出来的音乐总是会有缺陷。尤其是流行音乐和摇滚乐，真的来自西方，我们不是在搞中国的民乐，那么确实应该去学习别人的音乐中根源的部分，那时候你出发的基础就和他们一样了。

南都娱乐：你和很多摇滚乐手不同，有良好的家庭背景，有大学学历，还是科班出身，这些会不会是一个很大的优势呢？

汪峰：其实我从来不觉得自己的家庭背景，还有受过专业的音乐训练，有多大优势，唯一优势可能就是生命力会稍长一些。因为当你创作灵感枯竭的时候，比较深厚的音乐基础会让你恢复得比较快。

南都娱乐：当初抱着初生牛犊不怕虎的心态组乐队，有考虑过现实因素吗？

汪峰：当然考虑过。吃了很多苦，没有钱，也很艰难，但是我相信自己是可以做好的，因为我具备这样的音乐修养和素质，只是一直和自己较劲。

南都娱乐：当时乐队在马克西姆俱乐部的首演，是不是一鸣惊人？

汪峰：可以这样说吧。我们当时蓝调音乐的痕迹非常重，而且我们不是很纯粹的黑人的那种蓝调，我们比较有人文性、比较迷幻、比较靠近The Doors（大门乐队）。我们这种形式，当时全中国都没有。那天晚上又赶上和当时最好的摇滚音乐人同台，老崔、唐朝、黑豹都在。

大家一开始都没明白是怎么回事，怎么会有这么一支乐队？他们都觉得挺特别、挺不一样的。当时我记得下来老崔就跟我说："我觉得你们玩的这个很好，前途无量。"

南都娱乐：那为什么后来华纳只选择签你一个人，而不是整支乐队呢？

汪峰：他们觉得中国乐队特别不稳定，可能谁情绪不好，就解散了。乐队成员如果有一个声部没有了，再找人排练，是件极其麻烦的事情。而且国外的唱片公司合约做得极其严谨，每个人的合约可能都有厚厚的几十页。这一点也确实不能怪别人，当时确实很多乐队分分合合特别随意。他们对此不信任，而且他们觉得很多旋律、编曲、歌词都是我创作的，所以他们就想签我一个人。

南都娱乐：当时心里是不是特别矛盾？成员接受你的选择吗？

汪峰：心里矛盾了两个多月的时间，也为这个事情努力了两个多月的时间。但是确实没有办法。我必须得这么做，我要让我的音乐有更大舞台。乐队成员理解我的选择，但是很难接受，这搁谁都是一样。其实在我签华纳那会儿，乐队的成员已经在考虑、已经在选择自己往后的发展了。到现在我也觉得没有什么太大的错，他们到目前各自发展得都还不错。

南都娱乐：在和成员的合作过程中，最大收获是什么呢？

汪峰：收获太大了，你做过乐队和没有做过乐队创作出的音乐差别也太大了。你会对声部的重要性很清楚。还有乐队的团体合作，会让你学会怎么样在音乐上和合作的人沟通。什么是你要坚持的，什么是你应该理解的，这些东西都很重要，因为在以后，你会和无数的人合作。

关于变化

“我也不可能说我反感《飞得更高》，不然就太虚伪了”

进了华纳的汪峰，陡然间焕然一新。剪掉了牵绊的长发，穿起了紧身衬衣，戴起了象征潮流和时尚品位的框架眼镜。对于那些中国摇滚乐“骨灰级”的粉丝来说，这样的行径无疑是自甘堕落、离经叛道。虽然汪峰在任何时间、任何场合，都坚定自己创作摇滚音乐的决心，但是一首频频让他登上央视《同一首歌》等传统概念中属于流行音乐舞台的《飞得更高》，又让他在流行与摇滚的拉锯战中显得倍加尴尬。

南都娱乐：签约华纳这样的大公司后，有没有感觉束手束脚？

汪峰：没有。我签任何一家公司，都是以在音乐上有完整的自由权为前提条件的。比一切都重要的是，你不要告诉我该写什么不该写什么，其他的都可以谈，这个不能妥协。

南都娱乐：大部分音乐人做音乐都是抒发自己的心声，你怎么能做到音乐是为大众而服务呢？

汪峰：所有的创作者在创作的时候都不应该有为别人服务的想法，即只为我自己。优秀的创作者，他们的作品中都具备绝大多数从事艺术工作的人达不到的一点，就是说他们自己的个性已经成为了整个社会的共性。也就是说他在表达自己的时候，他的情绪和感受一定也是别人同样能体会的。所以这种东西，你刻意去做，是做不到的，一定是你的人格已经达到了某种高度，才可能实现。

南都娱乐：音乐为大众服务，但是大众喜欢的音乐，诸如你的《飞得更高》并不是你最满意的作品，你觉得这是矛盾的吗？

汪峰：一点不矛盾，《飞得更高》我写的时候也不是为了这些，也没人约我写。一首歌被这样用，这并不是我的初衷。但我也不可能说我反感，不然就太虚伪了。最最重要的，我觉得其实是通过这几首不是我觉得一流的作品，让大众知道，这个人一直在坚持做摇滚，摇滚乐是完全可以听得懂的，而且完全可以接受。这些歌，唱到了老百姓的心里面。在这一点上，是一个贡献。

南都娱乐：有人说从这一首歌开始，你已经背叛摇滚乐了，开始媚俗了？

汪峰：有些人一直在说自己很摇滚，被十分局限的音乐人推崇备至，但是却不明白这些人为什么值得去推崇。这一类人的作品缺乏很多基础的东西，碰到不懂艺术的评论家，最后就把它说成是特别摇滚。这无论对中国老百姓来说，还是对他本人来说，都是一种伤害。其实我的作品里还是会存在这样那样的问题，但是我一直坚持自己做事的方式和原则。

有人发现我开始上央视了，上《同一首歌》了，然后就说我是摇滚乐的叛徒。那么按他们的理解，只要是摇滚乐，听众就绝对不能超过一百万人，绝对不能出现在主流媒体上，你只要出现，你就是叛徒。我觉得说这种话的人，其实是对摇滚乐不理解，他才是真正的叛徒。首先在世界范围内，摇滚乐是听众最多的一种音乐形式，比纯粹的流行歌曲，要多得多。如果我不这么做，或者说别的摇滚音乐人不这么做，那么摇滚乐永远都只能蜷缩在地下，永远不被大众所接受。喜欢的人特喜欢，不喜欢的人，会觉得这是一帮特别愚昧、一帮自以为是的年轻人搞的不入流的音乐。做10场不够，做100场不够，当我做到200场的时候，大家一定会被我说服，觉得我没背叛摇滚，没有改变初衷。

南都娱乐：也有乐迷说你现在不如做乐队的时候摇滚了。

汪峰：我在创作的时候是不会去考虑商业因素的。你可以去听我的唱片，你告诉我，在我的音乐里面，有什么媚俗的吗？没有！我觉得做事才是最重要的。这样的想法和评价在国外是根本不可能存在的，而且会被人耻笑。我一直坚信的就是，什么时候你达到的那个高度是别人无法企及的时候，你才有资格去评论谁好谁不好，谁对谁错。而且换句话说，你真要到了这个高度，你就不会说这种话了。所以说那些话的人，是无知和幼稚的。我觉得肯定是现在更摇滚，年轻的时候是属于无知无畏。很多东西还不是那么成熟，也不明白。

南都娱乐：之前采访郑智化，他说他很反感《水手》，因为放得太多太烂了，那你呢？有没有对《飞得更高》产生这种情绪呢？

汪峰：我不反感，它存在有它的道理。就是觉得很疲惫。我也不会觉得它是个宝，我绝对不会一首歌唱到老。靠着一首歌，撑个十几年，中国经常有这样的现象，我觉得这个就太过分了。再过四五年，我依然可能唱这首歌，但如果大家还是觉得这是我最好的歌的话，我会觉得是我的悲哀。

南都娱乐：我想知道那些励志歌曲真的是你想唱的吗？

汪峰：我就没几首励志歌，一个是给奥运会写的《我们的梦》，这是我非常愿意写的，那是中国人的光荣。还有就是给非典写的《直到永远》，但是那首歌，我觉得很好，在特定的环境下，它还是能让人得到一些安慰的。

南都娱乐：到目前为止自己最满意的专辑有几张？

汪峰：《花火》、《勇敢的心》和《信仰在空中飘扬》。其他的问题都比较多，比如歌词的表达不成熟，音乐的局限性、雷同性和习惯性。

关于目前处境及同代好友
“可以很平和，但音乐中的力量还是要有”

什么是摇滚乐？什么是流行音乐？可能所有人心目中都有自己的定义。是同行，是战友，是携手走过20年风雨历程的知己好友，对于音乐的坚持、信念、执著，以及所有的美好的憧憬，他们都有相同的承诺和期许，对于各种始终徘徊在流行、商业、摇滚三者之间的指责，汪峰为许巍辩解，其实也在为自己寻觅一个答案。

南都娱乐：摇滚在你的心目当中到底是什么？

汪峰：其实特别简单，摇滚对于我来讲，是可以让我振作的一件事情。我认为摇滚乐是一个可以拯救人的东西，是最美好的东西。

南都娱乐：为什么说你的音乐是严肃摇滚？

汪峰：也就是说，我做的音乐不是为了娱乐，但是音乐带给人的快乐一定要在其中。比如你听我的音乐不会像听花儿一样，也应该和听孙楠的不一样。它是在讲一些问题，是更贴近内心的一种交流。所以从这种层面上，相对来说，我的音乐是比较严肃的，而不是说我的音乐特别古板。

南都娱乐：是当初玩摇滚难，还是现在更难？

汪峰：在我看来是现在。当初是没钱买不起好乐器，没有机会演出，穷。但我觉得这些问题是可以靠一个人的勇气、毅力、年轻去对抗的。现在是大环境的堕落和迷失，诱惑也多了，导致了很多时候进退两难。不像那时候我愿意说什么，唱什么，你管不着，反正我什么都不是。但现在不行了，还不是说错话，说句真话都不行了。所以有些东西我就拒绝。

南都娱乐：好像大部分摇滚乐手都看不起流行音乐，你似乎不这样想。

汪峰：如果有人做这行是为了赚钱和出名，我是看不起的。如果你想赚钱，大可不必进这行，你纯粹经商，够聪明的话，一定赚得比这个多。如果你做摇滚乐并以此为豪的话，我觉得没有问题，流行音乐里假大空的东西，你也可以看不起。但是有些流行音乐，我觉得挺好的。就说港台，你跟罗大佑、李宗盛能比吗？你别老拿什么S.H.E.说事儿，人家根本玩的不是音乐。咱们就不提思想和精神，就比唱功，你有王菲、那英、孙楠唱得好吗？如果你哪方面都比不过，那你就老老实实创作，说废话有什么用？当你有一天达到那种高度的时候，你什么都不用说，别人会觉得你就是最棒的。中国就这样，喜欢放大自己，把99％的不能归罪于时代的悲哀。其实哪个时代都是悲哀的，你去问问U2乐队，他们的时代也是一样的。

南都娱乐：第一代摇滚音乐人对你的影响大吗？

汪峰：我觉得就是崔健对我的影响比较大。如果说作品的话，最主要还是他的第一张专辑。不管他以后的作品怎么样，他的伟大是永远无法被取代的。他的音乐对我来说是一个强烈且极具高度的启蒙。

南都娱乐：感觉现在你和郑钧还很有激情，但许巍好像就完全是另外一种状态，开始走温暖平和路线了。

汪峰：是的，我也觉得。他也是台湾的公司嘛。但是老许的作品，即使不是这样操作，他自己的走向，起码近阶段的归宿也会是这样的。这和他的信仰、经历、性格都有关系。我和他聊天的时候我也说，希望他的作品再出现像《故乡》、《两天》那样的东西。你可以很平和、豁达地看待这个世界，但是音乐中的力量和激情，还是要有的。不过，他最起码能做到表里如一，所以我觉得也没有什么太大的问题。

南都娱乐：不过外界很多人说他越来越主流，开始包装自己，耍一些营销手段，不是原来那个许巍了。

汪峰：我不觉得现在的许巍有什么改变，很多人都是戴有色眼镜，似乎做摇滚就该穷，不能主流。我反而认为，许巍是做了一个表率，他告诉人们其实摇滚也是可以这样受瞩目的。

【记者手记】

记得第一次采访汪峰，是在某个颁奖典礼的媒体区，为了一个“春节”专题做准备。当问及春节怎么过时，得到的是“我不过春节”。如此硬邦邦、冷冰冰的回答，拒人于千里之外。但是和汪峰聊音乐，又是另外一回事，过程堪称愉快和舒畅。他口中滔滔不绝、源源不断的对音乐的理解和感悟，远远比他这个人看起来更有趣、更真实。

（采写／宋寻）

印象：时代阵痛与流里流气

文／杨闳

汪峰是那种早期在乐队时期风华正茂，后来单飞又能如日中天的少数成功学意义上有成就的音乐人。但如果我们要承认这种成功对于艺术家来说是有效的，那么就要先承认在“旭日阳刚”风波之后汪峰从这对农民工兄弟身上获取了更广泛关注的真实性和实用性。这并非一种悲哀，一个早已成名且规格和档次均高过后者的歌手，反过来从农民工地铁卖唱的兄弟组合身上榨取名气，这是一种时代悖论下的真实事件。所以没多久汪峰的个人演唱会海报上会将“春天里”几个字放上去，因为这三个字经过互联网的传播和视频的播放，已经远远超过“汪峰”这两个字的认知度。

但对于一个歌手来说，沉迷于经营和经营过后的成果，这才是令人感到悲哀的。1997年推出第一张乐队专辑时的汪峰，被人誉为大门乐队灵魂吉姆·莫里森在东半球的接班人，汪峰除了刻意模仿莫里森的唱腔和将专辑拍摄照片、设计风格均向其靠齐以外，其词曲确实有莫里森的神韵。换句话说，汪峰当年用曲高和寡的形式和扎实的内容成功塑造了一位优雅迷人的摇滚诗人形象。在剥去包装的外皮之后，袒露出来的内核，也令鲍家街43号这支乐队在当时显得卓尔不群。“我将在今夜的雨中睡去／伴着国产压路机的声响／伴着伤口迸裂的巨响／在今夜的雨中睡去”，汪峰成了时代之痛的诗化代言人，他轻易就将一个时代的背影挥洒出来，歌唱的是令人遗憾的现代化进程中的阵痛。

鲍家街43号乐队今天已经不存在了，但他们曾经引领过中国摇滚的风潮，也将当时的摇滚乐在乐理的深度和歌词的诗性上提升至新的境界。直到他们的第二张专辑，他们仍然是当时中国最有希望的乐队之一。鲍家街43号所达到的高度当然离不开作为主创和主唱的汪峰的贡献，但在如今汪峰个人取得堪称卓越的成就之后就将之看成是他曾经的个人乐队也属于势利的眼光作怪，吉他手龙隆、键盘手杜咏在音乐上的才华在后来的轨迹中也不难看到。

毫无疑问的是汪峰写出过打动人心的歌，更是用音乐击中过一个颠沛时代下生存无助的青年的心房，但这些不能阻止他如今已经成为一个流行文化意义上的俗气明星。你看他在访谈节目上畅谈自己的成功经验和孤芳自赏的表情就知道了，他倒在了自己曾经看不起的那份浮华和虚荣之上。还是想起顶楼马戏团在翻唱《春天里》完之后的点评——“纵然《春天里》是首好歌，也不能阻止它的创作者是个绝对的××”，也许这样才能解释作为一名歌手所呈现出来的双重悖论吧。

第二辑
船来的爱

费 翔

中国台湾著名歌手，他出生于台湾，成长于美国，曾先学医学又学音乐，他的歌唱天赋成就了他的音乐梦。1987年费翔以“第一位”回到祖国大陆的台湾歌手的身份，在北京中央电视台所举办的春节联欢晚会上以《冬天里的一把火》一唱成名。

★从台湾到内地的象征符号

费翔：春晚奠定了我两种不同歌曲风格的基础

我们一直朝前看，把自己看到繁乱看到迷失。我们何曾停下脚步，回忆那个单色的从前。在歌声和影像都飘扬的年代，一群人的影子和一个执著的你，曾是青春全部的江湖。有历史的人、有故事的人、有心情的人，请和我们一路寻回，不为别的，只为那传说中美丽的草原。

费翔烧起“冬天里的一把火”时，我刚8岁，我在重播的电视节目中认识了他，火爆动感是费翔给我的第一印象。一晃整整20年过去，我在北京见到了这位似乎永远不会老去的性感男士，他语速不快，待人极具绅士风度。比起之前印象里的费翔，这个男人更有一颗不稳定的、拒绝安逸的心。采访结束的时候，我突然在想，如果一个女人真的被费翔打动，绝对不是因为他的温文尔雅，而是他的这种动荡感带来的巨大刺激，就如同他的音乐生涯，永远处在非安全地带。

1986年，已经在台湾歌坛取得一定成绩的费翔赴内地发展，在广东推出首张专辑《跨越四海的歌声》。在当时严峻的两岸封锁期，费翔的这个选择等于放弃了台湾歌坛，就这样离开台湾14年之久。

之后的费翔，又数次离开自己的“安全地带”：在内地大红大紫之时突然远走百老汇，在内地乐坛竞争残酷之时却宣布回归，在燃起歌迷的怀旧情后又再次以“坏男人”的姿态自我颠覆……现已50多岁的费翔，以近似流放的姿态造就了歌坛的“游子”形象，也成为早期台湾歌手进军内地的一个复杂的象征符号。

首入内地

“春晚给了我很大的表现空间”

费翔进入内地之时，台湾歌曲在内地已拥有了庞大的群众基础，《乡间小路》、《外婆的澎湖湾》等台湾校园歌曲已在内地风行，邓丽君的“靡靡之音”也已经公开化。同时，崔健的《一无所有》、郭峰的《让世界充满爱》等内地原创歌曲也唱响内地歌坛，这时费翔以非走穴式的进入，真正架起了台湾与内地流行音乐的桥梁。当然，费翔的一夜走红还要感激1987年春晚的导演邓在军，在某些领导严令不许给疯狂舞蹈的费翔下半身镜头的时候，邓导在直播的控制室里说：“给全身，给全身镜头，不管。”

南都娱乐：1987年央视的春节联欢晚会让你在内地一夜走红，在那种敏感的政治背景下，是什么原因促使你冒着极大的风险进军内地歌坛?

费翔：1982年，我与著名制作人谭健常合作推出第一张专辑《流连》，来内地之前，我已经在台湾出了8张专辑。1986年底，我就想怎么把最好的国语流行歌带到内地，那时候有一部分台湾歌手比如邓丽君、刘文正也想进入内地歌坛，但大家都有顾忌，在看谁最早踏出这一步。我的身份比较特殊，我是美籍华人，我父亲是美国人，母亲是中国人，母亲在战争时期去了台北，所以我有一些家人在北京，母亲也跟家人40多年没见了。当时我就做了一个决定，不仅回来跟家人团圆，还要把最好的歌曲带到内地。

我在内地推出的第一张专辑《跨越四海的歌声》，后来卖得很好。春晚剧组听说后，就找到我，让我唱两首歌，这很幸运。《故乡的云》是很抒情的，《冬天里的一把火》是动感的。可以说，春晚奠定了我之后两种不同歌曲风格的基础。后来春晚也是很可惜，这个很好的平台，不再给一个艺人这么大的表现空间。

南都娱乐：你决定来内地发展之前，只是出于纯粹的感情缘由？有没有具体考察内地的市场？

费翔：我只能说，我完全无法预料我进入这个市场大家会有什么样的反应。人家会不会完全没感觉，甚至不喜欢我这个混血儿的样子，或者我的声音与表演风格？不仅是我，连春晚导演都没有办法预料。但第二天反应很强烈，这对我来说是很好的开始。

南都娱乐：当时的内地市场对台湾艺人已经非常有吸引力，但同时，你做的是别人没做过的事情，当时你的这些顾虑有多大？

费翔：当时在台湾，确实有很多人都劝我说，不要到内地去，你在台湾这边会受到影响。因为那时海峡两岸是非常封锁的，一些事情没有现在这么畅通。我会想好一个事情值不值得做。如果觉得值得做，我就会把顾虑排除掉。

远走美国

“我在国外就是安静地生活”

南都娱乐：似乎你的每一个选择都出乎人意料。在内地发展得那么好，为什么又到美国去做音乐剧？

费翔：我酷爱音乐剧，上学时的专业就是舞台演出。1989年我将近30岁了，正好做完一个内地的告别巡演，做了60场。我想回到我的舞台，回到酷爱的音乐剧。我决定先回到美国，试试演百老汇的音乐剧，也就暂别了流行歌坛。当时我没有设定离开多久，没想到一去就一直到1997年。

南都娱乐：音乐剧做得还顺利吗？您在美国的生活状态是什么样子？

费翔：1990年我请了音乐老师，先学习正确的发声，进修一年之后，我就在百老汇演出，算是挺顺利的。我在美国的生活很单纯的，有多年的好朋友，也有自己的感情生活，只是一直未婚，这是我生命中的快乐时光。我在国外，生活很安静、很普通，我也真的没有向你隐瞒什么。即使我在演音乐剧，或者舞台剧，生活也很单纯，顶多就是演完回家，找几个朋友吃吃饭，挺简单的。

南都娱乐：你离开流行乐坛，是对当时的情况不满，还是觉得流行音乐与音乐剧有高下之分？

费翔：有很多人把音乐剧误会成歌剧，是极其高雅的东西。其实百老汇的音乐剧是在歌剧和流行乐中间的一个混合的东西，它的优秀段落也能上到流行歌榜单上。可是，音乐剧的制作成本非常高，百老汇一般的要1000万美元，很多制作不成功的就赔了，它是要求特别高的领域。我也有看过国内的音乐剧，非常关注这块的发展。我在美国的朋友也很希望能在中国推广音乐剧，比如《猫》在中国的巡演。内地早晚要产生优秀的原创音乐剧，中国人的故事，中国人来演，但目前来看，还没有出现。

重归内地
“流行音乐变得太快”

南都娱乐：后来怎么又想到重新回到内地？

费翔：那是1997年香港回归的时候，央视有人跟我联系，让我参与一次特别节目唱一首歌曲，我也非常乐意参与到这个令人激动的过程。我回来就有人跟我说，你怎么不早回来？你在内地很受欢迎啊！于是，我就开始两边交叉地做。一边在美国演出音乐剧，同时筹备内地的新专辑《爱过你》。

南都娱乐：回来后有物是人非的感觉吗？毕竟离开流行乐坛这么久了。

费翔：流行音乐这一块，变化确实太大了，但全世界的音乐市场变化也很大。为什么？是因为数字技术的介入，网上下载的风行，大家听音乐的方式也变了。之前是卡带放音乐，我们专心听音乐，但现在包括我，也不会专心地去听。我们听歌用MP3，或者我们在家里放着音乐，开着电视，上着网，来了电话还接个电话，大家听音乐不像以前那么专心了。网上下载对唱片业也是巨大的打击，这个形态是全世界都面临的。我的MV《男人不坏》最先也是在网上发布的，大家可以自由地看，也是一个大的变化。

南都娱乐：有没有感到流失了大量的听众，跟不上这个新时代？

费翔：我会觉得现在的新人，在这么多歌手中要出来，特别困难，现在的艺人寿命会很短。像我这样知名的艺人，跟观众的关系已经建立好了，我相信这个关系会延续下去。我感触很深的是，行内人对歌手的要求也跟十几年前大不一样了，他们花80％的时间在炒作，20％的时间来创作。一个歌手买了一部跑车，就马上召集媒体。他有没有想到，以后留下来的不是他的炒作新闻，而是他的作品？

现在确实是速食文化，即使我不符合市场的这个要求，我还是按照我的步伐来做，带给我的观众真的东西。

【记者手记】

如果你还借着《冬天里的一把火》或者《故乡的云》的印象试图来走近费翔，你只会得到一个越来越模糊的背影。费翔不再喜欢表现他温文尔雅的一面，在他的电视剧新作《白色巨塔》中，他饰演的医生占有了一位女孩10年的青春，绝对的大反派。可他自己评价说：“演这个角色，我很有满足感。”

费翔说最喜欢自己的一首歌《爱过你》，里面说“若向前注定坠落，退一步也许能解脱”，他选择的，则是不断游走。他的名字，曾经一度是新潮时尚的代名词，也曾散发着中年怀旧的气息，如今，它仍然试图不再老去。

（采写／张守刚）

印象：新中国流行音乐史上第一个“国际巨星”

文／王磊

在中国，“费翔”是一个如雷贯耳的名字。不论是他那“你就像那冬天里的一把火／熊熊火焰温暖了我的心窝”的歌声，还是他代言某服装品牌铺天盖地的广告，都留在了几代中国人的记忆中。要知道，从某种意义上说，费翔算是中国流行音乐史上第一个“国际巨星”。

1981年，这位出生在台湾、成长于美国的混血儿，因演出张艾嘉的台视单元剧《十一个女人系列——去年夏天》而踏入演艺圈，第二年推出首张个人专辑《流连》，在歌坛崭露头角。人生常常充满了不可测性，为了寻求新的事业突破，持有美国护照的费翔，不顾台湾当局有关海峡两岸的“戒严”政策，1986年赴祖国大陆探亲，同年在广州太平洋影音公司录制了专辑《跨越四海的歌声》，这也是他在中国发行的首张专辑。在1987年的中央电视台春节联欢晚会上，费翔以《故乡的云》和《冬天里的一把火》让全国人民都记住了他，点燃了数以亿计大陆歌迷的心。不过，由于当时台湾还是“戒严”时期，两岸并未开放，费翔在内地出专辑和上电视，此举在打开内地市场的同时，等于自绝于台湾市场，他也因此而离开台湾长达14年之久，直到2000年推出《爱过你》专辑时才又得以重返台湾发展。

如果用“失之东隅，收之桑榆”来形容费翔当时选择内地而放弃台湾的决定的话，那费翔作出的无疑是一个正确决定。在费翔来内地发展前，其时的台湾歌坛，是刘文正和罗大佑的天下，虽然出过《海阔天空》（1983）、《埋藏过去》（1984）等专辑，但费翔在台湾歌坛的地位充其量也只是一个帅气的小偶像而已。而他在内地发展的境遇却大不相同，1987年，费翔再次受邀到广州太平洋影音公司录制了专辑《四海一心》。伴随着1987年央视春晚的巨大影响力，在《四海一心》制作阶段，他1986年的《跨越四海的歌声》专辑销量已经突破了磁带两百万盒大关。追寻起来，费翔算是港台歌星里第一个来内地唱片公司录制专辑和拍摄MV的，他的歌声从全国各地大街小巷的商店以及寻常百姓家的“板砖”录音机里传出，他的照片被做成画片、海报和贺年卡，贴在无数少女的闺房里。那时候，很少有人知道谁是刘文正谁又是罗大佑，我们只知道费翔。

1988年，费翔又在太平洋影音出版了专辑《夺标》，1989年离开祖国大陆，前往美国百老汇发展。在“火”势愈旺愈烈之际，前往百老汇，有一种戏谑的说法是，费翔唱完《冬天里的一把火》之后大兴安岭的大火蔓延数月，而他唱了《小雨来得正是时候》之后，又爆发了罕见的华东水灾，他“呼风唤雨”的能耐太大，不能让他在内地久留。这样的说法或许有点夸张，但足见费翔的名气和影响力已非常之大。到美国发展后的费翔，也在百老汇打开了一片天地，他主演的《西贡小姐》等，在百老汇也取得了巨大成功。那个时候崔健、朱哲琴和郑钧还没有走出国门，费翔算是代表中国流行音乐界取得了成功，而他在美国常常说的一句话是：“I'm from China.”

迄今费翔已经出版过17张专辑，这中间，从1989年到2000年，费翔没有出过专辑，他一直在百老汇致力于舞台剧和音乐剧的演出，甚至都很少在内地露面。但这似乎并未对费翔在内地的影响力产生多大负面影响，他2000年和2001年出专辑，以及随后的巡回演唱会，都在内地乐坛引起了巨大反响。

从另一个角度来看，费翔也是一个中国流行音乐发展特定历史时期的特殊案例。他赖以成名的歌几乎都不是他的原唱，以至于多年以后文章来内地发展时，无数次都带有幽怨口吻地说《故乡的云》、《三百六十五里路》是他的原唱；而又有几个人知道《冬天里的一把火》的原唱是高凌风？这样的事情在如今MP3实时免费下载的时代当然不会出现，但费翔那样的奇迹同样再也无法复制。时间的手可以轻易拂去旧式盒式录音带的灰尘，却无法复制它们的声音所带给我们的美丽回忆。此时的费翔已经不再年轻，已知天命的老费，终于可以随心所欲地唱着他的原创作品，以活化石的姿态，在歌坛悠然来去。

姜育恒

祖籍山东，出生于韩国首尔，走红于宝岛台湾。22年前，姜育恒孤身从首尔赴台湾发展，掀起一阵“韩流”，《再回首》、《跟往事干杯》等多首脍炙人口的歌曲奠定了他“忧郁王子”的地位，成为20世纪80年代华语乐坛天王级男歌手。

★台湾韩式情歌歌手

姜育恒：大哥我也偶像过

有一种歌手，他们的面容不算英俊，却令人亲近，歌声不算“美丽”，却令人动容。姜育恒就是其中之一。当韩式情歌随着韩剧风靡亚洲的20年前，姜育恒就已经用韩式唱腔唱红了《再回首》等数十首经典歌曲；在“眼镜王子”裴勇俊还在课堂天天向上的时候，姜育恒已经戴着金丝边眼镜成为那个时代的“忧郁王子”。韩国人喜辛辣，姜育恒的耐辣能力更是胜人一筹，无论生活的麻辣、走红的甜辣、失败的苦辣，他都能将热辣辣的人生照单全收，将个人风格坚持到底。听姜育恒的故事，感受20年前的那场“韩流”。

麻辣人生茅庐初出

“在夜总会里弹吉他，没有歌星时我就是主唱”

22年前，姜育恒自韩国来中国台湾落地生根，与姐姐姜育花合开地道的韩国烤肉店“高丽棒餐厅”，娶了台湾太太小凤，生了一个可爱的女儿汶婷；1984年至今共发行24张个人专辑。然而正像姜育恒唱红的《梅花三弄》：“若非一番寒彻骨，哪得梅花扑鼻香。”姜育恒之所以能唱出独特的姜氏沧桑，多少得益于他在韩国的麻辣生活——母亲早逝，父亲先后娶了两个太太，因为受伤而休学，因为不想回家而外出打工，修鞋铺、建筑工地，什么都干过。这令他年纪轻轻已经饱尝了人生的艰辛。

南都娱乐：你在韩国长大，这个背景对你后来做音乐有什么影响？

姜育恒：在我1984年走红之前，我接受了很多磨炼，这个对我相当重要。我妈妈在我高三的时候过世了，当时就觉得妈妈要死了，每天都在忧愁里度过。我妈妈过世以后我就特别不愿意把自己的内心世界和别人分享。我高一的时候学了吉他，要发泄自己的时候就弹吉他唱歌，而且是在没有人的时候。

南都娱乐：没有受过专业的音乐训练？

姜育恒：没有，我小时候家里开饭店，有很多美军士兵来我们家的饭店吃饭，我在店里唱歌，美国兵就给我小费，我姐姐后来取笑说我从小就开始卖唱。9岁时在韩国参加了一个歌唱比赛，得了最佳人气奖。高二时参加了一个外国人歌唱比赛，得了冠军。大学里也不好好学习，就组乐队，那个时候疯狂迷恋西洋音乐，听歌能听到磁带烂掉，养成了对旋律曲调的熟悉，但是那个时候我完全没有想过要做歌手。

南都娱乐：那为什么会唱歌？

姜育恒：1979年的时候因为一个偶然的原因在韩国一家民歌餐厅试唱。我当时唱了三首歌，其中两首唱得很烂，但是有一首歌唱得蛮好。老板对我说，你每一首歌都能唱这样好的话，我们就用你。于是我回去苦练一个月后，就被录取了。然后在韩国歌星协会考了一个歌星证，有了这个证之后，他们就会安排我参加一些演出，之后我就开始在韩国唱歌。

南都娱乐：到台湾发展谁是你的贵人？

姜育恒：去了台湾以后也想找一个和音乐有关的工作，但是很快钱花光了，于是我带着姐姐给我的两万日币去日本打工，第二天口袋里就只有1500块日元了。我住在朋友家，半个月后找到了第一份工作，在一家日本餐馆地下一楼擀饺子皮，我从上班开始到下班就只有一个动作，就是擀饺子皮。然后找到了第二个工作，在一个韩国酒廊里做服务生，里面有韩国的坐台小姐教我怎么做事。做了三个月后，签证快到时间的时候我必须离开日本，当时订不到机位，我只有两个选择：买头等舱走或者“做天皇”（非法驻留）。我选择了坐头等舱走，花了我半个月的工资。再去台湾很快我找到了工作，在一个夜总会里弹吉他贝司，有歌星唱歌我就是乐师，没有歌星我就是主唱。

后来一个偶然的机会，我认识了光美唱片企划部的经理，公司那个时候正好在找新人，我用韩文和中文混起来唱了两首歌，一个礼拜之后试镜，当时他们就与我签约，他们觉得我的东西一定OK。那个时候我晚上在酒吧唱歌，白天还要帮忙公司送唱片。

甜辣岁月当红不让

“罗大佑之前是民歌时代，从我们开始才有流行音乐”

1984年，姜育恒的处女大碟《爱我／孤独之旅》一炮而红，斯文的金丝边眼镜加上独特的嗓音唱腔，加上举手投足之间都流露出一股忧郁的气质，台湾流行乐坛很快记住并认可了这位“忧郁王子”。1984年个人专辑《什么时候》出版，创下同张专辑三首冠军歌曲的空前纪录。很快，《驿动的心》《再回首》《跟往事干杯》《梅花三弄》《有空来坐坐》……姜育恒唱一首红一首。因为有太多经历，如今再回首当年突如其来的红到辣，老姜那颗驿动的心，也早已渐渐平息。

南都娱乐：台湾流行音乐，70年代是刘家昌，80年代是罗大佑，90年代是李宗盛，你红的时候正好是台湾流行音乐最繁荣的时候？

姜育恒：1984年6月14日，我出了第一张唱片，6月5日我去中原大学表演，台下3000多人，我第一张唱片就红了，因为我的声音。罗大佑比我大两岁，罗大佑之前是民歌时代，从我们开始才是流行音乐。所以我正好“诞生”在这个时代的交汇处，有一点幸运。

南都娱乐：当时公司给你的包装定位是“忧郁王子”？

姜育恒：我的唱片主题是“孤独之旅”，拍MV的时候，我们租了部车一路开车去垦丁，我还是司机。刚开始拍的时候导演没有头绪，我喜欢一个人唱歌，于是我就独自坐在悬崖边上唱。导演说，这小子就是这样：孤单的感觉！然后就拍了一些让我趴在沙滩上，让水冲啊冲的画面，没有我的特写，最多只是一个嘴巴，一个侧面。我当时是歌红人不红，都没有什么人知道我长什么样子。后来，张小燕举办了演唱会，我唱第二个，一提到“姜育恒”，台下呼声一片，我才意识到：我红了！所以第二张唱片公司就改变方向，开始推人，第三张《最后的温柔》开始牛了，紧接着第四张，每首都朗朗上口，所以说大哥我也偶像过！（助手在旁边插话说：就是当年的周杰伦哦！）

南都娱乐：后来你转做制作人，和很多当时歌坛牛人一样，是不甘心只做一个歌手吗？

姜育恒：是这样都赚不到钱，我就想当制作人，当时和唱片公司的分账很不合理，一张唱片不管卖多少我都是拿3万台币，所以四张唱片我一共赚了12万，跑一场通告1500块，扣掉税就是1350，只能算车马费。后来做拼盘演唱会，做商演才赚了一点点钱。所以我离开了原来的公司，和苗秀丽他们成立了一个开丽（小虎队的经纪公司），然后自己做自己的音乐人，《驿动的心》《跟往事干杯》《再回首》等等，一路红，我都觉得自己很走运。

南都娱乐：最脍炙人口的《再回首》，据说还是苏芮先唱但没唱红的，你捡了个大便宜？

姜育恒：《驿动的心》红了以后压力就来了，当时飞碟老总陈大力和我聊天时说："成龙一定会受伤，因为他每次的片子一定都要有突破，这有什么意思呢？你只要尽力做到自己能做的就好了。"所以后来我一听到苏芮唱的电视剧片尾曲《再回首》便如获至宝，另外很关键的一点是，《再回首》1989年发表后，1990年我在央视春晚上唱了这首歌，六七亿的观众啊，不想红也难！

南都娱乐：你觉得你的歌曲在那个时代首首能红，首首都能引起共鸣的原因是什么？

姜育恒：我觉得所有的艺术都是和情有关的，有些偏重于爱情，有些偏重于亲情。你在20岁面对这些情和40岁的时候是不一样的，凄美的东西最容易打动人心。我红的很多歌和爱情没有关系，而是和人生经历有关系，我的经历从13岁住校到16岁开始赚钱等等到现在。我把我自己的心情在我的歌词旋律里表现出来，我把小时候的经历讲给梁弘志听，梁弘志就给我写了《驿动的心》。我的这个心情和千千万万出门讨生活的人是一样的，所以得到了认同。

无辣心情　洗尽铅华

“只要用麦克风，我的声音就像是受了伤的感觉”

无论如何，姜育恒见证了台湾华语流行乐坛的光辉岁月，当他的名字和李宗盛、苏芮、潘美辰一样成为一个时代不可复制的痕迹，姜育恒却变得淡然了，因为相比他尝过的人生辣味，这些痕迹并未显得有多少浓墨重彩。哪怕谈起他曾经因为私自来内地接活而被前经纪公司告上法庭索赔2000万，姜大哥也是一笑泯恩仇。虽然如今是周杰伦的时代，姜育恒依然笑看大浪淘沙，做自己想做的事，这份洒脱，不减当年。

南都娱乐：当年你和潘美辰、苏芮包括后来的张镐哲，都是深情受伤派的路数，你觉得你们这种音乐，在今天还能引起乐迷的同感么？

姜育恒：电子音乐一出来，流行乐坛就开始没落了，加上网络下载，情况更加恶化。原来我的唱片一出来，随便卖卖20万张，当时在马来西亚有个音乐排行榜，我连任了16周的冠军，这个纪录到现在都没有人打破。原来大部分的人是为了做音乐而做音乐，然后出唱片卖了钱。现在大部分人是为了赚钱而去做唱片。音乐制作人现在处境困难，人才开始流失，陷入一个恶性循环。很多歌手的key到不了那个高度，都是录音棚里用电脑帮他调到那个高度。

南都娱乐：也有偶像兼实力派的吧？你怎么评价现在当红的周杰伦、王力宏？

姜育恒：偶像派和实力派差距太大，又偶像又有实力的不多。陶喆、王力宏算不错的，周杰伦在他们三个人之中只能排最后一名。但现在是他的年代，就和当年人们把张惠妹和苏芮比一样，因为张惠妹年轻啊。年轻人想学唱歌，教你们一个方法，你去找20个不同歌星唱的20首歌模仿，如果可以把每一个人的声音都模仿得惟妙惟肖，那你很快就能知道自己在哪里了。

南都娱乐：2003年你翻唱了刘家昌的24首经典歌曲，刘家昌是华语乐坛的教父级人物，门徒无数，为什么会选择你来翻唱他的成名曲目？

姜育恒：其实不是他选择我来唱，而是我当时的经纪公司拥有刘家昌的歌曲版权。同时他和我有很多共同点，我们都是韩国华侨，都会讲韩语、国语、英语，最相似的地方是我们小时候接触音乐熏陶的方式是一模一样的。他的音乐模式我太熟悉了，就是我小时候在韩国培养的那种感觉，他表达的东西我最能抓住。

南都娱乐：为什么这么多年来你都没有想过改变你的歌路呢？一直如此沧桑……

姜育恒：我不可能去唱迈克·杰克逊的歌，虽然我觉得他很棒。我的歌路是和我个人符合的，而不是刻意去寻找的。我的声音不可能变，姜式唱法也不会变，而且其他人也学不来。我不是用喉咙唱，我是用这里（用手指心脏）唱。我只要用麦克风，声音听起来就像是受了伤的感觉，这是我天生的，配合上词和旋律，就产生了沧桑孤独的意境。唱歌真的是很简单的，但是听到旋律、看到歌词之后你有什么感觉？没有切身体会的话是不能表达好的。

南都娱乐：你最近几年都没有发唱片，现在来内地用自己的钱做慈善会不会有压力？

姜育恒：我的余生都会从事这个事情。我觉得金钱够用就好，我和我太太在物质上从来没有什么太高的追求，我开很普通的车。我的基金会叫“爱的痕迹”，我之后出专辑也叫这个名字，开演唱会也叫这个名字。当然我还是可以去表演来养活我的家，和这个不冲突，我现在在成立一个班子帮助我做这些事情。我靠表演可以赚到钱，靠这些钱过日子完全没有问题。

南都娱乐：你看到明星做慈善的影响力，所以也要加入这个热潮？

姜育恒：曾经有人形容我的歌迷是冰山，只有很小的一角浮现出来。所以我在我的网页上面讲，我希望在最短的时间里面让大家浮现出来，让我看看我的力量到底有多大。我要告诉你们我的想法，我要做的事情，我要你们响应我。我想说：“你所付出的每一分，每一份，一定都会留下‘爱的痕迹’。”

【记者手记】

在光怪陆离的演艺圈，像姜育恒这样拥有跌宕起伏人生的艺人应该不少，但是能像他那样不管遇到什么辛辣处境，都能保持积极心态的，大概也只有这个50后的“老姜”可以做到了。姜育恒走红的时代，正是华语乐坛最好的时光，民谣之后流行登场，这个韩国华侨在不知不觉中带来了一股强劲的韩流。之前的刘家昌是这股韩流的“先锋”，之后的张镐哲是这股韩流的“尾巴”，他亦恰恰达到一个高度，让六七亿人听到他的作品。时过境迁，姜育恒的名字已经不为很多年轻人所知，但的确在那个时候，吃辣的韩国人把中国歌唱得响亮。

（采写／邱致理）

印象：人生蛋糕上的那颗草莓

文／邓晓琪

读初中的时候，语文老师的桌面上放着一张专辑的封面，上面写着“忧郁王子：姜育恒”，借来，放在随身听里，磁带，效果无法顾及，只愿意将心思全部转移到歌声中。而后，数量很大的泪水流下来，那意外的震惊没有任何办法能够停止。

说出来可能少人相信，当时“再回首／泪眼朦胧／留下你的祝福／寒夜温暖我／不管明天要面对多少伤痛和迷惑／曾经在幽幽暗暗反反复复中追问／才知道平平淡淡从从容容才是真”激励了我，就此人生瞬间发生转折——从年少无知到了懵懂少女。

一切其实远没有那么美好，只是当人们愿意把它讲述出来时，难免要为之做点PS修复之类的工作，生活更是如此。但姜育恒细腻悠扬的歌声就此成了一个人的心底宝贝这是事实，随之而来的是大街小巷的FM收音机和电视晚会上，不断传来姜育恒的声音，他是治愈一个贫瘠时代的良药，也是安抚无数怀春少女心灵的情歌王子。

20世纪90年代初，只知道这是一个台湾歌手，与齐秦、张雨生、童安格等差不多同时在大陆流行，那时几乎没人会像今天这样去关心歌手的八卦，资讯闭塞是本质，人们想法简单也是原因之一。当时为求一盘磁带骑车穿城几公里，是今天随便点击在线边放音乐还可以边看歌词的人难以想象的。那种执著犹如今天之考公务员的青年人，只是不再单纯。大概10年之后，2004年我在北京去看姜育恒的演唱会，隔着无比遥远的舞台，旁边的朋友说，这个韩国思密达其实就几首歌，但唱得我们都老了还是好听……其实这已经足够了，估计在喜欢过姜育恒的歌迷的心目中，任一时候想起他都不会陌生，纵然"恍然如梦"，对于你我来说，很多时候可更改的品性和心性并不多。那时我的偶像也是不用长得漂亮，老实、懂我就好。

真正辉煌的岁月对于姜育恒这样的歌手来说可能不多，在数年的光景里他的声音像刻刀一样在许多人的心中留下岁月的痕迹，90年代的美好与单纯，优雅与古朴，志高与憧憬，像挥之不去的离魂之曲，姜育恒三个字也成了"忧郁"的代名词，哀而不伤，在无人时淡淡地弥漫开来。

姜育恒是90年代影响最大的华人歌手之一，这位韩国华侨从台湾起步，逐渐将影响力辐射到东南亚，他是一个时代的符号，也是一代人心中的不多的长明灯之一。而《再回首》《跟往事干杯》《驿动的心》《梅花三弄》等等也是真正意义上的时代金曲，它们没有在岁月中失去光芒，反而越发光亮。怀旧或者追思，少不了这样酸楚动人淡淡忧伤的曲调，它们就像人生蛋糕的草莓，红得发亮的颜色和酸酸带甜的味道不需弥漫但却缺少不得。

李宗盛

祖籍北京，1958年出生于台湾。1980年与好友组成“木吉他合唱团”加入拍谱唱片，由此踏入乐坛。从1982年为当时的女友郑怡制作《小雨来得正是时候》，到1985年进入滚石为张艾嘉制作专辑《忙与盲》，他在乐坛的地位日渐巩固。1986年开始，他进入事业的黄金时期，创作的知名歌曲超过100首，如《鬼迷心窍》《凡人歌》《我是一只小小鸟》《让我欢喜让我忧》《领悟》《伤痕》等。他为齐豫、赵传、张艾嘉、周华健、张信哲、陈淑桦、辛晓琪等人制作专辑的成功案例，也使他有“百万制作人”的称号。而他和林忆莲在1992年因合唱《当爱已成往事》结缘，6年后结婚，又过了6年，在《铿锵玫瑰》之后分手，是一段乐坛浪漫往事。

★台湾流行音乐教父

李宗盛：大陆整个流行乐坛空洞薄弱

从20世纪80年代到90年代，台湾乐坛经历了从校园民歌向都市情歌的时代转变，李宗盛是这场时代转折的亲历者，更是推动者。他是继罗大佑之后台湾乐坛最具重量级的音乐人、台湾流行乐坛教父。他既是制作人也是词曲作者，既是歌手也是滚石唱片高层，李宗盛自己的《凡人情歌》不仅引人共鸣，更造就过无数优秀歌手，如周华健、张信哲乃至当下的五月天、梁静茹。而他为陈淑桦、林忆莲、辛晓琪打造的小女人情歌，对台湾以及国语乐坛的影响更是无比深远。

滚石往事，初进公司坐过冷板凳

“我有一个被否定的青春期，在滚石一待就是17年”

李宗盛成名于拍谱，辉煌于滚石。早在20世纪80年代初，20岁出头的他看准了商业化、规模化的音乐市场形成，一心进入唱片公司磨炼专业，立志把天马行空的音乐创作规整成形推向市场。在时代的转变中，他自觉地在商业情歌和民歌传统之间寻求平衡与突破，终于在当年的主流乐坛取得了极大成功。滚石的黄金十年，在很大程度上可以说是身兼制作人与副总经理的李宗盛一手打造的。

南都娱乐：最初你是怎么做起音乐的，跟成长经历有关吗？

李宗盛：我是蛮晚熟的小孩，我在读书的时间，主要做的是自我调节。我一直在思索，我究竟是谁，我将来要干嘛，我有什么问题。比如说我的功课很差，我就想我是不是真的很差，我的强项在哪里。所以这对我的人格影响是很大的。我有一个没有多大成就感的、常常被否定的青春期，我在那时极少受夸奖，所以那个时候有大量的时间让我内观，很少外求。因为往外一看都是挫折，人家都比你强，都是嘲笑。这个对我很有帮助，包括我后来逮到一个机会，成为制作人了，进入一个唱片公司一待就17年，我的理性是很重要的原因。

南都娱乐：在滚石工作的17年对你意味着什么？

李宗盛：在滚石工作的时间对我来讲非常宝贵。我入行算早，24岁就做《小雨来得正是时候》，很快就好像挺受欢迎的。那时正好是台湾经济起飞、唱片变成产业的时候。那时挺奇怪的，小李写什么都红啊，那你干吗进唱片公司？其实那时候我在滚石，有时一年就做一张专辑，蛮长时间是这样的，所以我觉得就是专注吧，立定志向，了解自己。

最初进入公司就想受训，补充理性这一块。创作虽然有一部分或某一个阶段是天马行空的，灵感是突然而来的，但它必须规整成一个东西面向市场，在一个机制里面运作。我就是想补偿这一块，所以到唱片公司上班。其实我是很不适应的，比如开一个制作案，预算要200万台币，你就得讲出一个道理，说服歌手让他相信。比如说，陈淑桦，你的歌唱生涯就交在我手上了，我要定一个方向，我的词我的曲，这个都是理性。经过无数次这样的会，锻炼了我的专业，不然我就可能是那种日夜颠倒、早上八点睡、不受管束、写歌有一搭没一搭的。你在一个组织里工作，就要有思维、纪律，这是一个磨炼我信念很重要的阶段。

南都娱乐：那个时代台湾音乐的成功在于什么地方？

李宗盛：台湾音乐产业化的好处是它号召大量知识分子加入，我认为这是它在当下的华人流行音乐里面仍然领先的一个原因。台湾的流行音乐是一个文化产业，放眼其他任何一个地方都不是这样的。内地比较糟糕和吃亏的是，它是一个井喷式的成长，跳过了整个发酵、酝酿的阶段，包括人才的进入、筛选、成熟。这个行业一开始有经济规模后，大量的其他行业投机分子都进来做流行歌，所以大陆整个流行乐坛空洞薄弱。

南都娱乐：作为制作人，你怎么给歌手定位？像90年代的“情歌王子”张信哲，很多人说他声音太女生。

李宗盛：我看歌手，第一是他的音色，我觉得这是我选歌手的要件。比如说你在开车，听着电台，一首歌一首歌往下播，有时候你不太能单独从一些歌手的歌声中知道他是谁，当然除了他打歌打得很厉害以外。所以当我一听到张信哲的声音，就觉得辨识度非常高。我选歌手的时候，就是从这个角度来看，接下来才是唱歌的技巧、定位。这当然就是我制作的一个流程。阿哲入行20年，他的音色我觉得是无人能取代的。

南都娱乐：你写的另外一些歌在内地的KTV点唱率也很高，像你后来的《凡人歌》、给赵传和周华健写的《我是一只小小鸟》、《最近比较烦》。

李宗盛：我觉得只有跟生活接近，作品才是最真实的，创作人总是想象无边，但是有这么多歌下来，到底有哪些能经过时代的考验留在大家的心中？所以我觉得我比较幸运，能写这些歌而且有人听，还被流传下来。因为不管年代客观环境怎么变，人的喜怒哀乐周遭，比如说困境，不是这个年代才有，孤单不是这个年代才有，伤心不是这个年代才有。所以做到能在这个情感当中跟生活结合，在这个过程当中能流传下来，我觉得这个可能是小李比较幸运的地方，也是小李作品稍微独到的地方。我的作品挺生活的，甚至情歌也是从生活当中去得到的，而不是凭空想象的、用一些词去堆砌的。

了解女人，这门功课我永远做不完
“甘做张艾嘉的小老弟，林忆莲是旗鼓相当的对手”

作为制作人，李宗盛有一颗善于发现女人的心，他认定女人如钻石，誓要找到好的切割面让她亮起来。他曾说制作人与女歌手的关系微妙又清晰，精神上要很爱那个人，把所有的想象投放到对方身上，而当录制结束，一切烟消云散。他造就过以陈淑桦、林忆莲、莫文蔚为代表的都会女性情歌三大经典时代，两段半途而废的婚姻为他带来三个女儿。对半辈子活在女人堆里的李宗盛而言，女人是他研究一生的课题。

南都娱乐：在你近年的巡演里，张艾嘉好像是很重要的嘉宾？

李宗盛：巡演她基本上每场都到，特别难得。在我的整个音乐事业生涯来讲，张姐扮演了一个灯塔的角色。有些时候我有起落和不确定，不管在事业上还是在个人生活上，她都是我很好的老师和大姐。所以我一开始在做演出的时候，她就是我的“钢铁名单”中的一位，因为其他嘉宾比如说梁静茹、周华健都是入行比我晚的，张姐等于是我的大姐，一路有她相伴，我也觉得特别安心。但她很少出马，最近一直在演戏。

南都娱乐：你们认识这么久了，合作还会有激情火花吗？

李宗盛：我觉得现在是到了人生的另一个阶段来看彼此的友谊和情感，那个情感更隽永。其实我更期待张姐能继续出专辑，虽然现在唱片都不好做，张姐如果能够再出的话，我会想帮她操刀制作。我觉得30岁到35岁，开始有一些人生体验的人，也比较难在现在的流行歌中找到共鸣，所以如果张姐要是再出，我觉得肯定有这样一群听众对她有兴趣。

南都娱乐：听说你入行前就在民歌餐厅认识张艾嘉，能谈谈你们之间的情谊吗？

李宗盛：怎么说呢，人会有不同的情感的起落和经验吧，我跟张姐的友谊我想用《爱的代价》这首歌来说明。而且我真的挺意外，这样一首非情歌的作品，可以引起这么长时间的反响。这首歌等于是我写给张姐的一封信，两个朋友在说，哎，还记得年少时的梦吗？再来看彼此的生活，这是非常有意思的一件事。

南都娱乐：你和不少女歌手有过很成功的合作，像潘越云、陈淑桦、辛晓琪，因为你特别懂女人？

李宗盛：其实我并不觉得自己特别理解女人。我在制作这些女艺人专辑的时候，都怀着一个信念，就是反正李宗盛做的这个女艺人的这几张专辑，肯定要让它变成她生涯中的一个亮点。像晓琪和阿潘都跟别的制作人合作过，而我一旦接手，我就会想怎么让晓琪在跟我合作的时候，跟其他的制作人有所不同。如果能够做到这一点，那我就觉得成功的机率比较高。另外我觉得对歌手的研究也很重要，找她们谈，找创作动机啦，找她们的语法啦，找她们情感的亮点啦，都是我制作当中会考虑的。当然，这些艺人都蛮信任我的，当她们碰到李宗盛的时候，李宗盛一般不谈让她们演什么，都是从她们的个性中揣摩出一些人生故事，或者说本来就是一些真实的故事，我在这上面去发展。所以她们在掌握一些歌的时候，比较能进入状况。这是我喜欢用的方法，这很费事，但也比较省力，开始唱以后，要达到我想要的那个结果的机会是比较大的。

南都娱乐：《领悟》是在怎样的状况下创作出来的呢？

李宗盛：《领悟》这个歌是一个“怪物”。当然这个歌坛有很多“怪物”，比如说《吻别》就是一个怪物。比如说每一年都会出来一些热门歌曲，但是有一些特别特别火的歌，那不是可以安排得来的。《领悟》就是李宗盛的歌里面的一个怪物，它没办法预计。后来我也遇到有人跟我说，小李，你给那个歌手写一个《领悟》那样的歌，我说不合适啊这个，可遇不可求。《领悟》这个歌浑然天成就是了，晓琪唱这个歌更是击中她的心。

南都娱乐：在所有合作过的女歌手当中，林忆莲跟你在工作和生活上关系最密切了。

李宗盛：我觉得不会因为我跟她的关系，而对这些作品有另外的感觉，因为这是两块。那我来看这些作品，跟忆莲合作的这段时间，是李宗盛创作的几个转弯时间之一。我操作女性专辑，第一阶段是陈淑桦，第二阶段是林忆莲，第三阶段是莫文蔚，这正好是比较完整地操办一个女歌手几张专辑的三部曲，在相当程度反映了三个年代女性的面貌。陈淑桦第一个阶段来看，是台湾整个中产阶级女性意识的抬头，从《梦醒时分》到《昨夜你喝了酒》这些作品，是那个时代女性的一个切片。然后到了忆莲这个阶段，其实我觉得情感都差不多的，只是从《伤痕》到《不必在乎我是谁》，再到《当爱已成往事》，我运用文字的能力有了第二次转折。后来的

《阴天》，则是第三次转折。

南都娱乐：现在回头看合作的《铿锵玫瑰》有什么感觉吗？

李宗盛：这首歌是贾敏恕制作的，老贾那时找我来填词，说是忆莲谱的曲。《铿锵玫瑰》是我对那个时候的林忆莲的一个感受。我的确觉得林忆莲跟我合作的这几个专辑，里面所出来的这几个歌，我也自认为是林忆莲的以及我制作生涯里面的一个非常好的阶段。一个制作人要做出好的作品，光靠自己是不行的，你要碰到一个旗鼓相当的对手。

南都娱乐：作为“最懂女人心的男人”，你在生活中也有3个女儿，你懂得她们吗？

李宗盛：每一个女人都是一个有意思的个体，了解自己的小孩是父母最重要的功课，以前我在工作的时候要去了解别的女人，现在则要了解自己家里3个不同年纪不同性格的小妞。所以李宗盛了解女人这个功课是永远做不完的。女儿长大了，要费心也是甜蜜的负担，相信所有爸爸都会有同感。

定居北京，做吉他记录时代感情脉络
“几十年走到这，非常满意自己的生活状态”

永忆江湖归白发，是每一个少年人的梦想。50岁的李宗盛说，他已经离开了那个非写不可的阶段。他弹过很多琴，跟过很多乐手合作，待过很多录音棚，有过很多传世作品，击中过很多人心，觉得是时候回归造就自己的音乐之源。他依然关注流行乐坛，他最大的女儿已经19岁，女儿们听的都是周杰伦、潘玮柏这些后生的歌。但他认为流行音乐无论是过去的文化路线还是当下的娱乐路线，不过是时代使然，每一代人所记录的，只是时代的感情脉络。

南都娱乐：*你以后就专心做琴，从此淡出乐坛了？*

李宗盛：我的确是这样，人能力有限，所以要专注搞一个事情，我的重心就在做琴上面。而因为做琴，我创作的风格也开始改变。我现在不但作曲，我也是在练琴嘛，所以现在写歌不只是写歌，那个出发点的李宗盛已经过去了，那是我十几年前在做的事情，那些事情现在有别人在做：要做一个什么歌，肯定要火，要卖多少多少张，如何如何。这些事情我都已经做过了，现在做琴和做音乐对我来说都是特别纯粹的事情，不再负担那么多的任务和功能，单纯回到音乐这个事情上。

南都娱乐：*怎么看这些年在台湾一直很火的周杰伦？*

李宗盛：很好啊。音乐是不适合拿来比较的，因为流行音乐史就是社会发展史，不管你愿不愿意，它都会呈现出那个时代的面貌。它没有“那些美好的年代”这回事，每个年代都有其杰出音乐人，透过他们的音乐来记录这个年代的种种现象，像大佑的歌、小李的歌，记录那个时候人的情感、恐惧、渴望。当然这个时代也不只是周杰伦，也是有很多其他有意识和无意识的作品，构成这个年代的面貌。杰伦当然很好，从技术上来说他有很好的旋律感，他写出来的旋律是大家所喜欢的吧，关于他完成了什么或留下了什么，这个不是现在要说的。流行歌的任务和意义也随着年代在改变，现在的流行歌可能是娱乐的功能多一点。在台湾，在还没有解严的年代，流行歌从某个角度讲，负担一点反映社会的意义，记录时代转型的蛛丝马迹。到李宗盛时代会有转变，每一个时代会有它的面貌，没有好或者不好。

南都娱乐：你现在这几年在做手工吉他，花这么长时间打造一把琴，值得吗？

李宗盛： 其实我做这个事情是我人生价值的实现。我这么多年，能有的贡献，我可能获得的成绩，都心满意足了。接下来应该是我年少时的一个梦想，做吉他，只是我回到做音乐的一个最根本的地方。我本来是一个可能不会有什么前途的人，自从我拿起一把吉他来学，吉他就成了我的救命恩人了。所以在我事业稍微可以喘息的时候，我要回到我出发的地方来做琴。它是蛮大的一个决定，一个承诺，而且我从开始学到现在也差不多有十年的时间了。我有一点报恩的感觉，吉他造就了我改变了我的人生，我的人气、虚名、一点钱财，都是因为我做音乐而有的，所以我决定回到造就我的这个事情，回到音乐的本质上。我觉得也是一个传承，我希望我仍然对这个乐坛有贡献，当小朋友拿起一把琴，对乐坛是蛮感人的一个意义和象征。李大哥现在做琴，鼓励了很多年轻的朋友们来创作，静下心来把时代的感情脉络记录下来，就如同当时我用吉他在记录我那个年代的情感脉络一样。

南都娱乐：你现在50岁了，对于哀乐中年你有什么感想？

李宗盛： 我觉得我何其幸运，在我那个年代完成了一些工作，所以我离开了非写不可的那个阶段了。我想每个年代的音乐人都有他的使命、任务、各自要过的人生，所以无所谓巅峰和谷底，我现在只不过在过我想过的人生。现在我就做做琴，写写歌，在家的时间多了，就是一个很简单的中年男人生活。在北京，各路做音乐的人都在，所以也可以交换一些做音乐的想法。因为我也不会打高尔夫，也很闭塞，很少到外面去走走，所以自己就弄了一个小地方让大家来玩。一个音乐人几十年走到这，现在我非常满意自己的生活状态。

【记者手记】

李宗盛说他现在很乐的是，行内很多人还是叫他“小李”。“小李”让他感到格外亲切，也更适合他的心态，每一个年代都有新面孔出来，他不能倚老卖老。也许正因如此，他才能够发掘别人各样的好，才能写出流转人间的歌曲。经历过两次婚姻的李宗盛，在采访彼时的当下，笑说爱情还没有发生。不是有顾虑，而是所谓忙碌，看似借口但也是事实，他也过了因为孤单寂寞而去找个伴的年龄。现在爱情对他而言，更多是客观条件和合而成的机缘。“我现在挺快乐的，好不容易走到现在这个生活状态，我挺快乐的。”对音乐，对生活，他似乎回到了一种最原初的状态，简单，但是快乐。岁月在有些人身上是沉淀，在有些人身上是沉没。零姿态的李宗盛，一如无风的北京冬日下午的太阳，淡然，温暖，和煦。

（采写／叶晓萍）

自述：期待叫我“小李”的人来听

文／李宗盛

我本来是一个可能不会有什么前途的人，自从我拿起一把吉他来学，吉他就成了我的救命恩人了。所以在我事业稍微可以喘息的时候，我要回到我出发的地方来做琴。希望我仍然对这个乐坛有贡献，鼓励很多年轻的朋友们来创作，静下心来把时代的感情脉络记录下来。

这次在广州举行“全球通盛在经典——李宗盛理性与感性广州演唱会”。我，很想来看看一直听自己歌的是谁。

这次演唱会还是挑大家耳熟能详的歌，嘉宾最后的名单还没有确定，但我想张姐（张艾嘉）肯定是有。这次来广州演出，我相信有来的一大部分人是可以叫我“小李”的吧。这些人喜欢听我的歌，从我刚出道，从我没名气到好像有点气候，看我一路这样走来。我期待都是叫我小李的人来听。我自己做这个演出的心情就是：我在明处，大家在暗处，大家能看到我，其实我也很想来看看大家是谁，原来是你们在听我的歌！所以我一出场，我会很好奇，我会

往台下看，啊，原来是你，原来你长这样，原来你们这几个人买过《生命中的精灵》，你们那几个人听过《我是一只小小鸟》，就是这样的一个见老朋友的机会。

赵传

华语流行乐一个时代的传奇。1986年，率“红十字合唱团”赢得YAMAHA乐器公司所举办的第一届“台湾区热门音乐大赛”的冠军，签约滚石唱片。之后《我很丑，可是我很温柔》、《我是一只小小鸟》等唱片推出后，引起了极大的反响和关注，因此确立了其都市小人物代言人的地位。

★台湾都市小人物代言人

赵传：“我很丑”是一种宣传手段

“岩石很少有好看的，怪石嶙峋，棱角分明。岩石的内心火热，质地坚硬，虽然外表粗糙，也不是故作冷漠，岩石是一种生活态度。”这是多年前推出《我很丑，可是我很温柔》时，滚石唱片在宣传文案上给赵传的推荐词。这个以岩石自喻的男人，其貌不扬，却有着重金属般质地的嗓子。他用最擅长的“狂烈嘶吼”席卷了当时一片靡靡之音的台湾歌坛。卑微之后的狂野与柔情，与同期齐秦的浪子情深和王杰的叛逆阴郁相比，更显得诚恳、真切和淳朴。

乐队时期

“做乐队时，只有份帮流行歌手暖场”

加入滚石前的赵传，当过餐厅的洗碗工，做过终日穿梭于城市间的送报生，干过写字楼里的清洁工……这样的他似乎注定了会成为城市里弱势群体的代言人。他所传递和表达的草根精神，足以惊醒诸多的弱小灵魂。赵传和他引以为傲的“红十字合唱团”，走遍了台湾的各大高校，响彻行云的高音在那个偶像当道的时代，为他开启了20多年的音乐征程。

南都娱乐：你刚开始玩音乐的时候，台湾的乐队多不多？

赵传：不多，但一直都有。因为台湾接触西方音乐的人比较多。比如当时很多人知道猫王，台湾就有乐队模仿他，唱他的歌曲，学他的声音，甚至他的穿着和表演形式。后来甲壳虫等乐队在全球形成一种流行的现象之后，台湾也同样受到这种风气的感染，很多人开始搞乐队。那时候觉得留长头发，穿有窟窿的破衣服，拿着乐器，很有个性。但是当时台湾的社会风气还比较保守，大众会觉得搞乐队的人多半比较叛逆，跟大多数人是不一样的。所以当时搞乐队还算是特立独行、标新立异的。

南都娱乐：1986年，当你率“红十字合唱团”赢得了第一届“台湾区热门音乐大赛”的冠军之后，你的生活是不是改变了很多？

赵传：也没有吧。得了冠军，有了奖金，大家几个人分一分，请朋友吃吃饭，就恢复正常了。生活上也没有什么改变，只是信心增加了。因为有比较多的演出来找我们，唱片公司也开始陆续找上门来……

南都娱乐：台湾提供给乐队演出的场所多吗？当时你们一般都是在什么地方演出？

赵传：我们会在一些酒吧里面，固定唱歌。台湾需要乐队演出的酒吧还蛮多的。但是我们的音乐风格比较摇滚，和大多数酒吧的风格不搭。所以我们一般在酒吧唱不长的时间，就会被换掉，因为嫌我们太不流行。还有就是到一些大专院校的学生晚会上演出。比如说一个晚会开三个小时，我们在前面唱半个小时。其实就是给后面一些当时的流行歌手暖场，他们才是主角。再有就是一些节日，比如说圣诞节或者公司的尾牙上，也有机会演出。

南都娱乐：当时的流行歌手？比如说？

赵传：20世纪80年代初期，有罗大佑、苏芮、陈淑桦啦，还有一些校园民歌手，比如潘越云、蔡琴、齐豫等这些人。

南都娱乐：你高亢的声音是天生的吗？

赵传：我的声音并不是一开始就这么高亢。我是真的练过。在当兵的时候，要唱军歌喊口令，就这样把声音给喊出来了。在台湾搞乐队，最缺的就是主唱。因为那时候台湾的乐队基本都是模仿国外，主唱得唱英文歌。英文歌的调子都比较高，如果主唱唱不上去的话，就要降调，味道就不一样了。但是我基本都是唱原调的。所以很多人看到我的表演都说：这个歌手声音很高又很有力量，而且个头也不大。包括后来张雨生也是啊！

南都娱乐：张雨生的声音感觉好像没有你浑厚，他比较清亮。

赵传：对。我们的音色不一样。他音量也高，但是可能比较细，而我的就比较浑厚。其实我平时说话的时候，声音很低。刚出唱片的时候，去电台做节目，大家都不相信那些歌是我唱的。

辉煌时期

“第一次看到一万人喊我的名字，鸡皮疙瘩都起了”

“我很丑，可是我很温柔”，可以是自嘲的调侃，可以是赤裸的宣言，也可以是坚韧的精神。被赵传那钢铁一般的嗓子歇斯底里地呐喊着演绎后，即成了生存在夹缝中的人们的心灵安慰。几乎所有的平庸男人们都跟着赵传奋力呼喊着自己的“卑微和懦弱”，在熨帖脆弱的同时，救赎灵魂。据说当年就连台北的小贩们都在自己的水果档前贴上“我很丑，可是我很好吃”的招牌。

南都娱乐：你签进滚石的时候，滚石唱片应该已经有一定的规模了吧。

赵传：当时的滚石在整个行业中算是有名的公司。以当时整个的音乐环境来讲，滚石做的音乐给人的感觉比较清新，比较有新一代流行音乐的感觉。那时候别人对滚石唱片的认知是它是很有发展潜力的，是一家具有人文气息的唱片公司。但是真正大牌的歌手，当时大概也就只有一个罗大佑。

南都娱乐：你和李宗盛第一次见面是你在台上表演，他在台下看你演出。那你们第一次真正交谈大概是什么时候呢？

赵传：公司安排他帮我写歌。因为李宗盛过去的作品还是属于比较流行的，唱他的歌的以女歌手居多。所以他对于我们这种摇滚歌手，抱着一点点怀疑态度，怀疑我们到底懂不懂什么是摇滚乐。我记得我们第一次聊天，他讲了很多关于民歌的东西。他是当时校园民歌后期起来的。他举例说他是民歌手，他欣赏的国外的乡村歌手，住在农村，每天起床以后，吃完早饭就会去种菜，去喂鸡喂鸭，然后就开始创作，弹弹唱唱。其实他想说的就是：你强调你是摇滚的，那你是不是那种行径很乖张，甚至很张扬的人。他认为，你要强调你是某一种音乐风格的歌手的话，你的血液里必须具有这类歌手的特质。

南都娱乐：私下你内向的个性似乎与他的想法背道而驰。

赵传：坦白地说，唱摇滚乐，让我觉得特别痛快；在那个当下，在舞台上表演的时候，我觉得我把自己完全释放出来了。我是在适当的时机在适当的场合去表现平常大家看不到的那一面。平时我不太说话，可一上台就很有爆发力。

南都娱乐：后来李宗盛对你这种状态还认可吗？

赵传：当我的第一张唱片卖得很好的时候，他就认了。呵呵。虽然在音乐立场上，我们多多少少会有争执，但其实是他让我了解什么叫做真正让人感动的音乐，所以他是我的良师，也是益友。

南都娱乐：你的第一张专辑《我很丑，可是我很温柔》一炮而红。那张专辑大概卖了多少张？应该帮公司挣了不少钱吧。

赵传：当时大概就卖了20多万张，一直到最后总数将近30万张。我是滚石唱片里面第一个歌手唱片销售超过30万张的，比罗大佑、齐豫、周华健都多。后来跟一些老同事聊起才知道，当时在一些高级主管心里，他们认定我是唱片公司的一哥。

南都娱乐：在偶像当道的年代，却敢于在公众面前说自己丑，是出于怎么样的心态还是宣传手段？

赵传：其实是刚刚好唱了一首叫《我很丑，可是我很温柔》的歌，所以唱片公司自然就会多方面地考量，多多少少会拿这个宣传、做文章。当然公司还是考虑到我的感受，用一种比较人文的、内心的方式，而不仅仅是噱头。反正我是一个实力派的歌手，唱什么作品只是次要的。

南都娱乐：那你走在街上会不会被大家包围呢？会不会由于刻意包装的形象而遭到攻击？

赵传：在初期的时候，有一些人会觉得你很有趣，甚至有一点想嘲弄你的感觉。就是说你会看到不同的人对你的作品有不同的反应。各种各样的人都有。

南都娱乐：勇于卑微地示弱，似乎成了你的音乐风格。这一风格是如何形成的呢？

赵传：应该说是因为这张唱片的成功，所以后来的唱片都以这个作为一个大方向和主调。可能在理解上它会被定位成卑微，其实与其说是卑微还不如说是我们每个人在生活上遇到挫折的时候的一些心情的表达。我觉得之所以成功，是因为它投射和反映了很多人的状态，引起了共鸣。

南都娱乐：1990年，第一次来北京演出，开创了港台歌手来内地举办演唱会的先河。还记得当初的情景吗？

赵传：那次是我出完两张专辑之后，参加一个为亚运集资的演出。当时除了我，还有辛晓琪、潘越云等一些台湾歌手。难以想象的是，在内地有这么多我的歌迷。当时唱了两首歌，大家几乎都会唱。连续演了三天，我感觉每天都是几万人陪你大合唱，太吃惊了。我是最后一个节目，节目结束之后，本来大家应该散场了。但是大家都没有走，老远仍听到有很多人在喊："赵传、赵传！"公司的同事告诉我说："老赵，你不知道吧！喊你的起码有一万多人！"第一次看到这种场面，鸡皮疙瘩都起了。

南都娱乐：一年之后，在北京举办个人演唱会，你是第一个获邀在北京举办个人演唱会的台湾歌手。

赵传：那时候《我是一只小小鸟》专辑在市场上得到很好的反应，所以很快就办了一个个人演唱会，一办就是三场，这是我第一次在北京办个唱。唱到最后的时候，大家情绪高亢，就把打火机拿出来点。你想想看，两万观众，至少有几千个打火机点了起来。因为安全顾虑，消防队就把场灯打开了。从那之后，才有荧光棒的诞生。呵呵。

南都娱乐：1996年你和陈升、伍佰在香港开了演唱会。他们都是滚石的歌手，你们有很深的渊源？

赵传：我跟陈升的渊源比较深一点。因为我们差不多是同时间进入公司的。我不记得是1986还是1987年的时候，唱片公司办一个跨年演唱会。庆功宴上，每个人都喝了酒，心情也非常激动，再加上心里有一些感触吧，很多工作人员和歌手就当场痛哭流涕。你想象那个场面，好多人在抱头痛哭，慢慢地有人开始吵了起来，后来还动手了。我跟陈升都是新人，跟大家的关系又不熟。看见哭的，想去安慰也不知道怎么安慰；去劝架，还不小心被人家扫到地上。总之就是一团乱，我们两个人只能大眼瞪小眼，什么都做不了。那就算了吧，我们就只能回家好了。他骑着摩托车载着我，送我回家，然后自己回家……很多年后，我们每次谈起这事都觉得很好笑。后来，陈升帮我写过歌，我也跟他合唱过。我很欣赏他的作品，他在音乐上有自己的想法。

低迷时期

“公司发现这样操作可以赚钱，就把我当成摇钱树”

赵传一夜成名，却感觉到不是琼楼玉宇的美妙，而是高处不胜寒的迷茫。他曾形容自己就像一只“栖上枝头成为猎人目标的小鸟”。这一切源于他和老东家滚石唱片的“爱恨”纠结。当年曾拥有一大批令人震撼的一线实力歌手，一直本着坚持、淡定、人文的精神宗旨，与宝丽金、华纳、飞碟、福茂齐头并进的滚石唱片，如今俨然已是英雄迟暮，光景惨淡。我们只能在赵传的唏嘘声中，遥想当年，无限感慨。

南都娱乐：后来有一段时间，你的情绪低迷是什么原因呢？

赵传：我得到了市场上的肯定，但并不是我当初预期的结果。在出专辑之前，我们的想法是发挥自己的实力，唱有别于大家听过的音乐。这些专辑，比较起当初我想做的音乐风格来说，多多少少还是有些妥协的。一直到后来，好几张专辑都是这种形态，无形中会感到很多压力，会怀疑自己，是不是就只能这样子了？唱片公司发现这样子的操作方式是可以赚钱的，所以就一直用这种模式来打造我的音乐，把我当成摇钱树。

南都娱乐：你提出了自己对音乐作品的想法，但是他们不允许？

赵传：他们表面是同意的。说一张专辑做三四首能卖的歌就行了，其他的可以按我的意思来。但是实际情况还是由公司掌控，不会让我放开了做。最让我心寒的是，我从前面三张专辑加上写真集，一共帮唱片公司卖了一百多万张唱片。到了第四张专辑销售成绩比起前面的专辑销量差一些，但也并没有赔钱，唱片公司高层就开始商量，还要不要继续跟我合作。

南都娱乐：很没人情味。是滚石这样，还是大环境就是这样呢？

赵传：基本上都是这样。公司抱着这样的念头：反正你一定会有一个黄金时期，等过了，就不会再跟你合作了。当时唱片公司的逻辑就是：新人大概就是两张唱片的机会，唱片卖不好就不会和你合作了。那个时候，歌手的寿命、价值都是非常清楚的。譬如现在的歌手，唱片卖不好，他可以演戏，或者当主持人，或者是演电影，或是代言。但是那个时候的歌手，成不成功就看唱片销量。这是唯一的标准。

南都娱乐：后来和公司的纠纷，以至于解约，都是因为这些原因吧？

赵传：坦白说，冰冻三尺，非一日之寒。我希望公司能给歌手制定一个未来的发展规划，而不是趁能赚钱的时候把你榨干。所以后来我们之间的分歧就越来越大，沟通也越来越难，解约不可避免了。

【记者手记】

赵传这次来京是为了宣传自己的个人演唱会。他住在一家地毯已经看不出原本的颜色，墙皮也开始剥落，装修很陈旧的宾馆里。不知道是经历过风雨，看开了，还是对刻意彰显奢华气派这一套过场已经心有余而力不足了，一个半小时的访谈中，他多次表现出了性格中矛盾和纠结的一面。特别是在提到当年的歌曲定位时，对“卑微”、“形象”、“示弱”等字眼，尤其敏感，就像只竖起了刺的刺猬，一触即发，但立刻又在不经意间迅速归于平静……

（采写 / 宋寻）

印象：终结了一个可以靠歌声赢得一切的时代

文／杨闳

赵传终结了一个时代，这样说是因为如今你再难看到有长成这样的歌手了，他是属于上个时代的歌手，那时还可以仅仅用嗓音打动乐迷。

以唱片业变成夕阳产业为标志，歌手从偶像和实力两种类型变成只剩下偶像才能生存，歌手很难仅靠唯一的歌声赢得一切了。21世纪之后，所有实力派歌手都变成了实力+偶像，也就是他／她必须外貌出众，至少不能沦为自嘲“我很丑”的程度，以年轻为主要消费群体的乐迷不再给纵然实力不俗但长得普通的人机会。

赵传跟同时代的歌手齐秦、王杰、周华健、庾澄庆比起来缺少的不是制造音乐的能力，甚至舞台表演力也不输任何人，他在后期明显受到冷落的原因大概就是他不够“像”明星，甚至有人刻薄地说，赵传像一个今天的达人秀歌手。好像人们早就将赵传与其他歌手区分开来，他们之间的“等级”差距也不言自明，即便那些曾经被赵传的歌声激励过的人，也不一定将之看得很高。

换个角度来说，赵传是平易近人的，他就像邻居家考上北大的大哥哥，出身平凡却能获得无比成功，这种励志的效果非常明显。

卑微，但却执著；弱小，但却充满力量。“我是一只小小鸟／想要飞呀飞却怎么也飞不高／我寻寻觅觅寻寻觅觅一个温暖的怀抱”传达的正是这种平民励志，不能放弃，更不要因为自己落后于人就放弃，这是大多数平凡之人需要认真体悟的，甚至越早越好。

我们喜欢赵传也是因为这种可以平视的视角，他从来没有高高在上，甚至比被他歌感动的人还要弱小一点，这是后来歌坛没再出现的现象——用情感和近距离以及感同身受的“弱”来打动听者。这是“偶像”的另一番作用，只是看上去我们越来越不需要这种激励了。“外表冷漠，内心狂热”这又是多少都市青年的肖像，他们满怀憧憬又常常遭受现实的打击，被消磨掉意志和勇气，然后只能面对现实一次次将自己的目标放低。跟如今的《爱情买卖》这些广受欢迎的口水歌比起来，赵传的朗朗上口和励志都是真实可见的，他成了上个时代的终结者，仅凭真诚和唱功就可以成功的终结者。

蔡 琴

1979年出道至今，共发行了40多张专辑，横扫台湾金鼎奖、金曲奖，香港十大中文金曲等各类奖项。20世纪70年代以民歌歌手身份开始涉足歌坛，随后出版了第一张唱片《出塞曲》。名曲有《恰似你的温柔》《你的眼神》《最后一夜》《不了情》《读你》《被遗忘的时光》等。

★最有影响力的台湾歌手之一

蔡琴："我当时很怕被叫老年人"

这个当年唱着校园民歌步入歌坛的少女，20世纪80年代初便与邓丽君并驾齐驱，红极一时。历经了和杨德昌的情爱纠葛、亲人撒手人寰、身患恶疾和一度失声的打击与折磨，一路行来，沉浮坎坷，然而每每亮相于舞台，她却总是泰然自若、淡定从容，笑容一如既往。醇厚宽广的声音，几十年如一日，清风抚背、宛如天籁，浸入了人们的心底，融入了七情六欲里，久久不化……

校园民歌盛世

"内地的校园民歌比台湾晚十年"

20个世纪70年代至80年代中，是台湾校园民歌风潮最意气风发的岁月。在那个充满浪漫、热情和理想，自觉又宽容的年代里，校园歌者们把青春洋溢的创作激情和朝气蓬勃的校园生活和谐地统一了起来，因此他们的妙笔下蕴含着的人文精神、原创意识和文化意味就格外淳朴清新。作为这一时期的缔造者和见证者之一的蔡琴，近期发行的新专辑《爱像一首歌》中收录了《微风往事》《再别康桥》《乡间小路》《偶然》和《祈祷》等当年脍炙人口的华语经典，借以追忆那纯真灿烂的似水年华，并悼念梁弘志、马兆骏等已故好友。

南都娱乐：作为台湾民歌的见证者，您以为它的全盛时期应该是哪几年？

蔡琴：它的起源应该是1978年，到1983年的尾期，大概红了5年。

南都娱乐：在这几年中，校园民歌是不是受众很多，当时的状况是怎样的？

蔡琴：当时我们这些大学生，从高中生到大学生，没有人不唱校园民歌的。虽然市面上还有流行歌曲，但学生不唱，只唱校园民歌。我以前看中央电视台，内地是20世纪90年代才开始流行校园民谣的，出了高晓松、老狼等音乐人，时间比台湾晚了大概10年。

南都娱乐：当时台湾校园民歌最大的特色是什么？

蔡琴：就是学校里面的学生，自己写自己唱。那个时候这种特色已经比较典型了。20世纪80年代的台湾校园民歌手是承前启后的一代，我们可以唱父母亲的老歌，但我们并不只沉醉于老歌，我们也有自己的创新。而且在形象上都是以不化妆为荣。

南都娱乐：那个时候最火的民歌手有哪些呢？

蔡琴：在20世纪80年代，最红的明星是刘文正，在各大校园里都很有名。木吉他合唱团里面的吉他手李宗盛、李建复，还有黄大城，很多人。

南都娱乐：你曾说过没有梁弘志就没有你，而且你的成名曲《恰似你的温柔》正是他的手笔。

蔡琴：现在提到新民歌就会说到我的名字，但是不是我一个人开创了新民歌，这种乐曲的流行，梁弘志有着不可磨灭的贡献。

《恰似你的温柔》是他发表的处女作。写完这首歌，他征集很多人来试唱，听了好几个女孩子的演唱之后，他都不满意，于是起身离去。轮到我唱的时候，本来梁弘志已经下楼了，我这一唱就让原本已经下楼的梁弘志折身回来了，他说这首歌要的就是这种感觉，非我不录。

南都娱乐：但为什么很多人都说《恰似你的温柔》这首歌的原唱是邓丽君？

蔡琴：可能是内地的歌迷先听到她的版本吧。而且后来刘文正、费玉清等很多歌手都翻唱过这首歌。

南都娱乐：刚才提到李宗盛，他算是校园民歌的后起之秀了吧？你们很早就在一起合作了吧。

蔡琴：我们在大学时，每一场演唱会，都是他帮我唱和声。那时候没有分什么唱片公司。这些民歌手很可爱，看到你上去，他就在后面帮你唱和声，包括黄大城也是。那时候我们不分彼此，大家的关系都很好。

南都娱乐：你对李宗盛的第一印象是什么样的？

蔡琴：他的眼镜特别好看。呵呵。他很孝顺他爸爸，普通话特别标准，那时候，我们觉得他是个很可爱的小老头，像小老头般的年轻人。人很好，很热心，那时候，我们不觉得他会写歌，只是觉得他唱歌很好听。

南都娱乐：听说你还比较欣赏胡德夫？在某次活动的后台你还给对方跪下了？

蔡琴：对对对。因为我从高中的时候就听他的歌。他是我的前辈。他唱的时候，我还是中学生。胡德夫的声音很好听。那次是我们校园民歌30年晚会的时候，我们10周年一次的大聚会才看到他演出。我说今天我要给他下跪，他的歌太好听了，我连续听了好几天。当时我是真心的，结果把他吓了一跳。其他的歌手看了觉得很好笑，那次我的印象深刻。

南都娱乐：民歌的衰落是因为后来流行音乐的冲击?

蔡琴：没有被什么样的音乐冲击，而是唱片公司一下子把这些歌曲全制作成唱片了，我们这些本来是无名英雄的，都变成有名的人了。本来，我们在校园之间算是无名英雄。各大公司找作曲人或制作人去复制一大堆，甚至于复制假的民歌手。我们以前为什么是民歌手，是因为我们没有上电视啊，我们也不化妆啊，看起来就是新鲜、自然、朴实。后来很多假的民歌手都是经过唱片公司包装的，已经很商业化了。我们这些已经出了名的，有些毕业离开了歌坛，有的走到了幕后，慢慢就没有真正的民歌手了。

天生沧桑的嗓音
“那时候很怕人家把我叫老年人”

凭借一首《恰似你的温柔》，蔡琴奠定了她在民歌时代金嗓子的地位，经过了20多年的洗涤和沉淀，她的歌声依然历久弥新。蔡琴的音乐生涯似乎没有稚嫩的时代，横空出世之时仿佛就已经饱经沧桑。当她波澜不惊、低回委婉的声音，在抚平聆听者伤痕之时，她不过只是一个梨涡浅笑的妙龄少女。弹指几十年，却成了华语乐坛毋庸置疑的“常青树”。那段快乐挥霍着青春、少年不识愁滋味的豆蔻年华中犹在眼前……

南都娱乐：你在变声之前有没嗲嗲的少女声音?

蔡琴：有。在小学四年级以前，我还都是清亮的高音呢。四年级就变了，变得好怪。我妈妈还有些担心呢，一个女孩子，怎么变低沉了？我自己也觉得很可怕，像个小鸭子似的。呵呵。不过这和我的音色和唱腔有关，我是相对没有那种社会气息唱腔和时间限制的歌手。

南都娱乐：刚刚也提到了，梁弘志之所以要你来唱《恰似你的温柔》是因为被你的声音吸引了。年纪轻轻的你，怎么能表现出他要的那种沧桑感呢？

蔡琴：我去试音的时候，觉得应该把这首歌的调子降低些，速度放慢些，就按照个人对歌的理解唱了，正好是他想要的感觉。那时候我和妈妈也担心呢，说20岁不到的女孩，怎么声音像三十几岁的女人。

南都娱乐：声音和真人对不上号？

蔡琴：对啊，《恰似你的温柔》太火了，上不完的电台通告，还有拍封面、上电视什么的，而且每天都要演出，慢慢地走在街上就能被人认出来了。不过一开始的时候，大多数先听过我声音的听众对我的长相是不接受的。过了一段时间，大家才慢慢把我的长相和声音统一起来。

南都娱乐：你曾经在接受访问的时候，提到过曾经有段时间比较抵触唱老歌，是因为这个原因吗？

蔡琴：我的第一张专辑、第二张专辑都选了一些老歌，红了。这些歌是我爸爸妈妈他们会唱的歌。因为我生活里面跟我的爸妈学了很多老歌，所以我就放在唱片里了。而且爸妈他们那个年纪不会来买我们的校园民歌，他们觉得我们的歌词很幼稚。所以我出专辑的时候，特意放了两首他们喜欢的歌。我想，让成年人喜欢听我的歌，也是为什么我存活下来的原因。后来1984年我唱《最后一夜》。这是首复古的歌曲，结果又红了。唱片公司老板当然要做生意，就想我出老歌专辑。我那时候还很年轻，年轻人就怕变老嘛，而且当时我只是想玩就唱一下，没想到卖钱，所以很怕人家把我叫老年人，搞不清楚我是哪个时代的歌手，所以比较抵触唱老歌。

南都娱乐：那么在你的概念里，经典老歌的魅力是什么？

蔡琴：真正的老歌是我小时候父母亲唱的歌，也就是他们小时候流行的歌。我很小的时候就跟爸爸妈妈一起听那些歌。我们家只有一台破旧的录音机。爸爸喜欢古典音乐，莫扎特、贝多芬。妈妈爱听周璇、白光的歌。跟着妈妈，我听会了《梦里相思》《情人的眼泪》《三年》等。这些老歌充满了文艺气息，耐人寻味。

南都娱乐：20世纪80年代你出了很多比较有影响力的唱片，哪一张卖得最好？

蔡琴：《抉择》和《出塞曲》，销量第一名。至于销量我觉得那个时候唱片公司都是骗我们的，不知道具体数目，我只跟你讲，1984年我的唱片销量就已经达到200万张，老板非常高兴。那时候市面上好多翻版！

主题曲和歌舞剧
“从我开始唱歌就已经跟戏剧结缘了”

蔡琴这辈子注定要与电影结缘。无论是事业还是婚姻。从刚出道时的《抉择》开始，她就一只脚迈入了电影的浮华世界。如果说《青梅竹马》是蔡琴与电影一次懵懵懂懂的初恋，那么与导演杨德昌十年无性的婚姻就像蔡琴与寥寥几个电影角色貌合神离的眼神般扑朔迷离。而在《无间道》中大热的《被遗忘的时光》则是她与电影最美妙、契合的完美结合。或许对于蔡琴来说，最擅长的还是塑造自己，而不是别人。

南都娱乐：你唱了很多电影主题曲。

蔡琴：我很喜欢唱电影或者电视剧主题曲、插曲。因为我是个大戏迷。像我灌唱片，每首歌我都要想个故事，才能把它唱得出神入化。

南都娱乐：可能给大家记忆最深刻的还是《无间道》中《被遗忘的时光》。

蔡琴：那是一次无心插柳。唱这首歌不是为了电影。不像《雷雨》，是专门为了电影唱的。导演把《被遗忘的时光》用得很好。我觉得这首歌能红，他的功劳最大。他本来就是个发烧友，把音乐巧妙地安插在电影中，这歌才能大放异彩。

南都娱乐：你记忆中对哪首电影主题曲印象最深?

蔡琴：《抉择》。因为那个时候我才刚出道。一个电影导演找我出了一整张唱片。10首歌中8首都放进去了，我都不知道为什么要放进去。可能就是因为太红了，导演不管三七二十一，什么歌都往里边塞。

南都娱乐：为什么这么多电影会青睐你的音乐呢?

蔡琴：其实我在唱校园民歌的时候，我很多歌曲就被电影或电视剧拿去当主题曲了，所以从我开始唱歌就已经跟戏剧结缘了。他们大概觉得我的声音很适合来表达他们戏剧里面的感情。

南都娱乐：不仅是唱电影主题曲，后来还演了几部电影。

蔡琴：只拍过三部，因为我不喜欢拍电影。我不是明星脸，也不上镜。而且电影是导演的作品，有些时候演员参与其中是很茫然的。所以我更喜欢歌舞剧，一气呵成的感觉胜过拍电影。

南都娱乐：当初为何要和杨德昌合作《青梅竹马》呢?

蔡琴：当时有很多剧本找我，我也想尝试一下，就在里面挑了个最好的角色。而且我知道这个导演是比较好的导演。

南都娱乐：你第一次接触歌舞剧是在20世纪80年代？80年代的台湾似乎歌舞剧并不盛行。

蔡琴：我记得第一次看的时候，是唱《恰似你的温柔》后没多久，台湾的校园民歌手组成了一个演唱会的阵容，包括齐豫，一起巡回美国，到八所大学去演唱。到了纽约，我们就去看音乐剧，这是我第一次看，女主角是我的偶像Elaine，不管是表演还是舞台设计都看得我目瞪口呆。我就想为什么中国没有呢？

南都娱乐：所以后来你选择亲身参与了，并且还为此着迷。

蔡琴：1996年的时候，张雨生写了《吻我吧，娜娜》，就是据莎士比亚的剧本《驯悍记》改编的。台湾终于有人在做这个事了。1997年他们来找我说，要办他们那个剧场的第三个歌舞剧，想请我来演。我立刻说，好，我根本不会哦，我什么都不会，我只会唱流行歌曲，我不会跳舞，我也不会演戏，而且我不知道那个我会不会，但是，天啊，今天我的梦成真了，有人来找我，我答应了。可是我跟导演说你要给我一年的时间上课，因为我什么都不会，所以我什么都是从头开始学的。虽然吃了不少苦头，但是我却很喜欢演歌舞剧，之后也陆续演了一些。

【记者手记】

蔡琴不似一般的中年女人。倒不是指相貌打扮，我说的是心态和娇嗲的神态。谈到几十年前的校园民歌时代，除了对好友的辞世唏嘘惋惜，并不见沉重追思之情，仿佛青春只是昨天，美好就在眼前。说到整蛊好友的派对和浪漫的小女人心思时，又流露出如同少女般毫不做作的憨态：快乐时大笑，惆怅时叹息，饿了可以撒娇般地嚷嚷索要食物……这样的蔡琴，哪里像是“歌坛常青树”，俨然还是几十年前那个憨态可掬的妙龄少女。

（采写/宋寻）

印象：没有她，世界就少了一种声音

文／王洞洞

如果蔡琴不去唱苦情歌，这个世界绝对少了一种声音。

从她20世纪70年代末出道，经历灵光闪烁的锋芒岁月，然后与看似郎才女貌的杨德昌结合，再然后她断断续续地经历所谓的残酷时光，她的最巅峰的歌唱时代也是她最癫狂和混乱的婚姻时期，再然后爆出让一个女人无比尴尬的十年无性婚姻“丑闻”，让自己蒙羞的人竟然是那个敬了、爱了、伤了十几年的那个男人。最令人无法接受的一桩悲剧是，这个称得上荒诞的事情里没有人是所谓的罪人，人性被丢在火上煎烤，岁月如刀子般在外露的皮肤上刻下残酷的痕迹……

如此经历对于一个女人来说够残忍，更何况这是一个有着举世无双的嗓子且外表豁达内心柔弱的女人，称得上骇人听闻了。多年以后，杨德昌在美国娶妻生子，过上了事业生活都富足的日子，可远在台湾不再风光的蔡琴，被人们理解成只能自舔伤口。

幸好我们对蔡琴的理解并非完全因为其生活经历，更多的注意力集中在她身上是因为她那里有沁人心脾的音乐。在音乐的王国里，蔡琴才可以重新披挂上阵当上她自己的王后。“寂寞的长巷／而今斜月轻照／冷落的秋千／而今迎风轻摇”，如果说蔡琴后来的声音里有一种生命孕育的雄厚沉浑之美，那么在早期她的歌声里就已经注定这样一种悲情和苦痛的调子。这，也许是上天赐予的恩与罪，它容不得你有多少改悔或者犹豫的余地，坦然接受如蔡琴，大概是唯一的办法。

千转百回的悠扬中，蔡琴通过醉人的歌声让我们一次次地回到必须要经过锤炼的残酷岁月中，那里没有多少甜美和抒情的快乐，只有承受和默默的等待。那种天然得仿佛得到大自然恩惠的嗓音，是上天赋予蔡琴的才华，也是送给她的一代代乐迷的礼物。有一种声音从嗓子里发出，却是来源于身体内部五脏六腑的酝酿，那低沉的轰鸣，一旦发出就可以轻易让听者着迷，直到彻底被声音的芳香深深醉倒在岁月的刻度上。

有时候，尽管你对世界没有丝毫控制力，但有一张蔡琴的唱片就已经可以在某种感受上达到满足的程度，那是一种世界上独一无二的声音。如果你没有钱、没有朋友、没有爱情，那没什么了不起，因为它们在别人那里可以存在，但你有蔡琴的音乐，便拥有了世界上唯一的一种声音。没有她，世上就少了一种美妙的声音。

潘越云

本名潘月云，1980年10月31日正式出道。1981年，她的首张个人专辑《再见离别》取得了相当不俗的成绩。1982年，凭借《天天天蓝》专辑，奠定了自己在乐坛的位置。潘越云于海内外发行的国台语专辑超过60张，亦为歌坛少数国台语作品成绩皆斐然的歌手，几乎无人能出其右。

★20世纪80年代顶尖台湾歌手

潘越云：化烟熏妆，我比王菲还早20年

“情是深，意是浓。离是苦，想是空。”时而清越，时而低沉，时而愁苦，时而哀婉的情调贯穿她近30年的歌唱生涯不曾散去，且越来越浓郁。唱得最多的是离别，说得最多的是寂寞，她唱尽了世间女子的爱欲纠缠，却在凡尘俗世中独自孤寂。她没有齐豫卓越不凡的音域，没有蔡琴游刃有余的张力，有的只是那哭腔中化不开的柔情故事，如泣如诉、跌宕起伏。

在滚石的日子
“当时公司给我打上唱情歌的女歌手符号”

有人说，在滚石的黄金十年中真正的一姐，不是陈淑桦，不是齐豫，也不是林忆莲，而是1993年离开滚石的潘越云。《天天天蓝》里的清澈高远，《野百合也有春天》里的执著倔强，《最爱》里的沧桑纠结，《心情》里的缠绵悱恻……滚石时期，阿潘的音乐几乎首首被奉为经典，传唱至今……1980年12月，由潘越云、李丽芬和吴楚楚三人演绎的《三人展》，是滚石诞生以来的首张唱片；1986年，滚石推出的首批CD产品，就是潘越云的两张精选

集；1988年9月，滚石推出潘越云做的《男欢女爱》，这是台湾第一张以男女对唱为主的唱片。太多数不清的第一次，不仅仅只是在缔造一个共同记忆里的“情歌教母”，而是声情并茂地记录了滚石唱片那一去不返又不可复制的黄金十年史。

南都娱乐：每次说到台湾的校园民歌运动，都会提到你的名字。你是怎样搭上校园民歌这趟末班车的呢？

潘越云：我没有出唱片之前，就是在很高档的餐厅里自弹自唱，那时校园民歌很风行，像齐豫、蔡琴、李建复……我接触到很多很多民歌，发现水平都很高，歌词也写得很好。创作人很多是台湾大学生，还有一部分歌词来自台湾著名的作家，像余光中、卓以玉教授等。过没多久我就出唱片了。其实我不是很正统的校园民歌手，但陶晓清他们觉得我的声音和音乐的风格很有文艺气息，就把我跟她们安排在一起演出，所以我算是搭上了校园民歌的最后一班车了。

南都娱乐：但是你跟很多民歌时代的歌手不同，并不是通过歌唱比赛进入歌坛的，而是被王梦麟发掘的。

潘越云：是的。记得有一次，一帮校园民歌手要去高雄表演，我也跟去。王听到我唱歌，就找我留下了电话。这次演出中有个叫邰肇玫的歌手，回到台北后就跟滚石唱片的人推荐我，说我唱得不错，还会弹吉他。后来滚石的人知道王梦麟有我的电话，就让他跟我联络。当时的滚石唱片也是刚刚成立，正好想签歌手出唱片，所以我就到台北的录音棚里去试唱。

南都娱乐：听说一同去试唱的还有李丽芬，为什么没有签她呢？

潘越云：我也不理解啊！他们先放了一首王海玲的《忘了我

是谁》，而且完全就是王海玲那么高的key。第一首唱完之后，第二首就是蔡琴的《恰似你的温柔》，很难啊。当时，在场听我们唱的人还有吴楚楚，她是这张唱片的制作人，同时也是滚石的老板之一，她算是很懂音乐的了，而且还是饭厅歌手的鼻祖。我也觉得李丽芬的声音很好，而且她小时候是受过演讲和语言培训的，字正腔圆，讲话好听，咬字清楚，低音也很漂亮。所以我一直以为她也有签约。

南都娱乐：在1982年发行第二张专辑《天天天蓝》之前，你一直在向蔡琴那样的低音方向发展。为什么后来没有一直走下去呢？和公司对你的定位有关系吗？

潘越云：那时，外界的人称呼我们这帮人“文艺女歌手”。公司并没有设定说我要走低音路线。他们给我的符号是一个唱情歌的女歌手，这一点是非常清楚的。不仅要很情歌的那种，而且还要有内容、有水平。其实我的高音也可以唱到很高，像《天天天蓝》，但那不是我以前常常会用到的风格。

南都娱乐：你跟滚石合作很多年了，但为什么还是会离开呢？而且大家对你在飞碟的音乐评价不过如此。

潘越云：这是一个很自然的事情啊。吴楚楚和彭国华，他们两个人跟段氏兄弟都是滚石的合伙人。当年我在滚石，他们两个是带着我吃饭、带着我上通告的，我跟他们感情很深。我的第一张唱片《再见离别》录完之后，吴楚楚跟彭国华就跟段钟潭分开成立了飞碟唱片。后来吴楚楚跟彭国华希望我能加入飞碟，那我觉得，我在滚石待了12年了，也蛮久的，需要去另外一个环境，看看自己还有多少发展空间。所以就离开了。果然，我到飞碟之后，彭国华教我很多制作唱片的知识，包括怎么控制预算、成本什么的，还给我机会自己制作专辑。《痴情》是我手下的制作公司做的。

南都娱乐：听说虽然你为公司带来了不少收益，但是你在滚石其实收入却并不高？

潘越云：其实收入不代表一个人的成就感。譬如说当年在滚石的办公室，你随时随地可以看到一条标语：我在滚石我很重要！所以那时候滚石的人，向心力很强，这就是经营者成功的地方。如何看待手下的员工，怎样让员工有发展的空间？旗下的艺人就更不用说了。像华健到现在还在滚石，哪里跟他招手他都不去，这就是一个经营者给下边人的一种安全感，所以我们在滚石，金钱收入并不是一个艺人在意的东西。

三个女人缔造的《回声》
“当时我怀疑能跟齐豫组合”

蔡琴曾经说过，80年代的台湾乐坛，歌手们之间少见尔虞我诈的踩踏碾轧，更多的是惺惺相惜、共同进退的情谊。在潘越云的一生中，和齐豫、三毛如闺密般日日厮守的短暂岁月，已经成了她不可磨灭的记忆。多年前曾经有感于一本杂志上三人的合照，都身穿波西米亚风格的裙装，抱作一团，笑靥如花……而这三个极富传奇色彩的女人，共同缔造的唱片《三毛作品集15号——回声》讲述了三毛的前世今生，凄美绝伦、如泣如诉，是这段真挚友谊最为鲜活真实的见证。

南都娱乐：《三毛作品集15号——回声》这张专辑让很多人难忘，并被称为“凄美绝伦”，这张专辑的概念是怎么诞生的？

潘越云：当时三毛的新书出版了。滚石就有了一个想法，能不能把这些书变成有声的，制作一个有文学有音乐的东西。

南都娱乐：公司为什么会安排你和齐豫这样的组合呢？

潘越云：就觉得齐豫的形象跟我的形象很特别，反差不大，都是波希米亚风。其实当时我也有怀疑啊，我真的可以跟齐豫做组合吗？因为她的声音是美声，像女神的声音，key很高。我的声音要相对低一些。所以在《回声》里，听到的都是我很高的key，很亮的声音，没有低音了。

南都娱乐：你跟三毛是通过这次结缘的吧。

潘越云：我们要做《回声》这张唱片，就得老去她家开会，因为整张作品都是她的文字。她要把她的故事说给我和齐豫，还有制作人王新莲，我们三个女人听。记得第一次去她家还蛮紧张的，因为之前只是看过她的书嘛。但是她是个很好的人，家里也弄得很舒服，很干净，虽然并不富丽堂皇。她收藏了很多很多的书，连厨房都摆着。因为这张唱片，我和齐豫跟三毛更接近更熟悉了，那时就看她的书，就幻想她是什么样子的人，后来真见到她，就觉得她和她的文字完全没有落差。

南都娱乐：她是个怎样的人？

潘越云：她很会说故事，即便跟你聊天也会觉得她很像在说故事。每次开会，她会讲很多故事给我们听，但是她讲话的声音比我还小声。跟她说话，你会觉得可以吸收到很多没听别人讲过的知识。她说话很特别，又很诗情画意，而且非常会关心别人。

南都娱乐：那张专辑用到了很多三毛的文字，那些文字都是她自己选的吗？

潘越云：文字都是她决定的。每一首歌她都会给我们讲背后的故事。比如李宗盛写的《飞》这首歌里面写道：“左手是护照，右手是机票。”说的正是当时她跟男朋友分手的故事。

30年不变的形象
“化烟熏妆，我比王菲还早20年”

三毛说，齐豫的声音是仙子动人心魄，潘越云是女妖催魂夺命。还有人用“烟视媚行”来形容潘越云。不用美丽、漂亮、性感，而是用了这个大部分女人都高攀不上的词汇。诚然，几十年不变的标志性大波浪式长卷发、浓厚的黑色烟熏妆、夸张的紫红色嘴唇，以及层层叠叠、拖拖沓沓的长裙子，都并不符合通俗意义上人们的审美情趣。而且在以清新、自然为卖点的民歌时代，这样的打扮难免惊世骇俗。所以出道之初，其形象还被媒体和歌迷大肆抨击，称之为“丑得特别的女人”。

南都娱乐：为什么多年来，一直画黑眼线长睫毛？据说这和三毛说你是“埃及人”有关？

潘越云：没有哎。这个问题很简单，因为我们东方人头发是黑的，眼珠子也是黑的，所以适合用黑色去衬托，会显得深邃。而且我觉得黑色很漂亮嘛，可能是我的喜好吧，不是所有人都喜欢。

南都娱乐：在80年代，你这种打扮算是相当另类了吧？怎么会给自己设计一个这样的造型呢？

潘越云：当时就是很喜欢看时装杂志，欧美的。他们不就是搽黑色的指甲油，画蓝色的眼影吗？黑色、蓝色、紫色，我觉得很漂亮啊，虽然我不是学画的，但是对色彩啊艺术啊都很敏感，所以我会把焦点都放在色系上。看那些杂志，觉得那些模特的妆很漂亮，就模仿着化。其实当年我就敢搽黑色的口红了。

南都娱乐：好像这样的形象也曾受到过很多的质疑吧？

潘越云：媒体看到我后会吓一跳，因为当时不会有人搽黑色的指甲油和黑色的口红。他们以媒体能接受的尺度来看待我，可能觉得会比较奇怪吧。但是他们的文字也只是写我标新立异，特立独行，也没有丑化我。你看，20年后，王菲不也化烟熏妆了吗？只是我比她早了20年罢了。

和众多制作人合作

“每个制作人对声音的要求不同，所以李宗盛爱林忆莲”

潘越云是幸运的。在她30多年的音乐生涯中，几乎与台湾所有大牌的制作人都有过不止一次的合作，从李寿全、吴正德到罗大佑、沈光远、陈升、李宗盛等。诚如她的专辑文案中描述的那样：“阿潘是一个不可多得的好歌手，音域宽广，也能够接受不同制作人的各种要求和挑战……也使得我们在聆听历年专辑时，仿佛就像观看一部台湾流行歌曲的演化史。”

南都娱乐：有没有哪个制作人在录音的时候，有一些特殊的癖好？

潘越云：小虫吧。以前没有数位录音，都是一个很大的控制台，他会停止呼吸的，他会觉得连呼吸都会吵到他，他就抠啊抠啊，抠那个控制台，把那个海绵都抠破了。他就是这样专注和投入，而且他录音时，一定会在配唱间摆满花，因为他是双鱼座，很讲究浪漫，喜欢气氛，也会给歌手营造这种气氛。

南都娱乐：每个制作人的要求都不一样吧。

潘越云：对。像陈升感觉对了就好了，不用唱得很好，每次都是我说要多唱几遍；像大佑也是很注重感情，不要太工整，不要太华丽，不要太完美，他要那种感觉；可是李宗盛就不一样，连ang、eng、in都要分得很清楚，每一个音，每一个咬字都要很正确，他觉得每个歌手都有一定的技巧，他重的是音色。而且他不要30岁的声音，他要17岁的声音。你看林忆莲的声音，李宗盛就很喜欢。还有黄莺莺、陈淑桦的声音，他也很喜欢。他不要那种低的、sexy（性感）的声音。但是像沈光远就要sexy的声音。

南都娱乐：台湾特色算不算是你的另一个特点？你和吴念真合作的山地民歌《大武山》也让人记忆犹新。

潘越云：我确实跟许多唱台语歌的都不一样，其实台语歌的歌词可以写得很好，比如吴念真，他是导演，也是作家，一个舞台剧的编剧。他写的台语歌的歌词很好，是文言文的，当然别人都看不懂，也不太会念。闽南的文学特色很浓，其实除了一些风花雪月的，也有很多很好听的。陈升也写了好多，当然我们唱台语歌是用制作国语唱片的方式来唱的，其实都是一样的，我有我的诠释，所以大家听我唱的台语歌就会觉得跟别的歌手唱的台语歌大不相同。

【记者手记】

很久未到内地的潘越云，为了在北京北展剧场举办的演唱会，顶着媒体对她婚姻现状的“围追堵截”，再次出现在公众面前。我不能再死撑，的确这株曾经迎风摇曳的“野百合”，美丽已经不在，岁月的痕迹昭然若揭。看外形，除了瘦削的身材和稍显夸张的眼妆外，她和其他中年女人相差无几。但我却把“臣服”这个字眼，第一次用在了一个艺人的身上。当然，这与音乐、与声音、与专业通通无关，虽说我常常沉溺于她温婉的情歌和慵懒的嗓音中无法自拔……然而我说的是，一种女人味，举手投足、一颦一笑之间，散发的那股子神秘又高贵、风情且孤傲、妖娆且另类的蛊惑人心的气息……那种暧昧的神色，“猫一样的女子”，用来形容潘越云再贴切不过了。

（采写／宋寻）

印象：在过去式中慢慢飘飞

文／李文枫

潘越云的那首《我是不是你最疼爱的人》多年前曾经红遍大陆。事实上早在1983年，她已经从无数的短波长波电台悄然进入了众多70后青年的耳中。那时还是邓丽君属于黄色歌手的年代，连小学生都要抵抗的黄色歌曲的范围中并没有包含潘越云这位向来不沾染红尘，只生活在情感世界的歌手。于是她的《天天天蓝》会通过各种渠道与20世纪70年代台湾民歌一同走进大陆，在很长的时间里影响了大陆第一代通俗歌手。从这个意义来说，台湾女歌手中，她与邓丽君自然是无可比肩，但与齐豫却处于同一个阶梯上。

与齐豫文艺路线相比，潘越云走的是流行歌曲的方向。于是潘越云有了《世间女子》这张唱片，这是一个分裂点，从民歌的文艺路线彻底转型到流行。想来，潘越云也是想要延续《天天天蓝》的巨大销量，开始以情歌路线投身商业当中。

潘越云的嗓音如丝如缕，柔韧清冽，兼之宽广的音域，使得她的歌曲能够从容出入各种旋律及编曲当中。在制作人的眼里她就是梦幻般的人物，更是后来台湾女歌手们暗自效仿的对象，更是歌手水准的一个标准。纵观如今台湾的流行女歌手，已经再难重复那个时代。而那个时代声音辨识度更高的两个歌手，苏芮和潘美辰与她的声音各具特色，从而造就了台湾女声音乐的繁盛。尤其突出的是，潘越云除了实力过人还是一位真正的经典美女。无论素颜还是带妆照，都非现今的歌手可比。哪怕已经五十岁，青春不在，仍然艳若桃李。

盛极必衰，《我是不是你最疼爱的人》这首歌曲为潘越云带来无比巨大的成功，同时也带来无法攀越的高墙。加之转公司、换制作人等明星最忌讳的事情，使得潘越云的事业骤然止步。作为一个非创作型歌手，对制作人的依赖是非常严重的，更兼潘的性格因素，实在沾惹了太多红尘俗世，从而逐步低落。1993年之后，旋律型歌曲也逐步被更多乐风冲击，一把好嗓子比不过一个会扭的小屁股。新人辈出的局面虽然在演唱能力上不能造成多少威胁，但流行的潮水却是一波替代另一波呈现，之后台湾女声就成为张惠妹的年代。

从如流的时光中捡拾起潘越云辉煌的过去，在那个人人用心写歌，更是人人努力唱歌的年代，潘越云的歌声脱俗华美不可方物，但如今韶华过去，尽管类似我这样年纪的大把粉丝依旧爱恋她的歌声，她却依旧在过去式中慢慢飘飞。

黄舒骏

1966年出生。从台湾大学大气科学专业毕业后，黄舒骏转投唱片公司，成为台湾地区著名的歌手、作家和制作人。他曾为《青少年哪吒》《寂寞芳心俱乐部》《国道封闭》《金枝玉叶2》等电影配乐，并制作与创作黄莺莺、伊能静、陶晶莹、Beyond、范晓萱、邝美云、彭羚、杨采妮、吴倩莲等人的个人专辑。近年来黄舒骏更热衷于当选秀评委。

★音乐王子

黄舒骏：曾经有一度我已计划好彻底离开唱片界

提起黄舒骏的名字，未必响亮如巨星，出生于1966年的他，在20世纪90年代中期的台湾歌坛可谓叱咤一时。他是一名歌手，曾经够偶像，够青春；他是一名词曲作家，许多作品传唱至今；他是大牌明星们的监制，曾经一年监制46张唱片。如今的他更是与时俱进，开演唱会，继续遨游他的音乐海洋，还担任选秀评委，经营自己的公司，更是成为擅长创作“爱情箴言”的微博达人。

少年成名

“我并不是一个从小就立志要做音乐的小孩”

用少年成名来形容黄舒骏毫不为过，当年尚在大学的他，已经出版两盘畅销专辑《马不停蹄的忧伤》和《雁渡寒潭》。他别出心裁地在歌曲中赋予文学性，创作出20世纪90年代台湾乐坛令人耳目一新的个性音乐，他也因而成为无数青少年心目中的偶像。

南都娱乐：听说你从小就表现出很出色的音乐才华，但是你大

学读的却是理科类，是怎么正式成为一名歌手的？

黄舒骏：我10岁学小提琴，那会我学小提琴只是因为我姐姐学钢琴，我不想跟她们学同样的东西。但整个学生时代不管是学小提琴、吉他、口琴，整个的过程都没有想过后来我会做音乐，它只是我在学生时代的众多嗜好的其中一个。但我后来考上大学之后，考上大气系，这是一门非常专业的科学，其实就是念数学跟物理。我对这个数学物理很有兴趣，可是我对读大气系之后将来要做的事情觉得不适合，因为这个不适合才开始想做觉得适合的事情。经过一段时间的摸索，各种创作，舞台剧啦、小说啦这些，创作之后，然后做音乐，做唱片的机会最早出现，所以同样的我会觉得是音乐选择了我，我并不是一个从小就立志要做音乐的小孩。我是突然蹦出来的一个，那时候我才大三，就被唱片公司签约并开始制作专辑，距离我写出第一首歌也不过才七八个月的时间，所以我的转变是速度很快、时间很短的。我很幸运，第一张专辑就获得市场上的成功，使得唱片公司会继续支持我做下面的专辑，一直到今天。这个过程如果回到当时时间点来看的话都是一种幸运、一种意外。

南都娱乐：第一张专辑是《马不停蹄的忧伤》吧，后来又出了《雁渡寒潭》，那大家都觉得你的作品有一种让人耳目一新的感觉，并让很多年轻人产生共鸣，自己是怎么看这些？

黄舒骏：对，当时我对流行音乐，特别是华语流行音乐一无所知，我不知道什么叫做流行，但我听过很多西洋歌曲，他们在歌词上的写作，讲故事，运用叙事的方式，这个在当时的华语歌曲里面是比较少的，华语歌曲里面都是一种我称之为“打油诗”的形式，而不是叙事的形式。所以当我有机会做自己的专辑时，我有一个直觉就是我要做叙事的方式。后来这张专辑推出后，因为成功了，所以我才发现原来这样是行得通的。

南都娱乐：*那个时候你还很年轻，才二十几岁，然后一下有了这么大成绩，有没有一种少年得意的飘飘然？*

黄舒骏：绝对有。我都还可以跟你讲一个，实在是一个非常诡异的故事。就是我有一天，那是我发行第二张专辑《雁渡寒潭》的事情，我有天开着车经过一个地下道的隧道，开下去就上来，我突然在那一刻持续了3到5秒，一个念头就冒到我头上告诉我说，黄舒骏，你现在可以追到全世界的女生，（笑）这个印象很深刻但是持续大概不到5秒钟，因为等我从地下道一出来我就告诉自己说，哇，这念头真糟糕。所以这个大概就是你讲的飘飘然的感觉，那为什么会飘飘然呢？是因为你发现，啊，原来我写的东西是会引起共鸣的，原来我有办法猜测别人心里想什么，这种感觉的确很奇特。

南都娱乐：*后来你既当艺人又当制作人，你有段时间担任EMI（百代唱片公司）的音乐总监，当时的唱片业是一个什么样的情况？*

黄舒骏：我1995年担任EMI的音乐总监，是第一个担任台湾国际音乐公司的艺人，所以我去的时候的确是引起了蛮大的关注。那个时候我并没有退居幕后，可以看出唱片界的蓬勃发展，我是EMI的艺人同时也是音乐总监，我在一年之内监制了45张唱片。那时EMI如日中天，几乎可以说华人地区有一半的最走红的艺人都在EMI，盛况的确是难以形容。比如说有一家录音室它有3个录音间，然后因为要去探班我就去那个录音室，一去才发现3个录音间都是我的，都是我们EMI的艺人在录音。如果我说一年有46张，就是一个月有4张唱片，一个礼拜就1张新唱片。自己有这样的速度推，然后每一张唱片都是知名的艺人，所以那个时候的确在唱片的创新和整个发行上都是一个百花齐放的时代。大家天天都在听说，他这张唱片又火了，哎哟妈呀，这个新人又起来了，天天都听到这样的消息，跟现在10年才出一个大明星是两回事。所以我非常不习惯这件事情。

南都娱乐：那时候很流行“演而优则唱”，很多名演员都出唱片，当时你监制的这些作品之中是不是有很多跟风之作？

黄舒骏：不否认是有的，比如说当时那么多香港的艺人出唱片，我举个例子来讲，你们一定不知道关之琳1994年出过一张唱片《相约到永久》，罗大佑也出了《恋曲2000》，是跟关之琳同样的时间推出的，很残酷的现实是关之琳的卖得比他好。那个时刻你会觉得这个事情实在是令人感到十分的沮丧，但是时过境迁后我觉得这并没有影响罗大佑，并没有影响整个音乐界的评价，整个音乐界并没有因此而扭曲了，所以有些东西确实是跟某一个时期的跟风有关。但留下来的终究是真正有贡献有才华的，或者说演唱方式打动人心的这些艺人。

南都娱乐：2010年王菲复出演唱会在北京举行，她的开场曲选的就是你的作品《只愿为你守着约》，当时是在什么情况下写的这首歌？

黄舒骏：当年我会写这首歌，是因为我的制作人就是当年叫做王靖雯的现在的王菲的第一张专辑的制作人。她当时到台湾发展，她的制作人就打电话给我，希望我能为王靖雯量身写一首歌，而且他还特别跟我说，希望你能够描述当时的王菲，也就是王靖雯她在香港奋斗，那种远距离恋情的相思煎熬，希望我能写出这样的故事。我的确想为她当时的感情生活作一个注解，所以我后来就写了这首《只愿为你守着约》。这首歌在当时并没有成为主打歌，而现在，想不到她选它作为复出演唱会第一场的第一首歌，我也感到很荣幸。

辉煌转瞬即逝

“网络兴起之后彻底摧毁了唱片业”

辉煌时代转瞬即逝。自2001年之后，黄舒骏再没推出自己的专辑，这也是乐坛变革的一个小小信号，网络下载摧垮了唱片业。虽然贵为当时最红的制作人，黄舒骏也一样在当时的乐坛难以生存。他开始回母校读MBA（工商管理硕士），办公司，这都成为他新的人生经验。

南都娱乐：那你2001年以后没有再出唱片，大概和市场变化息息相关，你说的网络使唱片的销量下滑，那个时候心态上会不会有一个跌宕起伏的感觉？

黄舒骏：是的，我真正感到可惜的是流行音乐的影响力一直下降这件事情，让我觉得好遗憾，因为我在1990年代很长一段时间都觉得我好幸运能够从事这个行业，就是用自己的兴趣可以得到所有想得到的成就感。当时推出一张专辑，每一首歌只要你的歌被当做主打，很快所有人都知道这首歌、记得这首歌，那个感受是很强烈的，所以我觉得网络兴起之后彻底摧毁了唱片业，它实际上并没有真正建立一个新的模式，让大家能够像我们过去一样去享受这些过去没有的，也许有一天会有新的模式出现，但是至少在这个时刻我们是看不到未来的。

南都娱乐：之前我有采访孟庭苇，自从某张专辑销量下滑后，她心态出现很大的变化，她好胜的心受到了挫折，很想知道你有没有这样一段心路历程？

黄舒骏：我是一个很敏感的人，我总是在意识到可能有挫败感的前面一点点就先作一些转变，对，所以事实上我在EMI当总监那段时间已经意识到，不只是心理上，在我工作的一个分配上我也开始作准备，所以真正这个狂潮来打击的时候我当然一样感觉到难以适应，但是我并没有觉得它摧毁了我的一切。所以别人说舒骏，你过去10年在做什么时，其实我做了好多好多事情，不会让自己陷入这样的情境。其实这情境不只是孟庭苇，我也听周华健讲过同样的故事，没有信心，好多疑问，很有挫败感。我觉得大家现在这个状况应该改善很多了，就是时过境迁之后大家会发现，原来你有挫败感我也有，原来不只我失败，它是整个时代的一个狂流造成的集体失败。

南都娱乐：你说的比较早就开始作一些准备，是你说的去从商，开公司还是做一些其他方面的业务？

黄舒骏：那时候我有很多的尝试，事实上曾经有一度我都已经计划好彻底离开唱片界甚至演艺圈，我可以跟你讲一个没有人知道的故事。我回台大念硕士，后曾经去银行应征过工作，就是那种猎头公司安排的。我去两家银行面试过，面试的位置是高级主管，是做银行的行销那部分。还真的有两家公司跟我面谈，他们看到我也非常惊讶，但是我就跟他们表达说，我是玩真的，是真的要转行，你们不用担心。最后很可惜失之交臂，就最后一个关卡他们还是没有接受我去。结果人生就是这么奇妙，我没有去，然后峰回路转之后开始做选秀评委，开始到内地来参与这些活动，参与音乐的活动又渐渐多了，我觉得冥冥之中自有一些安排。

南都娱乐：那你在2001年之后没有再出专辑，不再做音乐人，有没有影响到收入？

黄舒骏：我做了好多你们不知道的事情，所以这10年过得比我90年代还好，因为我90年代专心做音乐的时候，其实好多赚钱的机会都给我推掉了。90年代的生活是，一年里写10首歌然后把它录出来发行我的一张专辑，那是我的一切。任何人找我做商业活动、去拍戏、主持节目，我全部拒绝，就是不要，我就觉得我的人生就是一个应该一年写10首歌、发1张专辑的人。但是在2000年之后其实我做过很多的事，我目前自己还有3个公司，做了很多很多的事情，所以我现在去当评委或者说是开演唱会，基本上都只是跟大家分享我的一些想法，我现在的状况是日子过得很自在。

南都娱乐：那你的三个公司都经营哪些方面的业务呢？

黄舒骏：我做了包括跟企业合作的公关行销活动，也帮他们做过电视节目，现在也在筹备准备投资电视剧跟电影。我也跟一些电信业者合作，做他们的彩铃，手机的一些音乐铃声，这些都是我的合作的一部分，还有很多部分是无法跟大家一一解释的，另外我自己还有个广告公司。

辉煌不再

“90年代这些这么辉煌的唱片界的人、事、物是不可能再出现”

近年来虽然词曲创作数量锐减，但黄舒骏频频在选秀活动中担当评委，热衷微博并陆续推出自己的演唱会。他以这些平台为舞台，继续一路高歌。

南都娱乐：你的粉丝可能都是60后、70后，那会不会担心现在再出来做演唱会，自己的作品未必能得到一些年轻人的喜爱？

黄舒骏：2011年我上海的演唱会有一个很奇妙的景象，就是前两排全部是90后，后面两排就是像20世纪六七十年代生人，他们很冷静地在后面看着我。我后来发现，不知道别人如何，我的作品好像可以跨越这样的鸿沟，跨越这个时代，因为写的东西是一个永恒的青春。所以对作品本身我是很有信心的。

南都娱乐：那当时你和张洪量、郑智化、陈升并称为四大怪杰，你怎么评价他们？他们现在是一种什么状态？

黄舒骏：我觉得他们现在就跟我一样，在任何时刻都可能有某一个需求或者某一种潮流会让他们重出江湖，因为作品本身。你现在回头再听张洪量、陈升早期的作品还是很动人，郑智化那时候在内地走红的那几首歌还是依然很红，所以我觉得只要作品存在，人随时都有可能再出现。这四个里面，和我互动比较少的是郑智化，我跟张洪量跟陈升在过去的这段岁月里面都很熟悉，都是有私交的好朋友。张洪量当年去纽约念电影的时候我特别有到纽约去看他，我最近一次看到他是在2010年的快男的决赛，他当嘉宾。因为那一集里面好像有王杰、迪克牛仔和郑智化，还有张洪量，他们四个人出来跟参赛选手一起演绎。我当年被列为四大怪杰其实还蛮得意的。

南都娱乐：那你现在参加选秀活动，觉得选秀能出真正的歌手吗？

黄舒骏：永远不排除这个可能，但是几率很小，因为很可能没有歌让他成为一代巨星。

南都娱乐：那还是缺乏你这样的优秀的制作人吗？

黄舒骏：你也可以这样讲，这个产业没落之后，新的优秀的人他并不进来担任制作人的工作，你也可以说我们算是大家都知道的音乐制作人，我们是有名字的。可是当下正在做唱片的好多好多年轻的音乐制作人，他们没有机会累积出他的知名度。再来，这个新的一代他会发现他进到这个唱片界一年写不到两首歌，一年做不到一张专辑，很快有能力、优秀的人出现，他就离开了。

南都娱乐：你对现在的音乐界似乎有点悲观。

黄舒骏：基本上我对原来的模式是已经认定的，那些歌手和制作人，他们不会改变，他们不会再出现。至于新的一代，他们在网络时代能不能产生出他们新的发展模式，永远有这个可能，但是像我们经历的那样子，90年代这些这么辉煌的唱片界的人、事、物不可能再出现，这点我蛮肯定的。

南都娱乐：最近你的微博很火，里面很多对生活、感情的感悟，让人觉得一针见血，这对你来说也是一种创作吧？

黄舒骏：我开始创作微博之后特别得到一些以前的歌迷朋友的回响，我才发现说，哦，原来我在同一件事情上的确有比人家多一点的感受，那这个可能跟我的个性和生活方式有关。我生活上是一个蛮稳定、活动量蛮少的人，我除了为了演唱会积极地开始健身、跑步，控制自己的体重以外，其他时间都是在家里，比较静态，于是我有比较多时间想事情，对于一些大家生活上感触较多的东西给予更深的一些描述，每次在写这些东西的时候都带给我蛮大的满足。

【记者手记】

采访黄舒骏前，我先发制人，说了一串他的履历，包括一个他曾就读于“仙林幼稚园”的经历，令黄舒骏大惊失色，问我如何知晓，这个幼稚园是社区的且早已拆除。哈哈，这都是我的好朋友——hipena保养品牌创始人陈维杰告诉我的小秘密，原来他和黄舒骏是自小的同学。当然陈维杰还不忘告诉我黄舒骏的其他八卦，女生缘极佳，交了很多女朋友……

（采写／陈潇）

印象：为什么怀念黄舒骏

文／蒋明

我们为什么怀念黄舒骏？很简单，我们思想上受其创作影响何其深广。70后所依附之教育氛围，前半期为政治主导，后半期改革开放，流行教育随之而来，成为启蒙也成为至今衡量流行文化之所以称为文化的最后底线。吾之不幸，生在传统文化断层年代，所幸，有几个承上启下的流行人物，他们的歌赋吟唱，让我们不至于放眼满目荒凉。罗大佑如此，杨弦如此，红蚂蚁如此，黄舒骏如此……那个仗剑走天涯的岁月，每个歌者就如剑客，把从小缺失古典美的我们撩拨得轻狂放浪，又在现实主义社会不平面前给我们重重一击，醍醐般明白了匹夫之痛。所以说70后的人有与生俱来的责任感，恐怕与台湾歌手灌输的精神养料不可割裂吧。

这个放言要超越罗大佑的歌者，且不论后人评述如何，在一代文艺青年的记忆里，他已经是另一个难以逾越的经典。每每唱起《椰林大道》，就像哼起一个年代的烽烟，而《未央歌》怎么不是每个少年对岁月最诚恳的挽歌？《改变1995》是痛与笑的总和。什么样的人会写出这样入木三分的情怀，又是什么情怀赋予了歌声沧海桑田的永恒魅力。在整个华语歌手里，其唱作成就已至险峰，其经典歌曲代表的是对现实批判、人文情怀以及智慧幽默的集成品，他甚至比罗大佑更为尖锐与愤怒，却总能用他的古文意境与风趣化解。他对小人物命运的描述不似李宗盛那般亲切与随意，在《雁渡寒潭》里，将每个人的千古悲情与自身宿命摆弄成为一首诀别诗。

2011年，在上海，小小的一场黄舒骏演唱会令整个华语乐坛震动，许多人坐飞机前往，一睹昔日之偶像。那把铮铮铁骨的声音是否还是当下的回响？

巴赫、肖邦不会过时，《牡丹亭》、《琵琶行》不会过时，罗大佑、黄舒骏不会过时。我们为什么要在心中怀念他们？或许正是这些旋律让我们免去世俗的侵扰，保留了一种混沌之外的气质。它让我们纯真、坚韧，让我们变成一个歌里的主人翁，而那些诗词中的翻云覆雨，又让我们一生浪漫不羁。

王 杰

1962年出生，创作型歌手，并能在港台以及大陆广为人知。1991—1994年台湾四大天王之一。1993年移民加拿大，1997年返港，并继续创作音乐作品。王杰似乎并不属于娱乐圈，他反叛、淡漠，对“明星”这个身份缺乏必要的认同，但他却成为了一代乐迷心中最经典的那种歌手之王。代表作有歌曲《她的背影》、《一场游戏一场梦》。

★台湾火爆浪子

王杰：现在，我还是会想带着吉他骑着机车去流浪

王杰，台湾20世纪90年代乐坛的流行印记，他的音乐带给许多听众共鸣，他敢怒敢言，率性的言行赢得了火爆浪子的称号。曾经一度统治着台湾乐坛，却又因为婚姻淡出。结束第二段婚姻后，王杰为了生计复出歌坛。在香港遭冷落、冰冻，甚至写歌称自己是过气的歌手来明志。原以为已经不复当年勇，2009年他却席卷内地，再次赢得年青一代的欢呼。真正的王杰是什么？一个火爆浪子？一个想念儿子的父亲？还是真如他所写的歌名，是个过气的歌手？

出道之初

“我是个很不会用言语表达自己情感的人，但是我却能用音乐来表达我的喜怒哀乐”

一首《一场游戏一场梦》奠定了他在台湾乐坛的地位。独特的杰式唱腔，高亢的鼻音中带着些许沧桑，在周华健、齐秦、赵传那个巨星辈出的时代，王杰显得很独特。也因此在淡出台湾歌坛后，

王杰又在香港、内地形成一股新的旋风。叫王杰浪子，是因为在一些台湾60后、70后的记忆中，王杰的形象，就是一件飞行员夹克、一部越野摩托车、冷冽又带着世故的眼神，容身之处仿佛在那无边际的苍穹中，消瘦的背影没有终点站，只有一段段的旅程在等待着他。

南都娱乐：可以谈谈当初你是怎么踏入歌坛的吗？

王杰：其实这是很偶然的，熟悉我的观众都知道我很小就进入这个圈子，本来是在邵氏片厂做童星，后来到了台湾以后，转型做特技演员，那时演戏对我来说只是糊口的工作。不像音乐，音乐是我生活的一部分。我是个很不会用言语表达自己情感的人，但是我却能用音乐来表达我在当下那个时刻的喜怒哀乐。所以我一直对音乐有一分重视，不是说要拿来当作事业那么简单，我觉得那是我的全部，一个传达我感动的符号。

南都娱乐：你的音乐之路是李寿全开启的？

王杰：在一个很偶然的机会里我遇到了制作人李寿全，他对我的声音有感觉，希望能跟我合作看看。我是很自我的人，对于音乐有我的诠释方式，我就照我喜欢的方式去唱，结果大家也能接受，就这样开启了我的音乐路。

南都娱乐：浪子的形象是唱片公司当初的设定吗？

王杰：当时唱片公司没有设定我要走什么形象路线。我说过我是个很自我的人，我跟唱片公司的合作模式就是我写歌，让他们去发行。所以当初他们也没有预料到会造成回响（笑）。不过浪子的形象的确就是我个人本身的特质，直到现在，我还是会想带着一把吉他，骑着机车，就这样去流浪。

南都娱乐：果然像你所说的，可以说就是这点特质，让你在赵传、齐秦、周华健那个群雄并起的时代更独树一帜吗？

王杰：并不能这样说，我们那个时代的歌手都很有个性。你看赵传，外形不是非常出色，但他却能给人一种很强烈的感觉，即便到现在都还是如此。齐秦跟华健，我也都很欣赏他们，不过我个人欣赏齐秦多一点（笑），别误会，我没有别的意思。他们都是有自己个性的歌手。我自己也是，你可以说那是浪子，也可以说是王杰的个人特质。

南都娱乐：之前在台湾，你多次在媒体上表示过你是一个很淡泊名利的人，这跟你很早就进入演艺圈有关吗？

王杰：我想有绝对的关系，前面我有提过，我很小就进入邵氏演戏，当时我是个小童星，没有我的戏份的时候我都在片场兜兜转转的，我看到大腕的待遇跟二三线的小演员实在是没得比。很多大腕落魄了，不红了，二三线的小牌取而代之变大腕，然后又轮到他们嚣张跋扈了。我很好奇，他们难道没有想过当初他们不红时被大腕糟蹋的心情吗？为什么换了位子就换了脑袋了？我很讨厌这样。那时候我就告诉自己，不论以后际遇如何，我一定要谦虚，因为风水轮流转，台湾闽南语有句话很传神，叫“嚣张的没落魄的久”。我也是这样告诉我的歌迷。

感情路

“我想我还是需要漂泊，最适合漂泊”

王杰在台湾的唱片路一直很顺遂，但是感情却是他最大的罩门。他经历过两次不幸福的婚姻。与台湾玉女方文琳相恋的往事前阵子又被旧事重提。王杰说自己把一切给了方文琳，就等着她在户政事务所签字，没想到方文琳却失约。方文琳面对王杰的说法，认为不是事实。两位当事人的响应意外引起台湾演艺圈一阵波澜。

前阵子王杰回到台湾，唯一的通告给了昔日老友张小燕。在节目中，王杰除了倾诉当初媒体对自己的报道角度不公之外，对于老友小燕姐的反应，王杰坦言很受委屈，火爆浪子的性格也再度爆发。

南都娱乐：可以谈谈你的感情路吗？

王杰：其实这些都跟我在台湾媒体上讲的一样，我的第一任老婆是我在台湾认识的，当时她在西门町被流氓纠缠，我为了救她两个人躲在旅馆里，然后就有了我的女儿，后来我老婆被我妈逼走；第二任老婆我对她用情很深，两人还一起合拍MV，生了一个儿子。但是还是因为个性的问题离异。这点我觉得香港某些媒体对我不公平，他们的报道左右了法官对我的看法，因此我到现在还看不到我的儿子，这让我很受伤。（编按：离婚官司法官把儿子的监护权判给妈妈莫绮雯。）

南都娱乐：好像提到感情，前一段时间因为当事人出来讲话，又引出了一些波折？

王杰：至于方文琳那件事情我个人问心无愧，我在小燕姐节目发言时并没有特别影射谁，她为何要跳出来对号入座？何况在她的回答中（编按：方文琳回答“那时也有印尼的富商要送我房子”），你觉得她对感情专一吗？明明是跟我在一起，为什么会有人追求？不能因为我不讲而大家都觉得错都在我，这不公平。

南都娱乐：可以谈一下日前港媒拍到的那位女士……

王杰：这真是一个大乌龙，她是我的女助理，我现在是单身。对于感情，我真的有些畏惧了，我的两任前妻我给她们一切都是应该的，毕竟她们那时的身份是我老婆。但是女朋友，不论是感情上的还是物质上的，我现在没有办法再承受这种打击。我这个人是很老实的人，有就是有，没有就是没有。我现在真的没有女友。

南都娱乐：那如何排解感情空虚寂寞的时刻？

王杰：信佛现在是我心理最大的支柱，你越红压力越大，在我空虚或绝望的时候，我都借由念经来让自己的心平静。

南都娱乐：现在的台湾演艺圈跟你之前有没有不同？

王杰：我觉得台湾演艺圈变了很多，除了风气之外，最重要的是演艺圈的“质”变了，变得有点香港化，所谓“香港化”就是无风不起浪。我去上小燕姐的节目，小燕姐问我：“听说你的脾气很大？”我回答我是一个没有脾气的人。她一脸愕然！这让我有点不能理解，可能对现在的台湾演艺圈来说做效果比较重要，但是我觉得我说的是事实，我的确是个没有脾气的人。除非你先来惹我，我才会生气，就像香港媒体，他们写些未曾发生过的事情伤害我的名声，我能不生气吗？

南都娱乐：这样听起来，你似乎非常不满港媒？

王杰：老实说不满归不满，但是我也没有办法，他们写关于你的东西是不会来问你的。我只能找机会多为自己澄清，但是这样恶意中伤我对他们有好处吗？

南都娱乐：你在香港时期发了一首歌，叫做《我知道我是一个已经过气的歌手》，这是在宣示英皇时期不被重视的心情吗？

王杰：这首歌是好歌，只是他们不懂得欣赏。我这个歌除了写我自己在香港受到的不公平待遇之外，也在表达一般人受到不平对待、被斗输的那种落寞心情，只是刚好我的职业是个歌手，所以我才把这首歌叫做《我知道我是一个已经过气的歌手》。我没有在影射什么，也没有在讽刺什么，大家不要对号入座，就是很单纯的抒发跟创作。

南都娱乐：这表示你在寻找一个归属感，一个家吗？

王杰：不知道哪里是我家（笑），正如同刚刚说的，对内地我很陌生，对台湾好像我也没有认同感、归属感。我想我还是需要漂泊，最适合漂泊。

南都娱乐：海峡两岸和香港可以说你都经历过了，内心中对三个地方有不同的感受吗？

王杰：我对于这三个地方的情感真的很复杂，在台湾时他们觉得我是香港人，在香港的时候他们觉得我是台湾人，而内地我也才刚过来，我很陌生。

南都娱乐：台湾有个艺人叫做金城武，他是中日混血，每次讲到关于归属问题的时候，他也有像你一样的发言。

王杰：（笑）是吗？我不知道，不过他本人倒是非常帅，我在台湾的时候就很喜欢他。（笑）

华人经典

“王杰依旧是王杰，但是台湾的歌迷变了，精神被内地的歌迷承继下来”

王杰在台湾发迹，吸引了一批台湾60后、70后的歌迷。到了内地，现在又吸引了一批80后、90后的歌迷，横跨多个世代的音乐似乎也代表了王杰的经久不衰。为了与歌迷互动，王杰特别去学习腾讯微博，没想到就在七夕情人节当天，当他一开通了他的微博后，竟在短短的5天内，粉丝人数暴增破了100万人，而这还只是内地王杰歌迷人数的一部分。

南都娱乐：你的音乐在台湾是吸引60后、70后的歌迷。到了内地，是吸引了一批80后、90后的歌迷，你怎么看待这个现象？

王杰：这点你问得很好，我当初在台湾的时候，吸引的歌迷都是大学生居多，或是已经工作、喜欢读书的社会中坚。结果隔了这么多年到内地，吸引的歌迷也还是同一批人，我感觉内地年轻人知识水准不断在提高，好像两岸对调过来。现在台湾乐坛不再重视歌手的风骨，只关心八卦、飞短流长的消息，这是我非常痛心的，感觉王杰依旧是王杰，但是台湾的歌迷变了，精神被内地的歌迷承继下来。

南都娱乐：你都怎么去跟你的歌迷互动？

王杰：我觉得我的歌迷很可爱，他们很真诚。也可以说看过这么多世事，只有歌迷是真的。所以我每天忙完事情都会上腾讯微博去给他们回信，他们考试考得好也会传电邮，看他们的信很开心。每次有演出看到他们要签名、拍照我一定会做到最后一个。曾经有一次表演已经结束，结果当我跟他们签完名、拍完照之后，一看表，哗，已经过了四个小时了。我都会叮咛一些还在上学的歌迷要以诚待人、要好学上进有礼貌。

南都娱乐：内地听众最喜欢你的什么歌？而你自己觉得最满意的又是什么歌？

王杰：（沉默）……这我真的说不出来，我想你问每一个创作者都一样，因为每一首歌都是我的心血，我激荡灵魂所反刍出来的结晶。我想，我即将做好的新唱片应该会是我最喜欢的吧。

退出歌坛？
“我不是艺人，我是个艺术家”

王杰曾经不止一次说过，自己不太适合这个演艺圈，他是个直来直往的人，演艺圈对他来说太复杂，他把他想唱的唱完，就会走遍世界各地，继续他的漂泊人生。

南都娱乐：你曾有一个退出宣言，那你准备何时真的退出娱乐圈？

王杰：我前两年都在忙内地的巡回演唱，这些投资者很好，很尊重我，一切行程时间都由自己决定，我很感谢他们。但是人的能量会有用完的一天，我会把欠的歌债都还一还，在2015年以前完全退出娱乐圈。我希望我的歌迷不要伤心，因为这对我来说是好的，我也需要去充充电。

南都娱乐：退出之后想要做什么？

王杰：退一步看，世界更广阔，我是个对世界很好奇的人，我想去世界上各个国家走走看看，去学一些知识，浪子不是一种形象，是要去实践的。

南都娱乐：充完电后会再回来吗？

王杰：（笑）我现在已经50岁了，又有哮喘，等到2015年都已经53岁了，没体力啦。

南都娱乐：可以请杰哥最后用几句话形容自己吗？

王杰：我不为名不为金，只为自己的感受，我不是艺人，我是个艺术家。

【记者手记】

“我不是艺人，我是个艺术家。”这句话是在采访王杰时他最常讲的一句话。王杰千叮咛万嘱咐，仿佛这是他的身份认同，也是他对自己的定位。或许这也解释了部分媒体对他个性的误解，不是火爆，而是出自艺术家的真性情。

（采写／幻小真）

印象：那个销魂的单眼皮

文／王洞洞

曾经有很长一段时间，已经忘了王杰这个人。他不在我的视野中。尽管当年在随身听里放《一场游戏一场梦》，在初恋女友面前哼唱，还记忆犹新，但歌手王杰，当年他有多红，如今他就有多落寞。曾经，一副单眼皮，销魂迷人，颠覆了偶像的概念，如同他动辄就催人泪下的歌声缔造了华语歌坛神话一样，让当年的年轻MM多了一种可以爱的姿态。

可是我翻查资料才发现，其实王杰从1987年出道开始，至今每年都有新动向，新专辑、电影、演唱会，他一直没停歇。一个仍然在工作的公众人物，却在你的视野里消失了，这可能说明，他已经不是你关心的明星了，或者，真如他的那首受到关注的新歌所唱——“我知道我是一个已经过气的歌手”。只有“过气”才会享有这种让人“视而不见”的待遇。

王杰曾是台湾四大天王之首，在这个模仿香港四大天王的名单里，其实只有王杰是真正让人心动的。从创作才华来说，齐秦和周华健的创作分是不及王杰的；从偶像气质和艺人的形神兼备来说，童安格又远远不如王杰深入人心。正因为这样，王杰才像那些真正恃才傲物桀骜不驯并无法跟世人完全沟通的艺术家一样，始终让人牵挂，也可以一次又一次地征服不同年龄段的乐迷，但却无法经营好自己的人生。

看王杰最近的访谈，甚至看他在电视里接受访谈时的表情，心里都挺难过的，曾经那么任己放浪，如今却要低头、害羞……老男人啊，且曾叱咤风云，你们消费他的八卦绯闻也就罢了，为什么还逼他去回忆那些刻骨铭心的不堪呢？也许一切都可归纳总结为性格决定命运。你看王杰此时的语气、用词甚至神态，透露着让人难以捉摸的恍惚，他性格里有让人摸不清的怪癖，别说让人接近了，就是让人理解也很难。王杰较真的神情如同一个孩子，他甚至不懂不屑一顾。凡事都要清清楚楚时，其实你也已经脱离了清醒。

齐 秦

祖籍山东，籍贯黑龙江省牡丹江市东宁县。母亲为满族。生于台湾台中。出道后凭借一首《大约在冬季》一炮而红，到现在这仍然是一首脍炙人口的流行音乐。他的歌曾以音色高亮而著称，他也是对大陆影响最大的台湾歌手之一。

★台湾偶像实力派歌手

齐秦：《大约在冬季》不是我的得意之作

就20世纪80年代的大学生而言，他与罗大佑、崔健是那时校园的绝对偶像；对20世纪80年代中后期的大陆歌手而言，他是模仿的热门人物；对台湾乐坛来说，他是流行音乐由民歌和偶像时代走向唱作人时代的标志。如今的齐秦体形变了，歌路改了，声音哑了，神话不再了……当然，对于很多人来说，依然还有回忆。这很好。

音乐道路

“那时候台湾不能留长发，抓住是要被剪的”

出道之初，公司想让齐秦穿上白西装、白裤子，唱肉麻歌曲，走偶像路子。但是年轻气盛又有些悲观厌世的齐秦，却深知自己不是这块料。于是深受西方流行音乐影响的他，一眼就瞄上了Eagles（老鹰）合唱团的专辑封面上那8个人，清一色皮夹克、太阳镜、电吉他、皮裤的桀骜不驯的造型。用他的话来形容，就是这个东西“靠谱”！所以，长发飞扬的形象和天生高亢的嗓门这般的绝配，与公司精心打造和宣传策划毫无关系，一切源于其真性情的自然流露。所以，多年来，无论齐秦有了多么翻天覆地的变化，在大家心中他依然还是那副浪子范儿。

南都娱乐：出道之初并不是以民谣摇滚起家，是怎么开始做起了这种风格音乐，并且在台湾大受追捧？

齐秦：其实更早以前我唱的是小调，比如《又见溜溜的她》等，但那些歌都不是我的创作，是公司安排唱的，虽然说也在台湾取得不错的成绩，但并不是我喜欢的歌路。我一直很喜欢摇滚，但是大家都觉得我的声音比较干净，通常唱摇滚的声音会沙哑一些，所以我比较适合唱民谣摇滚。

南都娱乐：你退伍后出版的个人首张《狼的专辑》一炮而红，但据说这张专辑是拖了好几年的时间才出的，是不是也蛮艰辛的？

齐秦：最初写完的时候拿给老板听，老板还说，你写“狼”干什么？狼在中国人的心目中不是一个什么很好的东西。但是我是创作人，所以坚持。老板就把我冷冻了两年，到后来合约都快到期了，他说如果你再签的话，我就帮你出唱片，就用这个来加注，我当然特想出唱片嘛，所以就不得已，跟着又签了5年，前后共签了10年。之后我又去当兵，一当就是3年，3年之后回来又冻了1年，到了第五年快要结束时，我才出了第一张专辑。出《狼Ⅰ》专辑时，刚出来也不能上电视，因为我是长头发，不能上电视。那时候台湾不能留长发，抓住是要被剪的。所以都是通过电台DJ，他们喜欢听我的歌，在各个电台播，那时只有3个电台，很容易就打满了，一下子就走完了。所以当时还是算比较好。

南都娱乐：你所在的综一唱片当时可以说是大牌如云，你也帮他们写了很多歌，比如杨林。

齐秦：是啊，像张菲、郑敬一、杨林、胡瓜、黄仲崑都是综一的歌手，邓丽君也是综一的。我算是最小牌的，老板看中我，就是因为我会创作。当时我帮别人写很多歌，一首歌是7000台币买断，而且外面的人写的收进来是7000台币，我们是自己公司的人，就只给3500台币，公司一整年才给我5万台币的薪水，连生活都不够，我得靠在餐厅里面演唱才能挣够自己的生活费。后来就有点故意闹脾气，写了很多歌，就是不拿出来。老板也大概知道了我的意思，就亲自送瓶上好的白兰地到我家，让我帮杨林写歌，态度180度地转变。我的心也软，就帮她写了一个电影专辑，还有《玻璃心》。

南都娱乐：从演唱方式到创作，你似乎都有受到姐姐齐豫的影响？

齐秦：我觉得嗓音是天生的吧，当然也有后天的关系，譬如说餐厅唱太久了，可能声带会长茧，因为餐厅里面太吵了，就得靠吼，唱歌的位置不对的话，就很容易长茧，但是我还好，先前有跟姐姐学过一段时间，而且姐姐的老师李泰祥也教过我一些东西。他们早期在录制唱片的时候，我是从两轨的时候就开始跟着他们，那时专业的录音还只有两轨。后来慢慢发展到4轨、6轨、8轨、12轨、24轨、36轨、72轨，一直到现在是无限轨，从一开始到现在，我都经历过。当时，李大师经常会周末在自己的家里举办一些家庭聚会，会邀请罗门、三毛这些诗人聚会，大家一起喝酒，聊天，聊胡因梦。有一首歌叫《春天的浮雕》，是我姐唱的，其实那个是罗门帮胡因梦写的，写的就是胡因梦的样子。从那时候开始我就待在旁边，偷听到很多这样的侧面的小故事，慢慢也受到一些熏陶，对我以后的创作也是有帮助的。

南都娱乐：有人评价说你的新专辑《美丽境界》虽然依然打动人心，但是嗓音却大不如以前了。

齐秦：是不够高的意思吗？其实早期的时候，我觉得高音的东西比较容易引起人的注意，因为比较激昂，但是演唱《偶然》这种歌曲，你想激昂也激昂不起来，它本身就是比较抒情的东西。当然经过岁月的洗礼，嗓音也会有变化，再加上心情的关系，这张唱片是刻意地把调子降了一点点，想用比较呢喃的方式来诉说故事。而且现在觉得完美会有些假假的感觉，太过于完美了，就不真实了，反倒真实的东西多半都会有些小小的瑕疵。这可能也是因为年纪的关系。

南都娱乐：看来你认老了，是不是因为年龄越大，就会更喜欢古典音乐？像巫启贤、高晓松去年出的专辑都用了古典音乐的元素。

齐秦：好像真的是这样。小时候李泰祥老师每天在家里听歌剧，真的是很陶醉的样子，当时我就很不理解，因为我实在是听不下去，呵呵。听到现在，就听出了一些东西，听出了他们感情的表达，包括音高，他们声音的洪亮、厚度，包括他们的声音跟交响乐的呼应。其实我是有计划的，下一张会做不插电。

红透大陆
“《大约在冬季》不是我的得意之作”

1986—1987年间，齐秦的音乐悄然流入大陆，自大学校园始，声名迅即远播。1988年下半年，专辑《狼Ⅰ》与苏芮的《跟着感觉走》一起被南海音像公司引进，开大陆正式引进港台音乐作品之先河。虽然齐秦的好歌甚多，但最被大家广为流传的非《大约在冬季》莫属。然而，对齐秦本人来说，这首不管从旋律、歌词，还是其创作背景（为王祖贤所作）无不让人动容的歌曲，却并不是他的心头好，仅仅是抱着“服务大众”的心态，才让他在无数次的走穴中忍受着重复的折磨。不知道这算不算是一种悲哀？

南都娱乐：当时你是大陆最早引进的台湾歌手，你在台湾有听到消息吗？

齐秦：完全不知道。两岸是一直到20世纪八九十年代的时候，才开始“三通”。第一次来北京，我第一个认识的朋友就是峦树，峦树开了个马场。我们就相约在马场，还有黑豹一群人，包括窦唯、王菲什么的。那时候王菲还没有出片，非常年经，还跟着峦树，呵呵。大家都挤在一个小屋里面，外面很冷很冷，大概是11月、12月左右，外面刮着风，很冷很冷，我们烤一头全羊，一起喝酒。那是我第一次喝二锅头，喝起来比台湾的高粱还顺，喝得酩酊大醉啊，第二天上飞机前吐了一路。

南都娱乐：你在大陆最火的歌非《大约在冬季》莫属了，但是听说现在你已经不想再唱这首歌了。

齐秦：现在真的会觉得有点烦了。因为我根本没想到这首歌会这么的红。其实当年我写这首歌的时候，是很简单的一种感觉，就是要去当兵，马上要跟女朋友（王祖贤）分别，跟妈妈说拜拜，抒发离别之情而已，但是我不明白为什么大家会喜欢这首歌曲，蛮想不透的，而我自己喜欢的一些歌曲，大家的反响就一般。

南都娱乐：有些时候非唱不可才会烦？

齐秦：没办法，比如说去参加中央电视台的演出，就非要你唱这首歌，去一些偏远的地方走穴，人家就要你唱这首歌，那怎么办？像《狼》啊，《外面的世界》啊，《不让我的眼泪陪我过夜》啊，都还好，但是《大约在冬季》我唱起来就会觉得烦，因为这首歌并不是我的得意作品。

南都娱乐：早期大陆有很多人翻唱过你的歌，你对谁的演绎印象比较深？

齐秦：其实这都是他们跟我说的，一开始我也不知道，有一次我来大陆，看到外面卖我的磁带，上面也印着我的头像，买回去一听，觉得很奇怪，这不是我唱的啊！还蛮新奇的。张行从监狱出来后，出了一张专辑叫《太阳雨》，里面就以翻唱我的歌曲为主。蔡国庆翻唱过《外面的世界》，早期还有谁来着？屠洪纲也唱过。不止大陆的歌手吧，还有张国荣也唱过嘛。我觉得，好听的歌大家唱，不同的人表达不同的情感，领域宽一些，可以想得更透彻一点。

两段感情
“王祖贤在我心中一直是那样好的女孩”

王祖贤和齐秦于1987年合拍电影《芳草碧连天》而结缘，齐秦对王祖贤一见钟情并展开追求，两人很快走到了一起。之后的十几年，这段感情就像是剪不断理还乱的乱麻，牵扯不清。直至2004年，齐秦公开与小女友雅雅的恋情，和王祖贤的关系才宣告结束。当齐秦与女友在媒体大众面前大秀恩爱，谈婚论嫁的时候，远在他乡的王祖贤还打来电话质问真假，齐秦更是只能以说谎作答，以免令对方难堪。

南都娱乐：你和王祖贤联系多吗？

齐秦：我们五六年没有见过面，没有说一直联系，偶尔她会突然打电话过来，我去加拿大做演唱会的时候，也给她打过电话，想要邀请她来看，她没有接电话，她有没有来我也不知道。听她讲起来，她的生活过得很平淡，甚至于有些太过于平淡，因为加拿大温哥华那个地方像个小镇一样，比较像养老的地方，平时的生活也就是打打球、钓钓鱼，也没有太多华人可以工作的机会，她在那边到底是怎么样的修心养性，是完全都在吃斋念佛，还是怎么样，我都不是很清楚，但是从她的言谈举止，我觉得有点走得太深了，影响到她的生活以及对事物的看法了。

南都娱乐：听说她有问你结婚的事情？

齐秦：她问我说听说你要结婚了，我说没有啊。因为我也不确定她有没有男朋友，我觉得她应该是有了，但我不确定，也不想去伤害她。

南都娱乐：她还爱你，才会出现这样的情况吧？

齐秦：我也不知道啊，我只是出于善意对她说，没有啊，就是相处啊，相处看看啊。轻描淡写一下。我说大家都很关心她，然后她就哭了，我就觉得她可能有些什么事情不开心，但是又不方便问，不知道是情感的问题还是宗教带给她的一些困扰，不太好问。还有一个传言说她出家，我也问她了，她说没有，我想她也不至于。我还问她你的身材恢复了吗？她说恢复了，一直在做运动，现在跟以前一样。我说那就好，我说你在我心目中一直是那样好的女孩，你一定要好好保持下去，很多朋友都很关心你，不要放弃哦！她说我不会的，你放心好了，讲到这里就比较开心一点，那就表示她的身材是真的恢复了，哈哈。

南都娱乐：现在对她是一种什么样的感情？

齐秦：亲情吧。其实很早就这样了。因为男女两个人在一起，超过10年都没有结婚，那两个人也就这样了，结不结都一样了，好像没什么差别了。

南都娱乐：你现在的太太会介意你和王祖贤的过去吗？

齐秦：应该还好吧，我都跟她讲过了，而且不用讲她也很清楚了，因为都已经出书了嘛。我跟她父母也都讲了，我就是一个这样子的人，希望你们能够谅解，每个人都有过去，我会带她走一段人生的路，而且我肯定会比她早走一点，但是最起码我带她走过的路，她肯定会觉得很珍惜的，假如我走了之后，她要是愿意改嫁，我一点也没有问题。

南都娱乐：你们的年龄差距蛮大的，她的父母有反对你们在一起吗？

齐秦：没有，他们是到后来才知道的。等我们决定要结婚了，她爸才跟我讲，其实最初的时候我是对你有意见的，我说我明白，毕竟我们的年龄有差距，谁会愿意把自己的漂亮女儿嫁给一个死老头子，对不对？不过他们还是挺客气了，就觉得我除了是一个艺人之外，其他方面表现得都还可以，譬如说做事啊，能够自己做的就尽量自己做，不会指使佣人。然后跟雅雅相处的时候，虽然总会有些自己的脾气，但是也会让着她。而且我年纪比她大，就会教她很多，比如一些思维方式等等，让她少走弯路。

南都娱乐：你对她做过的最浪漫的事情是？

齐秦：嗯，因为我是山羊座，山羊座平常做事比较有板有眼，就是平常有点像军人的感觉，在家里就是一丝不苟，该怎样就怎样，然后突然有一天，我也可能是喝了点酒，就跟她讲说，你在我这一辈子当中，是我最爱最爱的人，然后她就崩溃了，因为我从来不讲这种话的，讲这种话太肉麻了。对我来讲，当然那天也是因为喝了一点酒，我就摸了摸她的头发对她说，你不要以为我不在乎你，其实我是非常在乎你的。我就说祖贤跟我在一起的光阴是非常美好的，但是毕竟已经时过境迁了，到目前为止，真正跟我朝夕相处的，只是你，你是我最爱的人。当时她就崩溃决堤了，她说你从来没有跟我说过这样的话哎，真的很感动。

南都娱乐：《大约在冬季》是你写给王祖贤的歌，那有没有计划过也要为雅雅写一首歌？

齐秦：我需要一点时间，能真正把自己心目中的一个类型的音乐，比较有个性的音乐表达出来的时候，才会做这个事情。

【记者手记】

原本约的是一对一的专访，因为齐秦的迟到，变成了五家媒体的群访。好在齐秦能说、会说、愿意说，对于记者的提问，几乎是知无不言，言无不尽。身材走样了，皮肤松弛了，引以为傲的长发也不再光洁鲜亮，不仅让人感叹时光荏苒。但齐秦虽变了，情怀却未老。

（采写/宋寻）

印象：曾经桀骜不驯的狼，如今……

文／王洞洞

大概我读初中时，一个已经上了大学的叔叔来我家，他一边辅导我做功课一边大谈其大学经历。说了翻墙跟女孩约会，说了把自己的书桌抬到第一排，因为教室太吵听不到老师说话，还说了他跟同学排了几个小时的队买到一张齐秦的演唱会门票……我记得他当时很骄傲地说，齐秦啊，我们都疯了。那是20世纪90年代中期。

齐秦在20世纪的演唱会盛况我没见识过，但歌后来没少听，在大家都迷恋郭富城、张学友的90年代，我以为学齐秦的长发、理解郑智化的歌词，都是彰显个性的事。但这些只能是“显得”个性，后来在满大街的卡拉OK里无数次看到齐秦披着长发、假模假样地抱着吉他故作叛逆时，都会有一股不安涌上心头。

如果说《狼Ⅰ》让人觉得他是一个另类，那么到了《狼Ⅱ》的时候，齐秦应该就已经把自己当成摇滚歌手了。可是你知道，皮衣、长发，只是摇滚的一个噱头……许多年之后，当谢霆锋再站在台上声嘶力竭地狂吼时，已经不会再有人将此误认为摇滚了。

我对《大约在冬季》这些标志性歌曲没什么感觉，反倒是那首并非齐秦本人创作的《痛并快乐着》让人心动，舒服自然，不再故作高亢，款款深情而不留遗憾地看破……但好像并没有多少人能记起这首歌。很搞笑的是几年之后白岩松把这个标题拿来做了自己书的名字，这个貌似深刻韵味无穷的短语开始流传开来。

那种少年无知“被骗”之后的反思，我想谁都有过，比如我们当年都崇拜的阿诺·施瓦辛格生出赘肉时，再比如性感的叶玉卿半老徐娘时，还比如王祖贤的黑丝袜变成了远方入教出家的消息……那不是他们的错，是大自然的心机和力量。此时，齐秦已经步入中年，他的爱情，现在叫“忘年恋”。回头听现在齐秦的专辑或者演唱会，早就不见那些高亢的嘶叫。深情的回归？其实不是，他一直都是情歌高手，擅长款款深情地演绎，创作歌手、叛逆浪子，都不如他的一次动情演绎。

世间总存在一些悲哀，大家去看齐秦的演唱会，好多人都是去听老歌的，这就跟最近齐秦出来宣传总是要不得不提起王祖贤一样。曾经桀骜不驯的狼，如今也要通过消费自己曾经的恋人，来满足自己、满足观众。

郑智化

20世纪90年代最具影响力的华语人文歌手之一，在诸多70和80年代生人中，郑智化则更多地意味着是一个反叛、孤傲的代名词。代表作《水手》、《星星点灯》，因其中包含的励志精神，在20世纪90年代初广受欢迎。1999年1月结婚后，淡出音乐圈，投身IT行业，2007年正式复出。

★台湾一代人的心灵解惑师

郑智化：我看不起流行，却做了流行的始作俑者

从郑智化出道至今，已经20多年了。20多年的岁月里，不管是大红大紫，还是销声匿迹，他始终没有真正退出人们的记忆。作为一个与灵魂和生活深刻对话的歌者，他的作品，以惊人的爆发力呼喊出了人们内心深处隐藏的真挚情感和对生命的困惑以及感悟，让无数如困兽般被禁锢的心灵得以释放。那些似水的年华，蹉跎的青春，纯情的爱恋与痛苦的挣扎，在他针砭时弊的比喻和形容中，显得更加生动立体，有血有肉。

关于叛逆与尖锐

“我的一生都在矛盾挣扎”

郑智化的第一张专辑《老幺的故事》，发表于1988年，那时的他还是一个长发披肩的叛逆青年。不识五线谱、没受过专业训练的他，因为一个赌注，怀着青春的冲动、莽撞、张狂和矛盾，在自我反省和艰难探索中，开始了离经叛道的10年唱作生涯。听多了太多的歌舞升平后，郑智化的戏谑、另类和讽刺，甚至少许的偏激

都显得更加难能可贵。

南都娱乐：第一张专辑《老幺的故事》虽然传唱度不高，但却可以归结为你音乐作品中的精华。你为什么会选择用矿工这样一个主题故事来创作你生命中第一张专辑的主打歌呢？

郑智化： 因为那个时候在台湾发生了一次矿灾，死了两三百人，震惊了整个台湾。台湾有个地方，叫九份，那个地方原来是产金矿的，曾经比台北还繁华，是所谓的文人骚客聚集的地方。后来金子越挖越少，就剩下煤矿了。挖煤的矿工很可怜而且辛苦。可是他们没办法，这些矿工们只能挖煤。所以很多年轻的矿工都调到台北来打天下，矿灾对我影响很深，我不敢乱写，就去那个地方足足住了两个月，每天观察。如果说哪一首是花时间最长又亲自去体验而写的歌，那就是《老幺的故事》。

南都娱乐：你歌曲中蕴含的叛逆情感，是否与生活经历、家庭背景有很大的关系？

郑智化： 我经历过很多苦难，其实每个人都是，何况我的脚又是这个样子的。但是我不认为那是苦难，它更像一种挑战。所以叛逆不仅仅是基于苦难。我是个知识分子，但是我看不起知识分子，我更看不起流行这个东西，但是我自己很倒霉，不但做了流行的东西，还做了流行的始作俑者。我是广告公司的创意总监，做的都是流行的东西。我的一生都在矛盾里面，吸取养分，同时也在挣扎。我一方面必须对成就感到满足，一方面又要鄙视自己某方面的成就。这是痛苦的事情，也是件好玩的事，我很难去解释这样的事情，没有去给它定义。给它定义的话就不好玩了，就像一个女生，她暗恋你20年，你到底爱不爱她，答案一揭晓就没戏了。

南都娱乐：你觉得你那些歌词里对社会的批评和指责是完全客

观的吗？

郑智化：我愿意把生活想象得简单些，我不太喜欢复杂，越简单越好。我很懂得如何把自己变成一个置身事外的人，所以更能客观地看清楚真相和本质。

南都娱乐：但是有人评论你在作品中的叛逆是偏激和阴暗的。

郑智化：从决定进这行我就考虑过，如果纯粹做一个歌手，那就不是我自己了。我写歌就是从内心出发，至于别人怎么说，那是别人的事。

南都娱乐：有人说郑智化不仅仅是人文歌手，还是摇滚乐手，你的作品其实可以称为愤世嫉俗的摇滚乐。

郑智化：我没有给自己的音乐定位，但是喜欢摇滚乐的人喜欢我的音乐也是很正常的。摇滚乐像剑，我的音乐像水，虽然不锋利，但未必不犀利。我唱出了许多人的痛苦、悲伤、愤怒。在浮华漂亮的包装之下，每个人在照镜子的时候发现自己长得并不像范冰冰般美丽，他就会意识到更加真实的东西。

南都娱乐：你的抵触和灰色的情绪，为什么在最后一张专辑《夜未眠》中达到了顶点，还引起了很多争议？

郑智化：我觉得这张专辑是我最成熟的专辑，有别于以往的作品。以前的作品都是比较直白的，但是这首歌比较抽象和内敛。我只是想告诉大家我也有不为人知的一面。我写歌基本不会考虑市场，反应不好是事先就预料到了的。

关于大红大紫的日子
“《星星点灯》完全复制《水手》，所以最不喜欢”

一个时代有一个时代的偶像，一个时代有一个时代标记的声音。被打上时代烙印的郑智化，体验了极致的浮华和虚假繁荣所带来的精神落寞。他注定只能做一个孤独的歌者，而不是热闹的偶像。那些平凡人向往和憧憬的辉煌和喧嚣于他来说却是痛苦的源头。

南都娱乐：你的什么作品在台湾最先火起来？

郑智化：在台湾最红的应该是从《单身逃亡》开始，后来《堕落天使》、《星星点灯》也在台湾红了，但没有大陆这么恐怖。

南都娱乐：我印象中，那段时间《水手》和《星星点灯》在大街小巷中被不厌其烦地播放，流行程度不亚于当年的《两只蝴蝶》。

郑智化：其实我不喜欢这两首歌。《水手》一开始是喜欢的，后来播得太多，就不喜欢了。《星星点灯》我自己一直都不喜欢，你不觉得它就是复制《水手》吗？

南都娱乐：觉得那个时期的音乐商业味道更浓一些？

郑智化：我也是个识时务的人，没有办法。

南都娱乐：听说你并不喜欢自己一夜暴红后的生活？

郑智化：对，不太喜欢那段时间，走到哪里都会受人监视。我不喜欢接受访问，也不喜欢推广自己。我觉得语言是很多余的东西，都是骗人的。我一直觉得歌手是个低贱的职业，所以我最不喜欢去回忆自己当初的成就。

南都娱乐：是不是因此产生过退出的想法？

郑智化：我动过两次离开娱乐圈的念头。第一次是我父亲过世，我的情绪很低落。第二次是在《落泪的戏子》那个阶段，我真的对那种人人都在追着你，都在窥探你的生活感觉到异常疲倦，很厌倦这个浮华虚荣的圈子。

南都娱乐：之所以能一鸣惊人，是不是很契合当年一代年轻人的心理？

郑智化：我的歌没有年龄和时间的限制，说的都是人类的共通性。就像我写中产阶级，可能写的是我自己的拼搏历史，可大家都不那么认为，都觉得我在唱他。我觉得那个时候的中产阶级与现在的是一模一样的，无论是在大陆，还是在台湾，我觉得50年之内不会变。其实音乐它不只是要给人听，最重要的是它要给每个人一个梦，可能我在某方面能给人家一些希冀或是梦，我讲出了他们想说的，这可能是他们喜欢我的原因吧！

关于复出
“我是有钱人”

1998年后的郑智化，只是让人听到他断断续续的歌声而已。2007年，北京北展的小型演唱会，终于让人看见到了那个仍然执著、顽强、激情澎湃，还有点疲劳和固执的郑智化。2009年，他选择用发行单曲《中国的孩子》的方式来纪念入行20年的峥嵘岁月。

南都娱乐：1998年，你有很长一段时间都没有消息，那段时间你都在做什么呢？

郑智化：结婚、生孩子、学着成为好爸爸。在美国，不在台湾，全心全意照顾家庭。

南都娱乐：既然这样，为什么还要出来继续唱歌呢？

郑智化：1998年突然消失后，被人骂得狗血淋头，说我不负责任，说我没有交代，说什么的都有。当初其实我心里想关你们什么事，我不可能为别人活着。所以其实我现在唱歌是被逼出来的，被责任感所逼迫。而且2009年是我出道20年。

南都娱乐：和经济原因完全无关吗？

郑智化：当然没有，我在美国有上市公司，而且以前音乐的钱也赚够了。我现在有四个会计打理账务，我很有钱。

南都娱乐：那么你觉得现在的音乐环境怎么样？

郑智化：就音乐本身来讲，当然比不上，揠苗助长，经济起飞的速度过快。中国从一个稚嫩的婴儿在短短的两年之内变成一个成人，自然就有这样的问题。我们那个年代没有这么多好玩的东西，忽然之间一下涌出来，有的照单全收，有的囫囵吞枣，有的噎死，很像冒泡泡那样，一个往上顶，一会儿就破了，很有趣。

【记者手记】

仅仅是一个小时的对话，就让我相信了所有人用在郑智化身上的形容词：矛盾、骄傲、尖锐、伤感、自负，同时还带着一点与年龄不符的纯真和直白。他表明不愿意过多地提及真正属于他和他的音乐的那个年代，却又在字里行间零星地流露出对年轻时代的依依不舍和对曾经辉煌的自鸣得意。

（采写／宋寻）

印象：青春中燃烧的火把

文／朱白

郑智化当然属于运气好的，他能写会唱，只需随便一写，就能道出一代青年人的内心焦灼；只要沙哑喉咙一吟唱，一段青春岁月就会引来台下的观众万人共鸣。

郑智化当然属于运气糟糕的，他身有残疾，赶上了娱乐不发达的时代，站在舞台上多少有点尴尬。即便曾写出过影响一代人的励志歌曲，如今娱乐圈或者歌坛已早没有他的位置，如果人们好心，大概还会赏其一个过气明星的头衔。

其实你看他所言便知道，所谓运气好坏他并没有在意过，对于一个历经过沧桑、看惯了沉浮、体味过起落的中年男人来说，还有什么会放不下呢？如同他当年曾无比励志地唱过的那样——“他说风雨中这点痛算什么，擦干泪不要怕至少我们还有梦”，这是从一个略带叛逆、无法与现实交融的少年走过来的坚强青年，所谓人生经历的磨难，无非是上帝赐予你的一点点苦难，经历过与不经历，你都要将自己这辈子打发掉。郑智化不是那种严格意义上的抒情歌手，尽管他歌唱情感和充满感性，但他骨子里有一股不肯媚俗的劲儿。

当大的时代浪潮远远将自己掀翻之时，所谓的疼痛已经不存在。于是他不再抒情，放弃励志，开始瞧不起并痛骂这个时代。《大国民》已经不属于某个时代或者某个局域，它是贯穿人类历史的不忿之音："贫富的差距假装没看见／这不再是个适合好人住的岛／礼义廉耻没有钞票重要／这不再是个适合穷人住的岛／一辈子的辛苦连个房子都买不到。"事实是没有一个绝对意义上完美的地方，也不会有同样的社会，跟那些隔山打牛、虚妄奉承、暧昧献礼的赞美比起来，批判是唯一可以行使的必要权力。

郑智化的运气还不错，他的才华至少没有完全死在时代的棺木中，他还在唱歌，哪怕时而言不由衷，他也还是这个世界的强者。郑智化也许坏就坏在了运气上，当才华令其行驶到一定距离时，他的运气用完了。他不属于这个时代，所以你才能看到那么多傻呵呵的台湾艺人可以冒充偶像、顶替英雄在大陆赚得衣满钵满。其实他们不过是模仿者或者从善如流的庸常之辈，而郑智化只能跑到偏远的晚会上或者城市阴暗的酒吧中继续贩卖他早年的廉价歌曲。

本来是一炬正在炙热燃烧的火把，可运气令其走上坏时代的偶像舞台，运气又令其毁于未曾壮烈就倒下的庸俗谋生策略之上。

伍思凯

台湾著名歌手、作曲家、音乐制作人。1988年，当时刚毕业于复兴美工的他在pub驻唱，结果被当时著名的制作人陈复明发掘，进而灌录第一张唱片。历经了台湾乐坛最鼎盛的10年，代表作品有《特别的爱给特别的你》《舞月光》《情网》等。

★台湾多元音乐人

伍思凯：我还是音乐圈的中流砥柱

出生于20世纪70年代的人，即使对被无数圈内音乐人称赞的《寂寞公路》并不熟知，也必然会对被打上了时代烙印的《特别的爱给特别的你》记忆犹新。从1988年，发行第一张专辑《爱要怎么说》开始，深厚的学院化根底、儒雅的书生形象、高亢干净又极富感染力的声音和东西方音乐结合的独特表现方式，让伍思凯在当年新人辈出的台湾乐坛，迅速占领了一席之地。虽然多年始终不曾跃居一线，但那些曾经深植于记忆中的歌曲，在不经意间响起的时候，总会在多情的人们的心底泛起层层涟漪。这是伍氏情歌的魅力，也是时代赋予的色彩。

台湾的驻唱文化

“西洋乐队鄙视搞民谣的，民谣鄙视搞摇滚的，两边互不来往”

说到台湾的流行音乐史，那就不得不提到一个词——驻唱。20世纪80年代，台湾的驻唱文化风靡一时。一派是沉溺于西洋音乐的叛逆不羁的小年轻们，诸如伍佰、赵传等；一派是努力执著地维系着台湾民歌衣钵的民谣歌手，诸如罗大佑、蔡琴等等。当年，他们的歌声环绕于台湾大大小小的民歌餐厅、西餐厅、酒吧里；时至今日，他们已经成了华语乐坛举足轻重的扛鼎人物，植根于时代的记忆中，永不褪色。当然，这其中也包括17岁就组乐队的伍思凯。

南都娱乐：你的音乐受到西洋音乐的影响比较多，和从小玩乐队的经历分不开吧？

伍思凯：是的，最初我受西洋音乐的影响确实蛮大的，刚开始喜欢重金属摇滚，后来听得多了，爵士、说唱、Funk Music、R&B、电子舞曲……我接触音乐比较广泛。所以后来我自己的音乐里，也有很多不同形态的音乐元素，比如爵士音乐、R&B、电子舞曲。

南都娱乐：后来你们乐队在酒吧演唱，能挣到很多钱吗？你们靠什么生活呢？

伍思凯：刚开始的时候我们是在大学校园巡回演唱，演出一场是500台币，排练的费用超过1000块。几个人拿着最便宜的酒扎，打临工，就这样持续了一年。后来有一次我在练习的时候被贝司手骂了，说我不懂音乐，节拍跟不上，又唱不准，被骂得很惨。痛定思痛后告诉自己要好好努力，经过半年时间苦练，正式加入了一个好的乐团，开始在酒吧演出。那时候，我一天大概表演一个小时，一个月不休息大概能挣到2000块，攒了8个月的钱买到了当时很贵的西洋乐器（在二十四五年前，一般一年才能挣到属于自己的乐器）。就是凭着兴趣和执著，做自己最爱好的事，虽然赚的钱不多。

南都娱乐：那时候的歌手是不是都非常流行在酒吧驻唱？

伍思凯：那时候台湾还有美军，常常去酒吧，喜欢听现场乐队的东西。苏芮、罗大佑、李宗盛都在酒吧驻唱过。那个阶段的中文歌曲有两大类，一类是民谣歌曲，另外一类是酒吧演唱的歌手。

南都娱乐：那时候搞民谣的和搞摇滚的似乎互看不顺眼。

伍思凯：对，西洋乐队鄙视搞民谣的，民谣鄙视搞摇滚乐队的。两边的人当时都互不来往的，后来聊起来，还觉得特别有意思。我觉得互看对方不顺眼有一个原因：搞民谣的觉得自己有高学历，觉得搞乐队的那些人留长头发不修边幅是自以为是；搞乐队的觉得搞民谣的很闷，一把吉他从头刷到尾，搞乐队多过瘾，四五个人想干吗就干吗。两方面其实都是极端的乐风，所以各自引领不同的风潮。后来西洋音乐渐渐在台湾地区有更多的机会听到，毕竟它的音乐多元化，风格比较多选择，所以那一代的民歌就逐渐没落了，渐渐地东方色彩偏向西洋方向。

南都娱乐：那时候的音乐环境确实比现在单纯很多吧。

伍思凯：我们当时就处在浑浑噩噩的少年阶段。那时候内地叫扒带子，必须要自己把乐谱听下来，比谁扒得细致、谁扒得像，大家都是这样扒带子长大的。当时大家都年轻气盛，该谁独奏时谁音量太大，各看各不顺眼，大打出手，隔天狼狈地继续上班。因为当时极少有宣传媒介，听到的西洋音乐就觉得特别珍贵，甚至两个乐队为了抢偶像乐手的海报而大打出手。

男高音横行的台湾乐坛

“那时候歌名弄得就跟广告词似的”

1988年，涌现出了王杰、赵传、郑智化、陈升、张雨生、伍思凯、黄舒骏等一大批出类拔萃的男歌手，缔造了流行音乐的鼎盛时期。台湾民歌开始逐渐没落，乐坛步入了流行音乐工业的养成初期。耳熟能详的流行经典、雨后春笋般的男高音们、规范化的唱片公司……都为这一阶段的台湾乐坛立下汗马功劳。作为贯穿始末的一分子，伍思凯自言庆幸赶上了绝佳时期，大有缅怀好时代一去不返之势。

南都娱乐：你第一个签约的唱片公司是可登唱片，那时候的台湾唱片行业大概是一个什么样的情况呢？

伍思凯：当时没有版税制度，比如出了一张新专辑，给我5000块人民币，这张就是人家的了，后面卖100万张跟我也没关系。

南都娱乐：你在刚签约公司的时候，并没有着急发专辑，而是选择翻唱一些红歌，为什么呢？

伍思凯：我当时在服兵役，老板说你没事就来录音室玩吧，我就想唱一首歌给500块不赚白不赚。而且当时是偶像歌手当道的时候，我们要出头很难，一般是先用哗众取宠的方式让大家记住自己再去喜欢自己。我在校园办演唱会的时候，中间刚好是唱流行45转的歌曲（下文有解释），学生觉得特别好玩。唱片在中南3万全部售完，到了过年后，30万张全部卖完到来不及补货，就这样一下子红了。

南都娱乐：你在发行第一张专辑之前，和马玉芬、彭佳慧等灌录了一张翻唱的合辑叫《可登流行45》，听说卖得特别火，有什么特别之处吗？

伍思凯：唱片大概有4种格式，16转、33转、45转和66转，最后才变成普通大众所接受的格式33转。为什么叫流行45？其实就是当你听到好的33转的抒情歌曲，为了要用同样的节奏，带给大家欢乐的气氛，就转换成45转的，就有点像磁带快进的感觉一样。当时做《流行45》只是觉得好玩，没想到它帮可登壮大成正式的唱片公司。《流行45》的风格就让别人听了很欢快，觉得很好玩。

南都娱乐：《特别的爱给特别的你》这一首歌，您自己也没有想到会火到这种程度或这种火的程度让你可能也觉得很意外？

伍思凯：当时是我第一次出国，是希望跟我的第一任女朋友复合，心情特别沮丧。从旧金山回到洛杉矶时，我却单纯地很想念我的歌迷，希望写一首歌送给他们。当时的心情是压抑着悲伤渴望阳光的，所以这首歌也是阳刚与柔情并济，起伏非常大。其实我的作品在台湾地区得到了认可，在内地和香港还没有广泛地被大家所认识。可这首歌曲却红透了整个华人地区（包括国外的华人侨胞），红的程度远远超出了我的想象。

南都娱乐：从20世纪80年代末开始，台湾乐坛不约而同地刮起一阵以长歌名做专辑名的风潮，像赵传的《我很丑，可是我很温柔》、童安格的《其实你不懂我的心》等唱片，就都披上了这种极具时代色彩的长名。为什么会有这种情况出现呢？

伍思凯：因为当时有很多广告界人士涉足唱片界，所以在包装音乐的时候，有些构思和创意会和广告思路很像，把歌名弄得就跟广告词似的。

南都娱乐：当时乐坛一下子就出现了好多男高音吧？

伍思凯：在罗大佑跟苏姐他们之后，1988年同时有张雨生、黄舒骏、赵传和我等七八个人，每个人都在乐坛上引领风骚，也算是在华语歌坛上留下很好的记忆。

南都娱乐：这种流行，是凑巧还是必然的发展趋势？

伍思凯：因为唱片公司对唱片市场会做提前三年的功课，你现在预料的是后三年的流行，同时会有这么多高音的出现，可能是因为唱片公司都做了这功课。我记得当时西洋乐坛流行的都是清亮的歌声，唱片公司嗅到未来发展趋势的味道。当时有很多流行音乐大赛，他们在发掘这些人才的时候，一定是以中高音为选择的标准。像我是中高音，黄舒骏是中高音，赵传跟张雨生是纯高音，张信哲隔年出来也是高音，乐坛当时其实是一片高音。这个逻辑一直到现在都没有变，因为高音比较容易抓人耳朵，以频率来判断，在任何情况下，你都会先听到高音，高音会先传到你的耳朵，中低音要用耳机去听，对普通人来说，哪有好的音响去听中低音？中高音为什么会盛行，我觉得还是有些讨巧的。

南都娱乐：你不仅自己唱歌，还给别人写歌，给张学友写的《情网》一直被人传唱，甚至连张学友本人都说喜欢这首歌的程度超过《吻别》。不过感觉现在有点被唱滥了，你觉得作为一个创作人，这是不是你想看到的呢？

伍思凯：当时我写歌是没有目的性的，想到就写。后来有朋友说张学友在选歌，我就给他了。他推出这张专辑的时候，我推出我的第六张专辑。他的大卖，但是我的却卖得很差。从此以后，唱片公司就不准我帮男歌手写歌。所以，除了帮张信哲写以外，因为他是我好朋友，我就不帮男生写歌了。

香港乐坛的“过江龙”时期

“背负商业的框架去做音乐，对音乐人是一种伤害”

20世纪90年代初，台湾流行音乐大举进军香港，并在短时间内攻陷了青黄不接的香港乐坛。童安格、周华健、伍思凯等纷纷在港推出唱片，得到了歌迷的大肆追捧，也成了香港本土最具权威的四大颁奖礼上的大赢家。但是迥然不同的文化，香港流行音乐的复苏，四大天王的出现，让这批被称为“过江龙”的台湾音乐人的赴港梦，仅成了昙花一现的美好愿望。

南都娱乐：香港流行乐坛在20世纪80年代末就敞开了怀抱，包括齐秦、王杰、庾澄庆和你等台湾流行歌手都在香港红了。聊聊当年香港乐坛的情况吧。

伍思凯：可以这么说，因为那一年我们参加了几个重要的奖项，张洪量《你知道我在等你吗》、童安格《其实你不懂我的心》、哈林《让我一次爱个够》、潘美辰《我想有个家》等作品都参与评奖。当年就是我跟安格运气比较好，可能歌曲朗朗上口，拿的奖项比较多。那时候，华语乐坛的国语歌曲在香港几乎也算是个全盛时期，因为香港本身小，他们大部分都翻唱西洋歌曲，特别像梅艳芳、张国荣他们。他们唱日本歌、美国歌，后期大量翻唱台湾的国语歌曲，因为他们发现台湾创作音乐人提供另外不同的音乐让他们选择。那一两年算是台湾音乐的全盛时期，我们这批台湾音乐人被称为“过江龙”。

南都娱乐：那后来为什么你们都渐渐退出了香港市场了呢?

伍思凯：可能是不习惯香港的音乐环境，因为香港是速食文化，这么小的地方，艺人却并不比台湾少。在这个花团锦簇的地方，你要得奖，就肯定要出唱片。它每年都有固定几大颁奖礼，你想要获得肯定，就要去拜码头，参加各种典礼。太多形式的东西，你在背负商业的框架去做音乐，我觉得对音乐人来讲是一个蛮大的伤害。

南都娱乐：有人说最近这两年是老歌手的第二春萌发期，你觉得是什么原因呢?

伍思凯：首先我觉得可能是现在新生代的人满足不了整个阶层，曾经听我们那些歌长大的人成了市场上主要的消费群体，他们会渴望曾经陪伴他们成长的音乐。有这样的渴望，我们这些歌手就被唤出来了。我们还是音乐圈的中流砥柱。

南都娱乐：近期本来有个潘越云的演唱会，但据说票房卖得不好，所以取消了。你觉得这会不会也是复出老歌手的潜在危机呢？

伍思凯：这个我也不知道该如何去评价。不过像我了解的费玉清，他曾经在上海地区做演出，是从一千人的小型演出慢慢做起来的，先是培养观众，让大家对他有一定的了解，后来加到两千人、三千人，再加到五千人。包括蔡琴也是。我想潘越云可能是还没有呼醒观众吧，毕竟她也这么久没出来了，有点激进了。办演唱会不是说每个人都能办的，在办之前工夫得做够。

【记者手记】

伍思凯的“音乐洁癖”听得多也见得多了。他的新专辑《小伍，歌，故事的第一行》一做就是两年，截然不同的情绪、推陈出新的曲风、还有音乐人的反骨和叛逆都在其中一一呈现。不过没想到在音乐之外的他，依然不肯有半点马虎。提前几天就遣工作人员了解拍照的环境，详细核对采访问题，就连对妆容的要求也一丝不苟。这是伍思凯的固执，也是艺术家的洁癖。

（采写／宋寻）

印象：只有爱音乐的人才会如此一如既往

文／陈姝

被台湾歌坛誉为“爱的歌手”的伍思凯，从《爱要怎么说》到《最爱是你》，再到《爱的钢琴手》，他一直愿意跟我们“谈谈情、说说爱”，似乎那张一出来就已经注定沧桑的脸，已经写满了爱的故事，随时请我们阅读一番。他的音乐就像我们曾经贴在本子上的贴画，陪伴一代人度过了无数成长岁月。如果你是一个懒惰的人，甚至可以从他的歌声中寻找到种种生活感受的真实写照，恋爱、失恋、错失、甜美，都在那歌声中了。

伍思凯是那种全能型的音乐人，不管是在民谣与西洋风争宠的岁月里，还是在高音男歌手独领风骚的日子里，他都能在一群实力派与偶像派的夹缝中将歌声留给那些懂他的人。不知道那些在伍思凯的歌声中得到过爱的教育的人，是否还会偶尔重新哼唱起当年的那些老歌。在风云变幻的娱乐圈中，伍思凯不但不再年轻，也与这个时代显得有点隔膜。他不够时髦，不够花哨，甚至在红男绿女中显得有点尴尬——但也许只有那个永远兢兢业业、较真卖力的伍思凯才能唱出如此深沉而高亢的歌声，那歌声又是总能轻易跨越时间的痕迹轻轻敲打我们那根感性的心弦。

耐听、浓情、够味，是伍思凯情歌的关键词，他总是能创作出感动人心的旋律，再用他高亢嗓音唱出令人激昂的情绪。“特别的爱给特别的你，我的寂寞逃不过你的眼睛”，在某个论坛上，有个痴情的男孩在用这首歌寻找他失散的女友，剧情虽狗血，但也许被其牵动的某根神经是真实的——你最爱的那个人，就是你怎么都逃不开的人。

有人说，就算没有文字，他的音乐，仍然是完整的。配上文字的伍思凯的音乐，在爱情和友情两部分的表现，有截然不同的人生观。爱情中的他，是隐讳而飘忽的暗蓝色；谈起朋友的他，眼神中跳动的是明亮的希望。

顺着时间追溯，如果你从他的《爱要怎么说》、《特别的爱给特别的你》等专辑开始听，一直到《心动了》，再到《想念》等专辑，你会发现所谓伍氏情歌，曲调和意境都极具标签性，曲调易记、唱腔独特，尤其是他偏爱在紧凑的旋律中数度攀升音高，这都是他的注册商标。不管是一个器物，还是一部文艺作品，在时间的刻度里只要留下痕迹的就应该算是经典。伍思凯在曾经辉煌过后，20多年后还能有创作，并且味道不改，大概只有真的爱音乐的人才会如此一如既往吧。

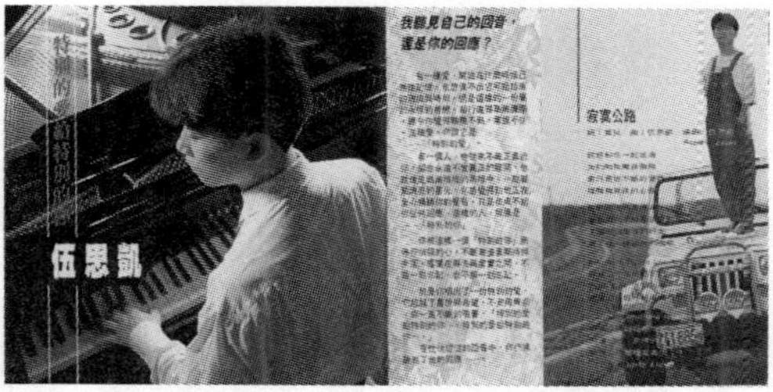

张信哲

1987年就读于基督书院时获得英文个人及团体组民歌比赛冠军，同年加盟巨石音乐，从此步入歌坛。1988年在《男欢女爱》专辑中与潘越云合唱《你是唯一》成为备受瞩目的新人。1990年入围第一届金曲奖最佳男歌手。从此借着独特的声线和忧郁的外形称霸台湾乐坛近10年之久，并获“情歌王子”的美誉。

★台湾情歌王子

张信哲：我的“女声”，我不会去改变

对于那些迷恋20世纪90年代末台湾乐坛繁荣的人来说，张信哲是一个不得不提及的名字。那些温馨的、细腻的、柔情的、奔放的、忧伤的情歌，总是让人感动备至。对于大多数人来说，张信哲的歌不仅仅是治愈情伤的良药，还伴随着美好青春的记忆。从《难以抗拒你容颜》到《爱如潮水》，从《别怕我伤心》到《宽容》，再从《直觉》到《信仰》，我们不得不承认90年代是属于张信哲的情歌时代。

20年不变的“情歌王子”

“我是唱男高音的，声音很特别，同期这种声线的歌手基本没有”

华语歌坛大体上有四种歌手，一是卖偶像外形，二是卖演唱技巧，三是卖豪华阵容，四是靠卖人文主义。而张信哲卖的是声音，只要他一开口，绝没有人会张冠李戴。20年来，张信哲的作品几乎大同小异，缠绵悱恻的情歌配上妩媚清亮的声音，总是扮演着受伤心灵救赎者的角色，故有“情歌王子”的美誉。虽然其间他也曾跟随潮流玩过电子、唱过R&B，但事实证明，真正被大家广为流传的依然还是“哲式情歌”的调调。看来，非传统的中性美学无论在哪个时代都是行得通的。

南都娱乐：听说出道之初，你就是采用“先声夺人”这一招？

张信哲：我是大学的时候，参加歌唱比赛被唱片公司看中的。当时签我的原因就是觉得我的声音很特别。但是发第一张唱片时，我不会照相，怎么摆pose都不对，装扮也比较土。那时候也不流行造星运动，帮你包装什么，你是怎么样就怎么样。记得一位公司的企划人员指着我的鼻子说：“啊，这人长这么丑，怎么能红？”可能公司觉得我不够好看，加上不善于交际，没有信心，上电视节目又容易害羞，所以第一张个人专辑没有敲锣打鼓，在最初发唱片时，只是从电台开始播歌，让大家听我的声音而不让我露面。

南都娱乐：对你的声音这么有把握？

张信哲：我的声音属于蛮特别的那种。那个时期这种声线的歌手基本还没有。有人说费玉清的声音像我，但是他的声音比较软，没有我的声音明亮。

南都娱乐：你的声音从出道至今备受争议，有人说缺乏男人味，有人甚至直接评论很像女人。

张信哲：从小学音乐，在合唱团里，就是唱属于男高音的部分。我的声音在古典领域还算正常，但是可能在流行领域算比较特别。但这是我天生的嗓音，我不会故意去改变。不能指望每个人都喜欢我。

南都娱乐：还记得“情歌王子”这个称号是在什么时候被大家叫开的吗？

张信哲：应该是出《宽容》那张的时候，好像是我在台湾要办第一场演唱会吧。台湾媒体就给想出了这么一个称号，后来就被不断地沿用下去了。大家觉得适合，就继续叫吧。

南都娱乐：也许唱情歌已经是大多数人对你根深蒂固的想法了。

张信哲：因为我一出道就唱情歌，唱了这么多年，《爱如潮水》为什么火？回顾之前的乐坛，很少有人会在歌曲里面直截了当地去表达情感。而且大部分人唱的都是男人要坚强，眼泪应该往肚子里吞。我应该算是第一个去唱男人的脆弱，男人中也会有唱情伤的歌手吧。

南都娱乐：你曾经说过，情歌里的感情大部分都不是你经历过的，那么要唱好情歌，关键是什么？

张信哲：唱歌这么多年，我见过很多好的歌手，有时候我们常常觉得有一些人声音、技巧很好，可是你听他歌的时候却没有感觉。这是我一直提醒自己的，你有没有很丰富的感情经验对唱情歌并没有特别直接的影响，关键是你能不能很容易在一段感情里去体验和感受。

当年他究竟有多红

"在大家甚至我自己都还没准备好的时候，我就突然红了"

有人说，20世纪90年代想不听张信哲，除非你离开中国；还有人说，90年代，衡量一个歌手是否走红，最直观的方式就是看他上了多少次《当代歌坛》的封面，张信哲自然当仁不让地名列首位。确实，当时无论是任何一个城市，或者任何一种媒介载体，张信哲的声音可说是如影随形。他几乎成了当时所有女中学生的梦中情人，他的歌是大家唱K的必点歌曲，卡带、CD的销量以千万计，其受欢迎的程度一点都不输于当今任何一个偶像团体，其势头甚至盖过了当时的香港四大天王。

南都娱乐：1989年，一个新人一年之内能连续推出3张专辑，这在当时是不是史无前例？

张信哲：嗯，还记得那一年我是3月出第一张专辑《说谎》，9月出第二张《忧郁》，11月出第三张《忘记》。其间还拍了一部电视剧和两部电影，每天除了宣传、录音，就是拍戏。那个时期的我处于迷茫和混乱中，可能是大家，甚至我自己还没准备好的时候，我一下子就红了的缘故吧。

南都娱乐：这三张专辑在内地的反应如何呢？

张信哲：那时候台湾男孩没当兵之前都不能离开台湾。所以我还不清楚自己在内地有多红，但是听说也有不少人喜欢我的音乐。直到退伍以后，唱片公司从我当兵前发的那三张专辑和退伍后出的那张里选了歌出来，在内地发行了精选集，那张专辑卖得特别特别好，我才知道自己在内地知名度是很高的。

南都娱乐：红了之后，来内地演出或做活动，都是件很麻烦的事情吧？

张信哲：1997年有一次做活动，歌迷疯狂到把店内的玻璃都撞坏了，后来“110”来解救我，歌迷还以为我被抓了，拼命地叫，场面很吓人；1998年上海亚新广场签售那次，广场上集聚了近3万人，歌迷多到商场内的电梯都挤满了，当时很危险。我被困在商场内好几个小时，最后还是换了便装才逃开！还有一次在郑州，为了顺利进场，我穿上警察制服，被打扮成警察的样子，才进了场。

南都娱乐：过去的只能被称为经典了。当这个属于“张信哲”的时代远去后，心里会不会有些失落？

张信哲：有些成功的路你是重复不了的，这个道理我很明白。现在，还会有人质疑我：你能不能再创造另外一个经典？我也很想反问这些人，所谓的经典是什么？经典的音乐就是能够长时间存留下来，能够长时间打动你的东西。那这种东西，绝对不会是一时有所谓的影响力，它需要一个发酵期。《过火》是一个很好的例子。这首歌是大家认为的经典，可是当时那首歌根本不是主打歌。在那张专辑宣传的后期，这首歌忽然就红了。我是临时被抓回去拍MV的。这件事情让我从另外一个角度看一些东西，我宁可做一些值得大家用心去听、慢慢去咀嚼的音乐，也不愿意去做一些等市场热潮过了就没有了的音乐。

滚石唱片鼎盛时期
“我最感谢的人是大哥李宗盛”

台湾流行乐坛的鼎盛时期，滚石唱片几乎可以说是代表了一个时代。无数巨星级歌手云集旗下，滚石是国内最具影响力和人气的音乐品牌之一。从20世纪80年代开始一直引导着华语乐坛的走向，由罗大佑、陈升、李宗盛坐镇，网罗了赵传、任佰、张信哲、周华健、林忆莲、辛晓琪、任贤齐、莫文蔚、刘若英、梁静茹等实力派歌手，很多经典歌曲和畅销专辑至今仍脍炙人口，传唱不衰。张信哲出道之初，正处在滚石唱片的鼎盛时期，所以无疑是一个最好的见证者。

南都娱乐：当初刚进入滚石的时候，是从助理做起？

张信哲：一开始做类似小弟跑腿的工作。那时和滚石的工作人员很要好，由于家在外地，所以有一大段时间，我都落脚公司里的“歌手休息室”。

南都娱乐：当时滚石唱片里群星聚集？

张信哲：对啊，我在滚石的时候，属于滚石最好的时期，能看到很多很多当红的歌手。比如说第一个跟我面谈的就是大哥李宗盛，还有潘越云、陈淑桦、黄韵玲，在公司常会遇到他们。记得第一次见陈淑桦的时候，是在公司楼下，我当时就呆掉了，因为她真的非常漂亮，有气质，一直看着她上车，离开。

南都娱乐：第一次正式进棚是和潘越云对唱？

张信哲：对啊，与潘越云合作《男欢女爱》的男女对唱合辑。当时我还是个学生，很羞涩、紧张。她在台湾知名度已经很高了，所以我很紧张。但她对我十分照顾，像个大姐姐。我们都喜欢研究古董，都爱小动物，还一块儿收养流浪狗，后来我们俩成了很好的朋友。

南都娱乐：那时候能签进滚石，是很多新人梦寐以求的吧？

张信哲：是的，我很幸运。第一首歌出动了林隆璇帮我写，老板让他做他不得不做。哈哈。第二张马上和当时台湾最具重量级的音乐人合作，那张专辑有5个监制：马兆骏、齐秦、李宗盛、小虫和我的老板。不仅仅是普通人，其实当时很多歌手也非常羡慕我，因为这是别人求也求不来的机会。

南都娱乐：公司里谁对你的帮助最大？

张信哲：当然是大哥（李宗盛）对我帮助最大，最初的时候是他面试我，然后决定签我。后来又为我写了《爱如潮水》、《别怕我伤心》那么多好听的歌曲，帮助我确定了自己的风格。我很感谢他。

南都娱乐：当时台湾的音乐环境是什么样的呢?

张信哲：当时处在校园民歌的尾声，正好是从校园民歌到流行音乐的过渡期。出现了一些青春偶像，最火的是小虎队等。他们的音乐保留了一些校园民歌的味道，但是又已经没有了校园民歌的质朴。另外创作人也开始进入乐坛，变成了歌手，比如周华健、陈升、李宗盛、张雨生等。那时候是台湾流行音乐的黄金时期，各类音乐从那个时候开始蓬勃发展。

【记者手记】

年过四十的张信哲，白马王子的派头依然不改。温文尔雅的微笑，讲话轻声细语，谦虚礼貌，不卑不亢。但是他却忌讳旁人提及“已经出道20年”等相关字眼，看来时间虽然没有在他脸上留下痕迹，却把烙印深深地烙在了他心底。他一再强调“最美好的时光”莫过于当下，但是多少有口是心非之嫌，毕竟有谁不留恋青春，不追忆似水年华呢?

（采写／宋寻）

印象：这才是真正的快乐女声

文／邓晓琪

有人说台湾歌坛大哥大李宗盛擅长发掘和制作女歌手，郑怡、潘越云、陈淑桦、林忆莲、张信哲……这当然只能是个玩笑，不过这种不算太过分的玩笑既能说明李宗盛对女歌手的确有独到眼光，也能说明我们的张信哲似乎有一点风格上的阴柔之美。

没人规定男人必须要阳刚，谁能说男人的阴柔之美不是一种美呢？当然，张信哲的阴柔之美跟张国荣的倾国倾城的外貌相比只局限于歌声中，他的“女声唱腔”在他身上是一种符号，于时代来说是一种幻听产生幻觉的记忆。

我们有过太多的模棱两可或者习惯性判断失误，就像我们可以很多年把唱《爱江山更爱美人》的李丽芬当成男人，也会把唱《爱如潮水》的张信哲理所当然地想成是女人。这种让人难以改变的印象，不是张信哲“作”出来的，而是天生如此，就像赵传和张雨生可以把声调唱得很高一样，他的骨子里有一种女性的细腻，而这细腻谁说又不是一种力量呢。

如果说张信哲在乐坛20多年还可以常青，除了他擅长演绎动人的情爱歌曲以外，他还有一种从内而外的力量，这力量是粗鲁莽撞暴力的反面，但它一样可以伤人，一样可以见血露骨。如今在电视上比如张信哲将要开演唱会的前夕，还会见到这位跟林志颖、徐若瑄一样让人看不出年纪的歌手，他甚至有点憨厚，在极其贫乏的语言表达能力下，你能看到他的拘谨和不合时宜。也许张信哲的时代早已过去，他不懂时髦，也不用时髦追赶前卫最新唱法，他只需原地不动，让那些当年爱过他的人偶尔怀旧一下。但，这种令人陶醉的受欢迎对于一位歌手来说不正是悲哀的根源吗?

少女时代或者少年懵懂，有一代人的记忆，有温暖、柔情、细腻、猛烈、忧郁的情歌，孤独或冷漠的日子里这些让人感动至深。既然有《爱如潮水》的莽撞和猛烈，就难免会有《别怕我伤心》的遗憾和难过，然后人生还需要《宽容》，才能找到《信仰》继续活下去……在繁华与激进的90年代华语乐坛，在一代人青春迸发激情与柔情的岁月，有张信哲的歌声为伴，这是多么值得庆幸的事啊。

20年过去了，张信哲在接受访谈时还说“我的‘女声’，我不会去改变”，不用追根溯源地查找，这才是真正的超级女声、快乐女声，他是“女声”这个词的一个鼻祖，他用声音诠释了何谓“女声”，用生命强调了如何坚持“女声”。

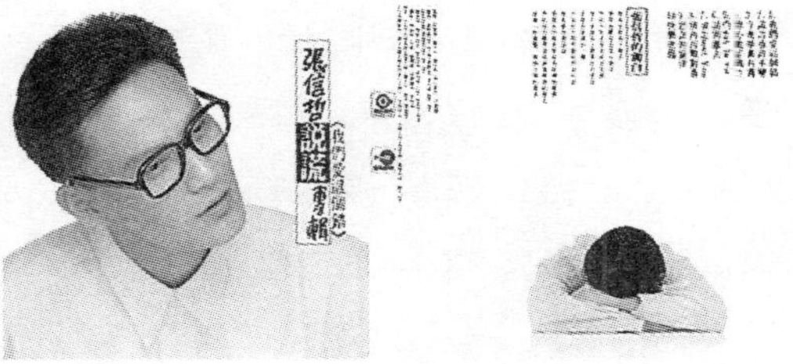

林忆莲

1966年出生于香港，在1985年推出个人首张专辑大获成功，迅速成为香港新生代艺人中蹿红最快、最受瞩目的一位。刚出道时走粉红路线，以可爱和清新吸引公众，与许愿开始合作后，就迅速推出“都市触觉”系列，尝试多种曲风，风格化突出，也改写了当时香港女歌手性感的定义。1994年，加入滚石公司，与李宗盛在音乐上的合作与婚姻，使得音乐与自身情感经历高度结合，登上事业的巅峰。离婚后，重战香港，斗志不减。

★香港疗伤歌后

林忆莲：爱情是件非常美妙的事，我仍渴望

有一种女人，说不上惊艳，但是就在你心绪复杂微妙的时候，想起她，会有更复杂更微妙的感觉涌上来，温暖中夹杂着忧伤，寂寞中裹藏着激情。林忆莲，就是这样的女人，就是这样的歌者。一个连离婚都可以如此浪漫、洒脱的女人，将爱情视为第二，而第一位的永远如她所说，就是对生命的珍惜。林忆莲经历了香港粤语乐坛最辉煌的时刻，转战台湾，以滚石唱片为发力基地，成为疗伤系女歌手的扛鼎人物。而更让人津津乐道的是，她与音乐教父李宗盛的情感纠结，已经成为美丽的传说。

香港粤语歌坛黄金期

“那个时候，我更重视每次演出的造型”

一定是有这个错觉的，提起林忆莲，让男人深信她是一个温柔如水、容易受伤的女人，据说她的名字来源于父亲对早年名字带“莲”的恋人的回忆，这似乎就注定了这个港妹骨子里就有浪漫的基因。但事实上，从做电台DJ入行开始，在1991年惊艳华语乐坛

的《爱上一个不回家的人》之前，她形象多变，妩媚性感，尤其是与许愿合作的“都市触觉”系列更是大胆尝试了诸如轻爵士、R&B、英伦摇滚等曲风，而形象上，按照今天的流行词汇来说，就是一个御姐或者女王控，身穿紧身皮衣大唱《你令我性感》、《滴汗》等歌曲的形象，着实不俗。

南都娱乐：1985年就出了第一张专辑，后来遇到了音乐人许愿，他对你的声音是怎么评价的？

林忆莲：对，1985年出的第一张，但那个时候并不认识许愿。我还在做电台的DJ，有一次在演出的时候，演唱了一首英文歌，被唱片公司的人听到，然后就发掘了我，说我可以做歌手。但是刚开始，香港歌手基本上都是模仿日本那边的，我也被定位成日本偶像那种，但我不太喜欢，所以到了第二张、第三张的时候，我坚持做一些改变，回到我更熟悉和喜欢的西洋风的路子上去。许愿对我声音的评价是，很有特点，他也愿意跟我做一些新的尝试。

南都娱乐：于是就有了被好评的“都市触觉”系列？

林忆莲：对，就在1988年。这个系列很有实验性，我们除了尝试轻爵士以外，还有R&B、一些电子舞曲等元素。我当时很开心的是，完全是有想法地去做这些事情，而不用考虑市场，从选歌、编曲、练舞，到整个形象整个包装以及封面的设计，正如你所说，我们都做得不那么“香港化”，我们希望做得更国际化一些，带出香港都会女性的生活态度和方式，比如对爱情、对男性的思考。

南都娱乐：所以，我印象很深刻的是，那个时候演唱诸如《滴汗》、《你令我性感》等歌曲的时候，形象与现在反差很大，很性感妩媚。

林忆莲：对，对于一个艺人来说，任何一个阶段都是很重要的，你刚才说的是一种表演方式，那个时候在香港，每天都有电视节目，有演出，因此造型对演出的作用很大，艺人也重视这个部分。因此我会花很长的时间去做造型，去练舞，很辛苦，很用力。到了台湾，反而更注意歌手歌唱的技巧方面，寻找到比较内敛比较沉淀的表演方式。

南都娱乐：那个时候，女歌手的竞争也蛮激烈的，经常与你在颁奖礼上竞争的有叶倩文、陈慧娴等人吧。

林忆莲：对，有她们。（王菲呢？）那个时候叫王靖雯，是后面一点才出来的。当时颁奖礼的主办方希望能够吸引观众，因此他们会特意设计一些环节，在前期宣传时制造噱头或叫卖点，感觉我们女歌手都互相争得很厉害，就像张国荣和谭咏麟之间一样。但是事实上香港乐坛的包容性是很大的，当时的市场处于一个非常有潜力、待开发的阶段，有很多不同类型的音乐出来，与之前那种流行电视剧主题歌的阶段相比，是一个大的跳跃和突破。

南都娱乐：听说张国荣公开说，你是他见过的少数很性感的女人之一，虽然眼睛很小。

林忆莲：哈哈，是，那个时候不流行小眼睛。我很感谢他这样说，我刚出道的时候，就和他合作过一部电影叫《龙凤智多星》。我觉得任何一个女人看到他都会觉得很舒服温暖，他很照顾我，像一个大哥哥。

台湾滚石时期

“跟李宗盛合作，我学会了很多”

1991年，林忆莲推出了《爱上一个不回家的人》，这首国语歌顿时大红，也流传到内地，“爱上一个不回家的人，等待一扇不开启的门……”将女人的哀怨唱得入骨，林忆莲也当之无愧成为都市女性的代言人，她们的心思只有她能唱出来。1994年，林忆莲加盟滚石唱片，将事业重心移到台湾，也包括自己的感情生活，与音乐才子李宗盛合力打造出诸如《伤痕》《夜太黑》《听说爱情回来过》等金曲，他们也成为被人称道的才子佳人。

南都娱乐：在滚石时期，不少人不知道你曾经也是一个香港歌手，也不太了解你在香港乐坛的身份。

林忆莲：我觉得在某种程度上这也是一种成功吧，那段印象那么深刻，可能会把前面在香港的成绩忘掉，在台湾发展实际上是从《爱上一个不回家的人》开始的。那个时候我在飞碟唱片也发了两张专辑，但并没有放弃香港的市场，依然注重舞台的表演，比如《你给我的爱不是爱》、《灰色的逃脱》，每次上台的时候都是带着舞团的演出。

南都娱乐：在内地的KTV，有几首歌是常被人点的，比如刚才提到的《爱上一个不回家的人》，还有《当爱已成往事》、《至少还有你》等，这些歌对你来说有没有特别的意义？

林忆莲：这三首歌当然是在我事业上特别成功的歌曲，《爱上一个不回家的人》是我第一首打入国语市场的歌，《当爱已成往事》是一首非常受欢迎的男女对唱的歌曲，《至少还有你》是在维京唱片的第一首主打歌曲。目前来说，《至少还有你》是一首很多朋友在结婚的时候都会唱的歌。

南都娱乐：《当爱已成往事》是你和李宗盛合唱的一首歌曲，有很多人认为这首歌在某种程度上说是你们爱情的影子，是吗？

林忆莲（有些回避）**：**我想这个类型的情歌、这样的题材，有很多很多，第一，我认为这首歌是写得非常好的，当时出现在《霸王别姬》的电影里，因为种种的原因，加上电影给人的印象，才会这么成功。

南都娱乐：李宗盛对你来说，是不是一个产生很大影响的人？

林忆莲：我只能说，很感谢他，跟他在一起合作，我学到很多。

南都娱乐：感觉你是一个很浪漫的女人，因为连离婚声明，都会想到用一首歌（《微凉》）的歌词来表达当下的心情，当时为什么会想到那么做？

林忆莲：……我想这并不是刻意的策划，而的的确确是当时的心情，觉得那首英文歌很能传达我的想法。我有时候可能会浪漫，但是不能算一个很浪漫的女人。

南都娱乐：你相信分手亦会是朋友吗？

林忆莲：当然我希望是这样，但是如果一个男人和一个女人曾经有过那样的感情关系，当感情结束了，要想继续成为朋友，恐怕还是有一些障碍的。

南都娱乐：还会渴望爱情吗？

林忆莲：当然。我觉得爱情是非常美妙的一件事，我渴望爱情，可是我不觉得我会像以前那样，觉得爱情就代表自己很大的一块。现在我觉得爱情应该是给你动力，给你享受，可是你要先知道自己是怎么样一个人，自己一个人过得很快乐很自在，那么当爱情来的时候它才会是一个美妙的东西。

重归香港乐坛
“黄金时期的确是过去了，但我不是恐龙”

离婚后的林忆莲最终还是回到熟悉的香港，带着爱女，以一个独立、成熟的女性形象重新出现在乐坛上，2002年连开6场演唱会，票房不俗，让她重获信心，了解到自己并没有被香港歌迷遗忘，而她与多年好友伦永亮的合作同样理想，因此更加深信“香港始终是我的根”。于是，她积极准备出碟，开个唱。

南都娱乐：除了李宗盛，还有另外一个非常重要的音乐伙伴伦永亮，好像一般的听众都很少提起他。

林忆莲：因为他主要在幕后，但真的是非常重要，如果说合作的话，他是我这么多年合作得最多的一个音乐合作伙伴，从我1990年的演唱会一直到现在，每一场音乐会他都是音乐总监，然后我们在录音室里的合作是从1988年就开始了。

南都娱乐：重回到香港乐坛，出了《本色》，有一点回潮的感觉，封面设计很性感，有一些舞曲，反而跟你第一阶段的风格有点类似，是想重新夺回香港的市场？

林忆莲：其实那张专辑是我的粤语专辑，1996年发完，以后隔了这么多年都没有发，一直到2005年的这一张。它是一个回馈，虽然这张专辑还没有完全发挥它的可能性，我觉得它应该是一张回来跟大家say hello的很温暖的表达。

南都娱乐：现在香港乐坛萎缩得很厉害，基本上是后继乏人了，你怎么看呢？

林忆莲：我觉得这是整个唱片行业的问题，唱片行业已经在转型，跟随着这个社会的改变，跟随着整个科技的发展，唱片的行销方式跟以前都不一样了。它是一个整体的转型，你不会再去唱片行买一张CD，以前我们还买黑胶呢，媒体的环境也发生了变化。因此在这样一个转变的过程中，大家都要想想怎么跳出来，找到一个新的办法。

南都娱乐：如果我说，林忆莲是香港音乐黄金时代硕果仅存的音乐天后，赞同么？

林忆莲：硕果仅存？好像恐龙啊。我想说如果是黄金时代，它的确是过去了，但还是可以有期待。天后是大家给我的一个称号，而我自己只是一个喜欢音乐，做音乐的人，硕果仅存可能是因为我很幸运，到今天还是在唱歌。

【记者手记】

林忆莲2008年12月在北京内地开演唱会，发布会那天来了不少歌迷。一个结了婚，都有小孩的哥们儿居然激动得要抱一抱林忆莲，说这是他多年的夙愿，虽然行为有点“雷”，但是还蛮感人的。林忆莲唱了那么多的歌，不知道是给自己疗伤还是给别人疗伤，这也许并不重要，重要的是，我们还好好的，还有好歌听。

（采写／艾辉）

印象：她曾经闻透花之色

文／邱大立

从1985年的《爱情I Don't Know》到2011年的《柿子》，唱了26年的林忆莲似乎还没有成为香港乐坛的传奇，但她成就了一个歌手的神话。

在20世纪80年代中期，梅艳芳、林忆莲、陈慧娴、刘美君成为香港新生代生力军的四大歌姬，尤以梅艳芳和林忆莲最为耀眼，出道最早、劲道最老辣的梅艳芳当然占尽了各种优势，她一出现就已注定要成为王者。1985年，当19岁的林忆莲发表第一张专辑时，21岁的梅艳芳已经用一首《似水流年》开启了她的时代。而80年代的下半段，正是林忆莲向梅艳芳发起挑战的冲刺期。

1986至1990年是香港音乐史最激动人心的一段岁月。在这5年中，林忆莲用《忆莲》、《都市触觉II》、《都市触觉III》实现了三级跳，其对新音乐的形式探索和大胆表现手法，开创了香港流行音乐的先河。林忆莲的天资与悟性，加上杜自持、林振强、伦永亮、许愿等创新派音乐制作团队的烘托，让她在1990年的夏天终于如愿以偿地全面赶超了梅艳芳，成为香港新音乐的代表性女歌手。而梅艳芳同期出版的专辑《封面女郎》已经毫无新意，只剩下对乐坛女皇地位苦苦的坚守。

1990年，林忆莲毅然决定转战台湾。这一年的倒数第三天，林忆莲在飞碟唱片发表第一张国语专辑《爱上一个不回家的人》，亚洲正版销量两百万，从此开启香港歌手横渡台湾海峡的新纪元。而林忆莲转投滚石唱片，也终于让她站到国语女歌手的巅峰。90年代初，林忆莲在香港陆续发表了几张概念性和艺术性高难之作，如《梦了、疯了、倦了》、《野花》等，其中《野花》更被评为20世纪20大华语专辑。林忆莲从香港到台湾的飞跃，象征着她从都市触觉到都市女人的市场定位的转型。整个90年代，随着陈淑桦、苏芮、潘越云、张清芳、辛晓琪的逐渐淡出，除了王菲，林忆莲在国语歌坛的地位，已经没有其他女歌手可以与之匹敌。

21世纪的第一个10年，华语流行乐急速由盛而衰。林忆莲也随着大批音乐人或歌手向内地发展。这10年的林忆莲，音乐合作者的素质参差不齐，几乎没有留下什么有分量的作品。她也非常明智地把工作重心转向演唱会。其间，她也偶尔回港举行演唱会，她的老歌迷们继续拥护她。2006年，香港特区迎回了香港史上第一位从人民大会堂凯旋的本地天后。2008年9月，她重新回港举行演唱会，反响依然热烈。毕竟，现在可以把歌唱好的香港女歌手的确凤毛麟角。林忆莲已经用她一半是伤痕一半是神话的出走和回归改写了一位香港女歌手的巅峰纪录。但其间的损失与变数，我们已经无从得知。从19岁唱到45岁，林忆莲26年来的成绩单，也交出了她的心。

周华健

台湾著名创作歌手、音乐人。1979年赴台湾求学，1986年加盟滚石唱片公司，逐渐成长为台湾及亚洲华语流行乐坛的天王巨星，至今已发行音乐专辑逾40张，累计销量数千万。获得“阳光游子”、“天王杀手”等美誉，是20世纪90年代最具影响力的华人歌手之一。

★天王杀手

周华健：《亲亲我的宝贝》儿子对它恶心到爆

香港有四大天王，台湾人也不甘寂寞地表彰出了“台湾的四大天王”，即王杰、周华健、齐秦和童安格。作为其中一员的周华健，虽然创作才华平平，但其极具辨识度的嗓音，旋律朗朗上口的音乐作品和多年来乐观、积极的形象却十分讨好。虽然近些年来在新人辈出的乐坛中稍显落寞，但却一直不曾停歌。2009年靠着“纵贯线”的成功为复出无力的老歌手挽回了三分薄面。目前更为自己“花的拼图”巡回演唱会蓄势待发……那种源源不断涌出的热情和力量，绝不仅仅是追忆和余晖而已……

歌里的故事

“后来很多广告歌都红了，我才猛然醒觉：原来我是这样子类型的歌手”

周华健以广告歌起家，因其阳光、健康、积极向上的形象及曲风，而被冠以“阳光游子”的称号。《风雨无阻》《爱相随》《花心》《亲亲我的宝贝》等无数歌曲被人传唱至今。出道20年，唱尽了人生甜苦，每一首歌曲都是生活细枝末节的记忆，包括甜蜜的、感动的、失落的，还有彻悟的……

南都娱乐：你出道的时候就被人冠以“阳光游子”的称号，且这么多年来不管是歌词还是曲风都是比较积极乐观的，这是一种巧合还是刻意为之？

周华健：没有。我原来在制作部学做唱片，那个时候还没有毕业，因缘巧合就出唱片了。那时候我唱了好多广告歌，广告一定需要一个很正面的形象、很阳光的声音嘛。后来很多广告歌都红了，什么“阳光游子”、“维他命C”的称号都出来了，我才猛然醒觉：原来我是这种类型的歌手！这样的声音是我的个性、血型、星座总和起来的一种呈现吧。

南都娱乐：这么多广告歌，影响最大的还是雷诺汽车的广告曲吧？

周华健：那天我大迟到，一到录音室，陈扬和齐豫都在等我，这首歌是齐豫推荐我唱的。当天我唱到凌晨三点才结束。刚听到这首歌的旋律我就知道，这首歌对我很重要。那时候我家还没电视，我只能在面摊的电视里看。广告播出后，很多人在猜测这个声音到底是谁，有猜是杨烈的，有猜是费翔的……这首歌就是我在滚石发行的第一张唱片《心的方向》的同名主打歌。

南都娱乐：儿子都长这么大了，你还能想起你当初写《亲亲我的宝贝》的心情吗？

周华健：我跟他好像在早一些的时候有聊过，他在小时候并不知道其实别的小孩是没有属于自己的歌的。大概到了12岁，准备要进中学的时候，他才知道并不是每个人都有一首歌。知道以后，他开始慢慢会讨厌，觉得好肉麻、好恶心，因为邻居、朋友、同学都会唱这首歌，他真的恶心到爆。我儿子现在20岁，我写这个歌已经20年了，我入行已经二十几年。这首歌随时都在提醒我的年龄，想年轻一点都不行。

南都娱乐：不久前采访齐秦，他说自己不喜欢《大约在冬季》这首歌，但每次走穴都得唱。你呢？现在对《花心》是不是也会产生同样的厌恶感？

周华健：《花心》倒没有，但是曾经有段时间我希望不要再唱《让我欢喜让我忧》了，可是后来我发现原来不同年龄，《让我欢喜让我忧》的歌词唱起来是不一样的。“你这样一个女人”，在二十几岁、三十几岁、四十几岁唱的时候理解都是不一样的。当我发现它不一样的时候，我才知道好玩的地方在哪里。我享受每一次演唱这些歌的时候带给我的不同感受。

南都娱乐：和你差不多同时期的一些老歌手的复出之路似乎走得很艰难，比如前段时间的辛晓琪、潘越云，据说她们的演唱会预售票卖得不好，所以取消了。但是你一路走来好像还蛮幸运的。

周华健：当然，我很幸运，但是我也遇到过低潮期。我爸爸离世、妈妈中风，还有些音乐上的挚友英年早逝；当我快40岁的时候，我发现我的身体并不健康；2000年的时候，因为我哥哥的关系，还有官司缠身……人的一生不可能一帆风顺，当我遇到这些状况的时候，我开始思索和调整。我慢慢变得不再为凑齐10首歌去写歌，不再去抢排行榜的前几名，不会一直去问唱片的销售怎么样……我开始真正享受在台上唱歌，以前从来就没享受过。

南都娱乐：年轻歌手的出现，长江后浪推前浪的时候，有没有产生危机感？心里面有没有对时光流逝的一种恐惧感？

周华健：肯定有，新的人要出来，新的风格要出来，这是必然的嘛。步入中年，我不习惯，有新的歌手出现其实我也不习惯。妒忌，在那个时候体会就更深，但我必须学会接纳这些东西。慢慢地我才发现原来我有的经验他们是没有的，我可以享受我的音乐、享受我的生命，他们还不到时候，呵呵。

在香港迷失
“‘天王杀手’的称号让我在香港很难交到朋友”

周华健最低潮的时期，却也是辉煌的巅峰。和许多怀揣着梦想的台湾音乐人一样，周华健于1994年正式入港发展。当年，周华健凭着意境悠远、嘹亮悦耳的声音横扫香港乐坛，成了四大天王鼎盛时期台湾歌坛的顶梁柱。由于声音极富磁性，一尘不染，他还被媒体封为“天王杀手”，广泛流传。“天王杀手”的称号，却着实给了故步自封的香港乐坛一次迎头痛击。

南都娱乐：你在香港发展那一段时间，一年要出四五张唱片。这一阶段你会觉得厌烦吗？

周华健：我在香港发展8年，有两年都是5张唱片。其他几年都是两张以上。很可怕，后来我几乎要看心理医生了。香港的通告是排不完的，每个礼拜有劲歌金曲，你要上榜就一定要去做节目。如果不去是不会上榜的。在那边发专辑，颁奖典礼是一定要参加的。

南都娱乐：很多台湾歌手到香港似乎都不习惯，所以后来也就都纷纷退出这个市场了，是一种被掏空的感觉吗？

周华健：刚开始还是很新鲜的，你没去之前，想象着自己出现在那些八卦杂志里面，走上红地毯，有客串电影的机会，挺新鲜的。结果去了以后，拍完写真，自己看起来都觉得恶心。后来做过以后你就会感觉这个事情够了。你可以让我找回自我吗？我真的不知道我是谁了。每个礼拜都有首映典礼、红地毯、什么展示会，每天都有，不停的。电视节目录完了以后录电台节目，录不完的。香港的节奏、步骤和生活方式，我都不喜欢。

南都娱乐：那段时间从台湾过去发展的歌手似乎都很火，把香港歌手的饭碗都抢了一半。

周华健：所谓是天一半地一半嘛。因为那时候四大天王盘踞了香港的市场，所以很多歌手都在等待着一个突破的契机。其实原来香港歌坛很多巨星，都是独当一面的，比如谭咏麟、张国荣、许冠杰、罗文，原来都是一个人撑起一个大场面。突然，有一些说不拿奖了，有一些退休了不唱了，商业电台就想把四个年轻的歌手聚在一块，比如说颁奖典礼的时候有四方的人马来参加，甚至他们有互相的刺激，互相竞争，新闻不就有了吗？话题也有了，所以就弄出了四大天王。那个时候很可惜的，很多香港很有潜力的歌手，其实已经攀到边上，却始终没法归进去，所以就一直脱队。反而莫名其妙来了一个台湾来的，就是我，还取得了不错的成就。比如说我去机场，飞机从台北起飞在香港降落的时候，公司要找10个大汉来接我的，怕谁谁的歌迷会来骚扰。那个时候是这样的局面的，呵呵。

南都娱乐：难怪有媒体说你是“天王杀手”。

周华健：“天王杀手”是香港一本杂志写的。我记得那篇文章我有看，它其实很短，杂志的半版而已。上面说当时从翻版市场到正版市场我都卖得很好，尤其是刚好四大天王有出唱片，我都超过了他们。不知道后来为什么越用越多。那本杂志也不是很有名的杂志。我当时还偷偷地高兴了一下下，后来用久了以后发现有问题了，不好交朋友了。

南都娱乐：*在香港遭到排挤？*

周华健：我在香港碰到四大天王的时候都很尴尬。就算人家没什么，但是我都会比较介意，就像我心里有鬼似的，所以去跟公司商量才延伸出“国民歌王”的称号……

滚石情深

“我一辈子只属于一个唱片公司，这不是很好玩的事吗”

25年前的周华健在民歌西餐厅驻唱，经过李宗盛的引荐入滚石做助理。谁能想到这个最初跑跑腿的小弟，却成了滚石历史上发行唱片数量和销量最多的歌王？虽然如今，那个在曾经“我在滚石，我很重要”的小黄标映照下的焕发着人文光彩的好时代已经不复存在，但植根于周华健心中的滚石情结，却不是时间能够让其消失殆尽的。

南都娱乐：*这么多年，你一直没有离开滚石，和滚石一定有着很深厚的感情。*

周华健：在过去的30年流行音乐史上，滚石是极其重要的一个篇章。经常有传滚石遇到什么危机了、快结束了、快倒闭了，但是现在，滚石依然存在。到目前为止我最佩服的音乐人，就是滚石的老板段钟潭。我要用匪夷所思来形容他了，有着那么坚毅的精神。我记得有一次他对我说：“华健你为什么最近很少写歌啊？”因为有一段时间是一个礼拜要写三四首新歌，很痛苦，你不知道我整个人真的是心力交瘁。我不想再过回那个日子。他说：“华健，我都没有喊累，你凭什么喊累？我以前有钱的时候我就做音乐，我今天没有钱的时候我还在做音乐。我从来就不是为了什么回报做音乐。”我很感动。滚石在我心中就是一种精神支柱。

南都娱乐：你有没有想过离开滚石？以你在歌坛地位，随便去一个公司都不成问题的吧？

周华健：从来没想过。我有想过滚石如果结束的话我怎么办，我没想出答案。其实滚石遇见的困扰，是所有唱片公司都会面临的。这是一个音乐大环境的问题，所以去到哪家公司其实都是一样。我一辈子只属于一个唱片公司，这不是很好玩的事情吗？我觉得很骄傲。

南都娱乐：滚石有一句很出名的标语，就是“我在滚石，我很重要”。你对这句话，有什么更加深刻的理解吗？

周华健：当年的滚石就拥有一个这样强大的气场和氛围。大家在一起就像个大家庭一样。公司会办很多活动，比如“快乐天堂”演唱会、“闹日滚滚”演唱会，从12月31号的晚上8点开始，每个歌手唱几首歌，唱到凌晨12点，然后一起倒数过新年。同事之间都相互认识，也互相帮助，定期会举行很多聚会，很多开心快乐的时光。

南都娱乐：在滚石你和李宗盛的渊源算是最深的吧？

周华健：我和他认识很早，在民歌餐厅驻唱的时候就认识了他，是他介绍我进滚石的。不过，我却阴差阳错地成了滚石的助理。那时候才知道他在滚石没什么“地位”，呵呵。不过在音乐上，我曾经有模仿李宗盛做唱片和写歌的方式。不过是在初期，后来才找到了自己的感觉。

南都娱乐：2008年，几个滚石的老员工，组了“纵贯线”，成立的初衷只是想出一张唱片，却没想到会成为一个很成功的营销模式。

周华健：对，因为我们对现在的歌坛很不满，我们觉得需要做些什么，所以便有出唱片的想法。我们的原意是一块在录音室写写歌什么的，但后来根本就没有这样的时间，时间全部被宣传所占据。后来都疲乏了。如果我们唱40场的话，我们等于去了80次，每个地方去两次。还飞到新马，飞到美加去。几个人加起来都超过两百岁了，挺累人的。

南都娱乐：但是收获也颇丰吧？

周华健：从我的角度来看，另外三个都是我很佩服的音乐人，能一起写歌当然很好啦。其实我们的确有一阵子是被摆在一边的，人家不理我们。因为现在都是听年轻人的歌。而且时间越长，你就越资深，就越老嘛，有种被遗忘的感觉，所以自然产生了失落感吧。但是“纵贯线”出来以后，我们才知道，原来不是这样的。

南都娱乐：你怎么看待那些竞相效仿的后来者？

周华健：我们做了一个模板给后面的人看。所以绝对欢迎。

【记者手记】

周华健很健谈。之前就有其他记者说过了，在当年“纵贯线”里的几个老男人中，他是最絮叨的一个，但也是最有亲和力的一个。在采访他的前一天晚上，他的助理来我家串门儿，聊到了华健，哥们儿用一句话概括——老好人一个。果不其然，第二天，这一点就得到了证实。在采访完之后，他笑容满面地满足我和另外一个记者轮番合照的要求，并在我们的矫情下毫无怨言地任我们摆布了几次后立刻健步如飞、刻不容缓地飞奔入厕……

（采写／宋寻）

印象：华仔的美从来不敢张扬

文／王洞洞

“春去春会来，花谢花会再开”，我在王小花的小辫子上抓了一把，趁对方没跑开，“只要你愿意，只要你愿意”，王小花皱起眉头，表示不满，“让梦划向你心海”，我跑没影了。我觉得这是一首健康的歌曲，至少比“你这样一个女人，让我欢喜让我忧”好很多，如果我对着女孩这样唱，简直就跟耍流氓差不多了。第二年我上了高中，班会上王二蛋竟推荐我歌唱得好，骑虎难下，我不得不唱了一首《花心》。这个二蛋正是小花她哥。

1994年的大陆城市，《花心》太风靡了，不是有个词儿说起风靡就称“大江南北”吗？那几年，跟《花心》有一拚的只有《水手》。后者还算励志，前者歌词既不荤，也无甜蜜柔美，能造成如此风靡景象，至今应该还是个谜。

再晚一点的时候听到《风雨无阻》、《其实不想走》，都很柔美，很励志。那几年其实大陆这边已经开始风靡摇滚乐和校园民谣，随身听里放的都是《梦回唐朝》或者《睡在我上铺的兄弟》，哥们儿之间谈论的也都是何勇比张楚硬一些，但窦唯更迷人之类话题。说实话，那时我还是会偶尔换上一张港台歌手的拼盘专辑听听，里面就有周华健的那首《花心》。这种喜悦当然不能跟哥们儿分享，只能在家里听，我也不知道为什么。

台湾艺人给人的印象总是不那么偶像，而是注重才华，对于歌手而言那就是创作，而周华健也曾号称过创作型歌手，但大家都知道他没写过几首动听的歌。后来李宗盛在接受访谈时，碰到倾心的女记者就会把周华健创作难产的事当笑话讲给对方听。其实，对于周华健这样的歌手来说，幸运的不是才华，而是那个嗓子，当然还是当年那些说不清楚就红了的机遇。

刚刚写下这个题目，除了当年自己听周华健不敢张扬以外，其实还有一层意思，就是周华健其实并不属于什么首选偶像，至少在很多人心中是这样，但他是那种在你的生命年轮里无法抹掉的一种记忆。或许跟某个幼稚的经历有关，或许跟某段爱情有关。在他二三十年的演艺生涯里，红得发紫的时候也有，但的确称不上有能与张国荣、四大天王相提并论的成就，即便比起台湾的王杰、齐秦，似乎也少了一些情怀。但周华健的歌声似乎不会过时，晴朗爽口，不甜腻，也不矫揉造作，无论什么时候响起，都会让人回忆起点什么。这就够了。

黄耀明

1984年于香港商业电台担任DJ，1985年与刘以达成立“达明一派”。其音乐深受英式摇滚、电子音乐等风格影响。歌曲内容深刻，涉及政治、社会、情感等诸多方面。1990年因与刘以达在音乐理念上出现分歧而单飞，除了于1996年及2004年作两次纪念性重组外，大部分时间都是以个人名义发展。1999年6月16日与其他多位出色音乐创作人一起，于香港创立人山人海音乐制作公司至今。

★香港音乐时代记录者

黄耀明：我是美丽的

林奕华曾经这样形容明哥：“打扮夸张前卫，歌曲直闯情欲禁区，言论大胆开放，多年来从不间断地挑战歌坛旧习……是标奇立异，却不是哗众取宠。”玩着绮靡颓废的前卫音乐，也不忘翻唱流行的苦情歌；旁若无人地顾影自怜、妖娆华丽；鼎盛时，义无反顾地抛开“达明”这顶大帽子，独行其道；带着“人山人海”这帮怪异分子混迹于香港音乐圈10年之久，乖张大胆……这就是黄耀明，可以滥情于一个墨水瓶之微，就像滥情于星空中巨大无边的冷漠，一个低调的顽固分子。

无论是达明一派时期，还是黄耀明单飞后的《信望爱》等专辑，都成了粤语歌迷的必然选择之一。

“达明一派”的巅峰期

“我们解散，不是因为我性取向的问题”

1985年，黄耀明和刘以达一拍而合，组成“达明一派”。1987年《石头记》横空出世，数周蝉联排行榜冠军，“达明”由此滥觞。刘以达的配器、黄耀明的声音，相得益彰。一个有才、一个有“色”，就连两人反差巨大的外形也似乎都成了“天作之合”。至于鼎盛时期分道扬镳的原因，大家心照不宣。即使扼腕之声一片，即使之后多次短暂重组，也无法挽回那个美丽与哀愁都让人如此酣畅淋漓的纯真时代。

南都娱乐：你曾说过“阿达是个鬼才，‘达明一派’的成功阿达的功劳最大。如果没有他就不会有今天的黄耀明”。为什么这么说呢？

黄耀明：刘以达为我打开了一扇门。如果没有遇到刘以达，我就根本不会开始做歌手，也就没有今天。我也不会自己开始学着作曲、编曲，学着做一个制作人。直到现在我依然认为，他是20世纪80年代最好的音乐人之一。

南都娱乐：有人说，刘以达带来的是音乐，黄耀明带来的是文化，你认同吗？

黄耀明：可以这么分工吧。“达明一派”是一个整体，两个人一起去塑造“达明”的音乐与内容。无可否认刘以达主要侧重于音乐（虽然后期我也有参与写歌和监制），我则负责歌曲的歌词部分、与填词人的沟通、与唱片公司谈整张唱片的概念以及表演的时候如何表达。总的来说，“达明一派”是一个整体。

南都娱乐：最早以电子乐起家，当时香港人对电子乐的接受程度如何？

黄耀明：其实香港市场吸收电子乐信息的速度较快，主流音乐中也包含了电子的成分，乍看之下香港人的确比较容易接受电子乐，但像在摇滚乐方面的发展就不那么尽如人意了。

南都娱乐：“达明”时期的歌词总是太过于灰色。是故意渲染悲观的情绪吗？

黄耀明：可能我有一种感情宣泄在里面，或者可以说我在帮别人宣泄。其实我不觉得自己悲观，虚假的歌舞升平是很恐怖的，我只是把真相讲出来了。而且达明的歌词讲群体、我和你的集体命运，还有社会的一些东西，不是只讲个人。

南都娱乐：“*达明一派”之所以这么成功，和很多填词人的功劳是分不开的吧？*

黄耀明：对，比如一开始就给我们写词的潘源良，还有后来的陈少琪、周耀辉、黄伟文，再后来的林夕。比如《石头记》这首歌吧，初稿是迈克写的，写完了以后他就去了巴黎，这是他第一次填词。我和陈少琪一看他的初稿就觉得很好，但是有些地方不太好唱，于是几个人就用一个晚上把它修改了一下。里面有一句“兜兜转转”，因为“兜”字用广东话唱出来挺怪的，但是觉得新鲜，就把这一句留了下来，结果反而成了特色。

南都娱乐：*听说周耀辉和林夕是你的最爱？*

黄耀明：我和周耀辉是多年的交情，兴趣爱好都一样，受西方文化的影响很深。他的词很大气，且用英文的表达方式来写中文歌词，这一点我很喜欢。而林夕的词呢，很注重细节，也比较东方，他们两个是完全不同的风格。

南都娱乐：当初“达明”刚解散的时候，会不会有些不适应？这一改变，对你造成了哪些影响？

黄耀明：一定有不适应。无论在录音室灌录歌曲，还是在舞台上表演，都需要重新适应。

两个人在舞台上的表演需要配合，而一个人在舞台上，相对而言，会有一种孤单的感觉。当然，一个人的时候，由于不需要与他人的配合，会感觉更加自由，而出错亦要自己独自承担。

南都娱乐：有没有所谓的低迷期？

黄耀明：刚刚解散的时候，是会存在这种低迷期。1991年，制作《信望爱》的时候，开始自己一个人去构思、创作整个专辑。有了概念以后，去找合作的音乐人。很幸运地，我遇到了蔡德才，他帮了我许多。在某个程度上，他做了刘以达之前做的一些工作。那段时间很难，因为毕竟是新认识的朋友，需要很多时间去磨合，互相适应。内心的不安肯定会有，但同时也会觉得更加自由。自己去决定一切，不需要考虑你的同伴的感受。

南都娱乐：跟罗大佑合作算不算一个重要经历呢？

黄耀明：第一张个人专辑《信望爱》是他公司出版的，他鼓励我一个人尝试做一个专辑。不过《信望爱》没有他的参与，完全是我自己做的。做第二张专辑《借借你的爱》的时候，罗大佑参与了其中一部分，我跟他一起做的时候，尝试用另外的方法做我的音乐，那是我生平第一次让别人制作我的专辑。那是蛮有趣的，因为我没有试过这样的事情，也学到很多东西。

南都娱乐：听到一个传闻，说“达明”的解散是因为你的歌词时常映射性取向的问题，这方面和刘以达造成了分歧？你们现在关系怎么样？

黄耀明：“达明”的解散，从来都是因为音乐上的分歧，以及我们音乐上的化学作用已达到了某个程度。关于性别取向的分歧这个说法，我想也许是有人看到很多年以后刘以达接受某个杂志访问的时候，说的一些话而想象出来的。但我从未考证过。在“达明”解散的时候，刘以达从未表示过是由于这个原因。

南都娱乐： *这些年来多次重组，是不是因为你对“达明时期”仍有留恋？*

黄耀明： 应该是吧。毕竟这是一段很值得怀念的经历，我在这个过程中学到了很多，经历了很多……

南都娱乐： *你们现在关系怎么样呢？以后还有可能合作吗？*

黄耀明： 我与刘以达大约有两年未见面未联络了吧。但上一次我们见面聊天的时候，很平和地聊了很多，很多误解已化解。我觉得我们是互相理解的，但现在我们很少机会见面和联络，以及比较深入地聊天。这是事实。很多人都问我会不会再一次重组，我只能说世事难料，任何事情都有可能发生。

从“人山人海”到独立厂牌

“其实人山人海的10年，正是香港唱片业衰落的10年”

1997年，黄耀明在香港体育馆连开了两场“创作人山人海演唱会”，用难得一见的翻唱风格high翻了全场。之后“人山人海”的概念被黄耀明发扬光大，不单自己推出了《人山人海》翻唱专辑，还于1999年成立了“人山人海”音乐制作公司，集结了李端娴、梁基爵、蔡德才等一帮香港音乐圈的“怪咖”，游走于理想和现实之间，被主流排斥，为自己所感动。与其说“人山人海”是明哥音乐上的坚持，不如说是他骨子里自恋情结发挥到极致的产物。

10年的游戏，到了今天才迎来了高潮——“人山人海”北京演唱会，而这一点，连黄耀明自己也未曾想到。

南都娱乐：当初创立“人山人海”这个厂牌的时候，是怎么设想的呢？

黄耀明：当初只是好玩，没有什么野心。1997年，我替香港艺术节做表演，做一个剧场化的音乐会，音乐会的名字就叫“人山人海”。当时演出的组合就是现在“人山人海”的雏形。我发现这些人的音乐风格都很相似，可能就是大家觉得的另类吧。后来我就成立了“人山人海”，希望能做一些既贴近大众文化又比较另类独立的音乐，为一些没有机会的音乐人搭建一个发表音乐的平台。

南都娱乐：那时候香港的音乐环境怎么样？

黄耀明：其实20世纪80年代是一个让人怀念的年代，是个百花初放的年代。很多年轻人有了时间和条件去实现自己组建乐队的梦想，香港的乐队风潮在80年代初出现了。80年代是香港经济最蓬勃的年代，唱片行业也是所谓的黄金年代，但是到了90年代就开始落寞了。主要是盗版猖獗，快餐文化流行。其实“人山人海”的10年，正是香港唱片业衰落的10年。

南都娱乐：最初的“人山人海”是不是只是一个小小的工作室？

黄耀明：第一个办公地点在于逸尧的家里，没有像样的办公室，也没有录音室。后来我们有了自己的录音棚，但是隔音效果不好，往往会把一些杂音，比如猫狗的叫声或雨声都录进去，不过大家还是很开心。

南都娱乐：现在公司有盈利吗？靠什么方式？

黄耀明：当然有，不然我们也撑不到今天。现在唱片是卖不了钱的，主要是靠演出和帮别人做音乐。

南都娱乐：成军7年，“人山人海”才增添了at 17和Pixel Toy签约歌手，为什么呢？

黄耀明：因为我们只有几个人，所以资源并不充分，所以我们如果要签歌手的话，一定要是能够自给自足、比较独立的艺人。在某种程度上，at 17和Pixel Toy在创作上有很多方面都可以自己做到。我只是在商业运作上从旁给他们一些指导。而我们的音乐也是互相影响的，比如at 17，如果没有她们，我的音乐里不会有民谣。

南都娱乐：香港这种独立厂牌多吗？在香港这个商业社会中生存应该是个问题吧。

黄耀明：独立工作室很多，帮别人做音乐。但是像我们这种又是工作室，又有签约艺人的独立厂牌并不多，因为确实很难生存，有很多都关闭了。因为在全中国甚至全世界，文化生态都朝商业发展。我认为一方面要坚持自己的创意，一方面还要懂得挖掘。除了推出专辑以外，还要考虑把音乐放在什么途径去推广，好让乐手有多点机会。不仅如此，还要有自己独特的风格，保留你的特色和文化，才是最重要的。

南都娱乐：这一阶段时期，你在音乐上有哪些延续了“达明一派”时期的风格，有哪些创新和进步？

黄耀明：延续的可能是电子音乐吧，我这些年来一直都没放弃。以前“达明”不单纯是电子音乐，有更多摇滚，因为刘以达本身是一个吉他手，他的音乐有很多吉他、摇滚的根源在里面。到了我自己做音乐的时候，我特别注重电子、管弦乐的部分。在“人山人海”的时期，我也做了很多新的尝试，比如古典音乐、民谣等等，没有特定的方向，只要我感兴趣的，都会去做。

“妖男作风”的华丽男色
“雌雄同体是我对不合理的传统观念的温柔抗争”

彼时，当张国荣还在畏手畏尾地犹抱琵琶半遮面时，黄耀明就已经开始穿着中性的服装，打扮得花枝招展，在舞台上我行我素招摇过市了。明哥从不介意别人把形容女人的词汇加之于他，面对旁人对他性取向的揣测，也只是一笑了之，态度神秘暧昧。很久以前他就说过：“我本不是阳刚的人，不想隐藏，这个社会将男人和女人分得太清楚了，但我忠于自己的美丽。”妖男作风，不仅仅是出于特殊的癖好，而是他对人生发出的无数问号中的一个，或者说是一场持久且温柔的拉锯战。

南都娱乐：在香港乐坛，你几乎成了“华丽”的代名词，这种风格是何时开始公之于众的呢？

黄耀明：应该是在出《越夜越美丽》的时候吧，我把《春光乍泄》这首歌交给了美术总监Thomas，他就替我做了个特别华美的造型，后来就被慢慢地放大了。其实我私底下是很普通的人。

南都娱乐：都说香港乐坛有两个异类，一个是张国荣，一个是你。你们的风格、表现方式，甚至连音乐的感觉都比较相似。

黄耀明：我觉得张国荣更偏向于东洋风，而我的音乐是比较偏欧洲的电子乐和摇滚音乐。张国荣身上体现更多的是20世纪六七十年代的风格，而我身上80年代的印记更重一些。再者80年代我受“进念二十面体”和简约主义的影响很深，而他的风格相对我来说会更加唯美，所以刚才说到的“华丽”这个词，他才是名副其实。

南都娱乐：你对美的理解，和普通男士似乎有一定的区别。

黄耀明：难道女子一定得苗条，男子一定要强壮，才叫美吗？对于美丽的衡量，并没有一个特定的标准。在我看来忠于自己就是一种独特的美丽。我是一个忠实于自己的人，所以我是美丽的，我从不用世俗的眼光去看自己。可我不是自恋狂。我只是个自爱的人。先爱自己，才能得到别人的爱。

南都娱乐： 你给人的感觉总是有着一些女性特质，在音乐里也多次传达这种模糊性别的概念，为什么要给自己打造这种“雌雄同体”的形象？

黄耀明： 在很多年前，我的《忘记他是她》就传达过这种概念。我觉得性别并不重要，重要的是你自己。什么样的你才是真实的你？很多人不敢表现出来，但是我并不在乎周围的人怎么说，所以无需隐藏。这算是一种抗争吧，对不合理的、禁锢的思想的。不过是温柔的抗争，因为我并不是性情很激烈的人。呵呵。

南都娱乐： 如此注重外在的东西，会不会忽略了音乐本身的质量？

黄耀明： 大多数人都认为歌手注重形象以及外表什么的，就是没有实力的歌手，或是被批判为对待音乐没有认真严谨的态度，只重视浮华的东西。但是Pet Shop Boy及David Bowie都证明了这种偏见是错误的。其实音乐部分和视觉部分完美地结合起来，是件非常好玩的事情。其实我所做的一切都是在为音乐本身服务。

【记者手记】

4年多前采访过明哥一次，他的普通话还真是没有什么进步。有些佩服他，不管舞台上如何张扬，做人却永远不温不火，即使被问到一些敏感问题，也只是转移话题，或者爽朗地笑笑，从不发火。别人都说香港人多数戴着一张谦虚的面具，不知道明哥的是面具还是肉身？记得第一次采访他的时候，我才刚做记者不久，是词人周耀辉牵的线。周耀辉和黄耀明私交甚笃，性格、爱好，甚至连性取向都一样。两人皆是我多年来的心头好。

（采写／宋寻）

印象：站在大时代边缘的世纪末情怀

文／游威

作为香港20世纪80年代粤语歌曲黄金年代的一位重要传承者，黄耀明从昔日绝对的“另类”，成为今天介乎独立与主流间的“旗帜”。在他身上，中性、华丽与世纪末情怀并存，在粤语文化衰落的背景下，他以欧陆电子的美丽躯壳，不断向昔日光辉璀璨的经典情怀致敬，这种国际化与本土化的奇妙交融，反让他更好地冲出香港，在中国南方乃至北方建立小众粉丝王国，形成一道独特而冶艳的文化风景。

从1992年在音乐工厂的第一张个人专辑《信望爱》开始，黄耀明一方面延续“达明一派”时期的华丽电子风格，一方面减弱具体社会事件的犀利批判，走向“边走边唱”式带有后现代色彩的哲学思辨和“天国近了”的宗教寓言。音乐上告别刘以达的激烈电子摇滚，打造“人山人海”创作团队，呈现“蔷薇泡沫”式的浪漫美感和世纪末情绪，并通过“明日之歌”的经典重塑，大量粤语流行曲和国语时代曲的电气化翻新，将顾嘉辉时代以来的励志传统注入大时代色彩，鼓舞、警醒、怀缅与展望。他既不断颠覆中文流行曲传统，前卫创新，又不断寻根溯源、深情回归。

本质上，黄耀明的音乐是属于文艺青年或唯美青年，他永远不可能像陈奕迅那样唱功有口皆碑，也不似张国荣那样带有浓烈的巨星偶像风采，他不是深入市井大众的许冠杰，也不是风采翩翩的陈百强，更不可能成为酷毙一时的周杰伦，他在“达明一派”时期的飘逸长发和渺渺仙音，随年代和年华一同淡去，如今的明哥声线早非铿锵，甚至带有一丝喑哑和沧桑，但眉头紧缩、一曲荒腔之时却更牵动内心“暗涌”，那是属于每个人心中最隐秘的“旋涡”。那来自经典名著的动人典故，那站在大时代边缘徘徊和纠结的世纪末情怀，那对华语流行金曲永远的崇敬与挚爱，那对人性复杂与微妙“罅隙”的洞悉与通达……

在2008年的公路专辑《King Of The Road》中，明哥开始褪去以往过重的电子外衣，焕发出更接近生活的放松与写意，但他绝不会放弃那深入骨髓的独立唯美人文精神，而这亦是他的“信徒”的情意结所在。

张惠妹

台湾著名流行女歌手，台湾首位接受美国CNN专访及登上《时代》杂志亚洲版封面的歌手，也是华语乐坛20世纪90年代中期至今最具代表性的实力派天后。全部专辑总销量在台湾超过1000万张，全亚洲累积销量更达到5000万张，是亚洲华语流行女歌手销售纪录和演唱会人数纪录保持者。发行《不顾一切》《旅程》《Bad Boy》《阿密特》等16张专辑。2010年6月，张惠妹在台湾金曲奖连夺6奖，刷新周杰伦赢5奖纪录。

★华语歌坛天后

张惠妹：爱情对我来说，不可或缺

成名早、出道就蹿红，迅速登顶“天后”宝座，也经历过演艺事业流年不利，还尝试过归零重来。15年歌坛浮沉大起大落，2011年，张惠妹发行了自己的第16张专辑《你在看我吗》，她说：“你在看我吗？我端出最好的自己，做忠于自己的张惠妹。”你喜欢的是舞台上张扬霸气的天后，喜欢的也是那个永远不是太会伶牙俐齿、太会假装的至今未嫁的台下女孩。容颜可以改变，但声音的纯美似乎可以永驻在心间。站在舞台上已经20年的张惠妹，用16张专辑在华语乐坛留下了自己的印记，她是勤奋，也是多变的，更是纯真的。

卑南族女孩把生活唱进歌坛

“唱歌是爸爸的心愿，可很遗憾他没看到我成为歌手”

20年前，张惠妹还是台东山林卑南族原住民部落里一个默默无闻的女孩。卑南族一直都是以歌声来交流内心深处感受，所以当这个单纯唱着歌的姑娘拿到五灯奖（台湾电视台当时的歌唱比赛）擂主奖杯后，并不清楚等待她的将会是一条亚洲天后之路。

南都娱乐：当时是怎样的机缘从山里去台北报名五灯奖？

张惠妹：那个时候，我爸爸身体不好，一直在住院，我常常在医院照顾他。我留意到每次他看到电视里头的歌唱比赛都会轻声跟我说："哎呀，我觉得你唱得比他好！"我就猜想这是不是他希望我去参加比赛呢？所以我就从乡下坐火车去到台北，参加了那个比赛，某种程度上是爸爸的心愿吧。

南都娱乐：你的妹妹、堂妹唱歌都不错，还组过"阿妹妹"组合。听说你妈妈嗓子也非常好？

张惠妹：对，对我们来讲，唱歌是我们生活的一部分，很自然的。从小就听爸爸妈妈唱歌，在吃饭、闲暇的时候，大家聊着天谁起个音就开始唱；我们姐妹也都是想唱就唱，想表达自己的感情就表达。在电视上看到歌手开演唱会，我那时候还召集很多小朋友，让他们回家拿手电当观众模拟演唱会的情景，我还会规定，你要用光线画圈圈，你要把光打到我脸上。对我来讲，唱歌并不是表演，从来没有过不好意思或者害臊，不过到了中学的时候有同学说，张惠妹好奇怪哦，叫她唱歌她就唱歌啊，这个时候才会发现我们（原住民）可能有点不太一样。

南都娱乐：你第一次参加五灯奖是1992年，1994年成为五度五关的擂台主，一共参加了3年吗？

张惠妹：其实是两次。第一次的时候我准备不足忘了歌词，就输了。可以说，那个经历是我第一次觉得唱歌居然这么痛苦，而且因为期待太多，也很责怪自己。不过那次失败我爸爸也给我很多的鼓励，他说经历失败是很正常的，不过要看你有没有信心再去闯一下了。也是因为爸爸的支持，我才继续比赛，很幸运，第二次我过关了。可是拿到奖杯时心情并不好，因为在拿到总冠军前的一个月，爸爸就去世了。我一直想，就是因为爸爸我才去挑战，可他还没看到我拿到冠军就离开了，这对我是很大的打击，很大的遗憾是他没看到我真正成为一个歌手。

南都娱乐：这个冠军拿到手可以说五味杂陈啊！

张惠妹：我在台上心里就说，爸爸这个奖杯是你的。隔天回到家乡，我直接去了爸爸的墓，把奖杯放到那儿，“爸爸，这是我拿到的，是要给你的”。到现在我在重大演出时，都会在准备的时候跟爸爸说一句：我做到了，你应该看到了吧，请给我更多的力量！

南都娱乐：1995年7月你开始参加表哥的乐团Relax任女主唱，在台北的酒吧驻唱，当时对自己进入歌坛有规划吗？

张惠妹：其实很难说有什么规划，当时在酒吧驻唱老板让我唱英文歌，可是我一首都不会，但又太想唱了，然后就在表哥的帮助下找了当时很流行的10首歌，一首一首地学习、练发音，一个礼拜之后学会了10首。我还记得第一次在pub演出，非常好玩，我都已经站在台上了，可是台下的观众吃的吃喝的喝聊天的聊天，根本没人注意台上。我就想我一定第一句就让大家注意到我，深呼吸，然后开始唱《I Will Always Love You》。唱了两三句，我发现好像安静了一些，也有人开始回头看一眼舞台，于是自信就增加了。我跟表哥每天去不同的地方唱，一个礼拜之后，我们这个团就变得很有名，很多唱片公司和同行也在说“那个团不错哦”。其实我在酒吧驻唱的时间很短，只有7个月，之后就被丰华唱片签约了。

出道即爆红

“张雨生至今影响着我”

酒吧驻唱的历练使得张惠妹遇到了她音乐道路上的贵人张雨

生，一曲《姐妹》也让张惠妹一炮而红，仅仅3年时间她就呼风唤雨，成为“亚洲天后”，创造了很多纪录——第一个在北京工人体育场开唱的歌手，也是第一个登上《时代》封面的亚洲艺人。

南都娱乐：想到你的出道，不得不提起张雨生。能讲讲第一次见面的情形吗？

张惠妹：第一次见他那时我还在pub里演出，有人告诉我张雨生坐在下面，然后我看到他安静地坐在那里，头发还是金黄色的。那天我非常兴奋，也唱得特别卖力。

南都娱乐：现在想起他，你常会想到有关他的什么画面？

张惠妹：他是那种非常喜欢笑的人，很开心很大声地笑，都是“哈哈哈”，非常纯真像孩子一样地笑。我们去录音室工作常常是他人还没到就先听到他的笑声从很远很远的地方传过来。跟他合唱第一首歌《最爱的人伤我最深》时我特别紧张，我就记得我在录音室的麦克风里听到自己呼吸声特别大，我就撑着不敢呼吸，然后就听到他跟公司的人在大笑，他说你可以呼吸，要大口换气啊。

南都娱乐：1997年张雨生的意外，你还记着是怎么知道吗？

张惠妹：他出事前几天我还跟他通过电视栏目的恶搞电话联系，当时接到消息说他出车祸了在医院里，我人在台东，尽管我马上飞回台北，可我还觉得那会是开玩笑的电话。直到我到医院里，看到他躺在加护病房，才真的相信这不是在骗我，可是他很严重……

南都娱乐：对于一个受人关注的新人来说，也意味着失去引领，你当时对自己将来的工作怎么想的？

张惠妹：那段时间对我来讲很难熬，并不是去担心自己的未来，而是学习接受他离开我们这个事实。他离开几个月之后我才可以平静地想念他，再听他的歌，再听我们的合唱，让自己相信的原因和理由是，我觉得他先到另外一个地方去铺路了，铺一个音乐环境的路。

南都娱乐：通常都会说张雨生是你的恩师，现在看看他给你最大的帮助是什么？

张惠妹：刚开始进录音室的时候，我觉得我唱不好，没办法，我就想我可不可以有下一次，那时候张雨生就跟我说，不要下一次，你这次就要唱好，你只要决定做这个事情，就要在第一时间把它做好，直到现在我的大小演出我都会认真好好地想我要怎么让自己做到好。除了音乐，他非常积极正面的态度也一直影响到我，刚入行时，有很多不解，我为什么要接受采访，为什么要面对这么多人？但我看到他在和媒体聊天时，无论听到什么不好的都只“哈哈”一笑，任何提问他都觉得是好意的，到现在我觉得对很多事情的看法都受他影响，心态要是善意的。

低潮时期

“什么事情都提不起劲，莫名其妙会哭、会恐慌”

高处不胜寒，被冠上“亚洲天后”名头的张惠妹被置于显微镜下放大再放大，天后之路也遭遇几多风雨：抵制她的“绿色艺人”事件、台媒报道因专辑《也许明天》销售不佳被公司建议暂别歌坛一年、包伟铭兄弟批妹论、跨年晚会动用救护车遭遇投诉滥用权力……一箩筐的倒霉事使张惠妹被封为“鸡肋天后”，面临着事业低谷和重大压力。

南都娱乐：2000年以后的那几年，你的演艺事业遇到了很多不太好的事情，当时你也无数次说过“压力”。

张惠妹：很多东西是出道之前根本没办法想象的，原来不是只要唱好歌就OK的。那个时候我的事业刚起步，还是个新人，很多事情我也不能主导，事情就那么接踵而来，我很委屈，但也没有办法很快地化解。非常多的压力，大家给我的压力，公司给的压力，舆论给你的压力，因为你是张惠妹。我本来是个想说就说想笑就笑想唱就唱的人，但当有过一次我说了什么是错的，或者做了什么是错的，我就会担心自己怕再次说得做得不对，所以那几年，我变得也不太像我，我有长达3年的时间都很低落。

南都娱乐：还有过半夜吓醒大哭的事？

张惠妹：对，刚才说到我自己不认识自己，刚开始自闭还不跟家人说，等到他们发现我不太一样时，我确实是有非常严重的心理问题了，去看过医生，吃过各种药丸。我一直以为我是OK的，这是我热爱的工作，在舞台上、面对媒体、做任何工作，我都可以，但我一个人的时候就很可怕，有一段时间，除了工作都不出门，甚至出房间的门我都怕，打开要很大的勇气跟想很久，什么事情都提不起劲，莫名其妙会哭、恐慌，觉得好像没做好什么，一直想，想说到底没做什么……

南都娱乐：你曾经说过遇到挫折太强你就选择离开一段时间，所以2004年底去美国留学是在“天后”盛名之累后的选择吗？

张惠妹：到一个陌生的地方，用强迫改变环境的方法让自己重新开始，把自己归零。我从小生长在一个众多兄弟姐妹的家庭，进了演艺圈也是跟众多的工作人员奔波，从不知道独自的生活是何滋味。但那个时候，我就自己下定决心，谁的话也不听，自己跑到他们说的“很无聊的地方”波士顿。

南都娱乐：去到那里心情放松了吗?

张惠妹：初到波士顿的时候还挺恐惧的，“怕”没有家人朋友做后盾、英文不好买东西的时候怎么跟别人沟通、一个人面对一个空荡荡的出租房不知如何是好。我记得按照以前习惯在超市买了4大袋东西，结账时才发现没有助理帮我了，大雪天我也没戴手套，就花了40分钟在雪地里走两步把东西放下……但当时就是不认输。

南都娱乐：后来入乡随俗了吗?

张惠妹：大概一个月后“怕生”的阶段就过去了，甚至我跟所有外国同学的沟通都很好，相处和谐，那些墨西哥人啊法国人啊居然都认为我就是他们国家的。在那里，那种感觉来了想做什么就做什么，在路上走，边听音乐边大声唱歌，有时我还会加上跳舞，有人经过也会跟着我跳，这是我最放松的时候；我有时“大”字形躺在草地上大声唱歌，没有任何人管你。

南都娱乐：从波士顿回来你发了一张专辑叫《我要快乐？》，当时找到快乐了吗?

张惠妹：找到了，找回原点的自己，把所有压力全部放空，用最轻松的心态来唱歌，越单纯越简单的越快乐。现在来看，那几年我不管遇到的事情是好的还是坏的，我都觉得它丰富了我的人生，就是让我成长了很多，慢慢接受和理解成名的代价。

阿密特时期

“发掘张惠妹的背面，表达较暴力的、黑暗的一面的那个我”

在加入金牌大风后，张惠妹有一种重新出发的姿态。后来干脆用了在卑南族的名字阿密特，2009年以新人出发，并在金曲奖10项入围获6项大获全胜。而2011年，阿密特回归张惠妹，发行专辑《你在看我吗》。

南都娱乐：是怎么想起来用“阿密特”这个身份呢？

张惠妹：我从五六年前就一直在尝试做一些除了“妹式情歌”之外不同风格的歌曲，包括摇滚的、迪斯科的，但大家可能会觉得阿妹唱这些音乐太奇怪。两三年前我跟家人聊天聊到我原住民的名字，叫古丽来·阿密特，忽然我就觉得，张惠妹也是我，阿密特也是我，干脆用阿密特的身份去做另外一个音乐品牌，发掘张惠妹的背面，表达较暴力的、黑暗的一面的那个我，所以就出了《阿密特》，其实是很简单地抛掉张惠妹的包袱。

南都娱乐：既然阿密特身份如此吃得开，为何这次又重返“张惠妹”？

张惠妹：本来张惠妹和阿密特就是两个音乐品牌，两种都是我，我不会轻易放弃之前大家习惯的所谓“妹氏情歌”、“妹氏舞曲”，我觉得我还是会做这一块，所以这一张我就跳回来做张惠妹，那也许下一张，就又是阿密特的专辑了。张惠妹或者阿密特，是每个时期不同的我。我喜欢用音乐去写日记，我自己知道发每张专辑时的状态，甚至是我的身体状况，我的生理状况，我都能听得出来，所以我觉得那个很酷。

南都娱乐：在这次专辑的发布会上，你说在唱《我最亲爱的》这首歌时，为了找感觉，还特别给前男友打了电话？

张惠妹：其实不是因为唱这首歌才打，我们平常就有联络。要录这张专辑时，我打了很多电话，跟很多人聊天，包括我的家人，从小一起长大的朋友，还有曾经的蓝颜知己，甚至曾经对他有感觉但时间错过了的人。尽管时间过了或者错过了，但那个东西仍是珍贵的，打电话就是把它抓回来一点，不是找回，而是珍惜。我觉得很难得能够唱到《我最亲爱的》，其实我以前有很多这种抒发性的情歌，像《我可以抱你吗》。这些歌都是有一点痛，然后就叹气的那种，可是《我最亲爱的》至少有一直在抓回来，然后在珍惜的感觉。我觉得那个感觉我好喜欢，一看到这个词，我还没唱，就哭了。

南都娱乐：有没有可能那个醒悟过来的人，因为这首歌又重新回来找你？

张惠妹：我不晓得，但那种感觉已经过去了，我觉得还蛮难的，因为不同时期的我有不同的样子跟想法，看事情的角度也不同，所以过了，大家都换了一个样了，不仅是我换了，他也换了，这个只是……完全没有这种想法，呵呵。

南都娱乐：那现在爱情对你是可有可无呢，还是不可或缺？

张惠妹：不可或缺。不管我的感情是不是一定很稳定，我都需要这种男女之间的互动和交流，生活中一定要有感动和火花，才可以有这么多的感受去唱这些歌。我实在没有办法在完全没有任何感情的情况下，只凭想象来唱歌。

南都娱乐：最近你的很多姐妹淘都嫁人了，你的妹妹孩子也好几岁了，自己有没有考虑过建立家庭？

张惠妹：我家庭的状态非常幸福，我的家人都在我身边，我交朋友的圈子也都很好。很多人会催啊，哎，快点啊，但他们不会太逼我，因为我真的是很重感觉的人。人生到达一定阶段后，家庭和伴侣是一定要有的，但什么时候呢？我觉得他来了就来了，我自己的心定下来了就定了。

南都娱乐：作为公众人物，如果结婚会用什么样的方式让大家知道？

张惠妹：我一定会以很低调的方式让大家知道，一定要让大家知道，不知道会很奇怪嘛。但是我未来是两个人的决定，所以其实我现在这么讲也不准，我的话，当然是很低调，默默告诉大家，但保不准将来的我的另一半会说，不行，我很多朋友，要大家一起大大地开心，做一个大大的party啊。

南都娱乐：那你会有闪婚的可能吗？

张惠妹：以我的个性，好像也有可能吧。如果感觉对了，应该也有可能吧。

【记者手记】

采访结束的时候，我正在收拾东西，张惠妹忽然从桌子那边转过来，满面笑容地说“抱一下抱一下”，然后结结实实给了我一个大拥抱。采访过很多明星，傲慢的、假客气的、诚恳的，很多只能体会无法言传的感受，有时候见怪不怪，但这个拥抱里包含的某种纯真，我当时还是错愕了一下，想起5年前采访她时曾经说过“别再叫我天后，我会很紧张，感觉需要立刻立正站好，还是叫我‘A-Mei’比较亲切”，我想，可能在张惠妹的心中她真的在忠于自己，始终是那个赤着脚在山里唱歌的卑南族女孩。

（采写／蔡慧）

印象：一半是柔情，一半是火焰

文／大地

20年前，一个原住民女孩参加五灯奖在第四关被淘汰，在父亲鼓励下她第二年再度参赛并最终通关；15年前这个台东女孩踏入歌坛，在恩师张雨生最好的创作专辑《两伊战争》中以一曲对唱《最爱的人伤我最深》一鸣惊人，并在他的提拔下迅速出版自己的第一张个人专辑《姊妹》。此张专辑在IFPI榜上蝉联9周销售第一名、销售量超过108万张，同时也打破素有歌神称号的张学友在1993年所创下的纪录。这个奇迹的创造者名字叫——张惠妹。

当然，现在你还可以叫她阿妹、A—Mei，甚至阿密特，任何一种身份的背后，都有张惠妹的不懈努力和追求。这十多年来，在华语歌坛上真正能够屹立不倒的代表人物只有王菲、那英等大姐能与之比肩，但是从舞台和唱片的角度来看，张惠妹几乎找不到任何敌手。天后们自然不是一个人在战斗，她们身后站着一系列的团队。不过张惠妹更加出色的地方，是她除了有天时地利人和外，她自己还可以分身分身再分身，用不同的造型、身份和感觉不断满足听众不一样的需要。

作为一个原住民歌手，张惠妹拥有那片土地特有的热情、律动感和张力十足的歌声。在出道的两张专辑当中，《姊妹》和《Bad Boy》当仁不让地成为她的代表作。张雨生那时正好也在尝试用重一点的手法做音乐，这种阳光而自由的气息也被带到阿妹的作品当中。当然张惠妹天生的巨星气质让她恰如其分地把握到这些歌曲的优点和特点，完全没有压力地把自己的快乐情绪释放在其中。在那个聆听方式和创作手法处于变动的年代，她的出现给歌坛带来生气和亮点。她用一般女歌手驾驭不了的高音和气场，瞬时达到了前人无法企及的高度。

成名的基础虽然来自明快律动的风格，但张惠妹的野心远不止这些。5年后她用一张英文专辑唱回那些她在pub时期的翻唱作品，里面几首激情四射的摇滚歌曲暗示了某些东西。时隔3年，《也许明天》的问世证明了她对摇滚乐的偏爱，从创作到制作亲力亲为，好几首快速重型的歌曲让人耳目一新。而最真实的感觉来自《阿密特》，她换回自己的原住民名字，用暗黑激烈的摇滚风格杀回歌坛，叫人重新认识一个浴火重生的狂野天后。这张专辑以破纪录10项提名2010年金曲奖，并最终获得了6项大奖，成为金曲奖上最大的赢家，也成为金曲奖史上破纪录的一笔。分身甚至比本尊更有实力，恐怕听众和她都没有料到。此后不少人效仿她化身出碟，或者是大玩双唱片的左右手互搏。在市场不景气的时代，他们的自我凸现可以说是对整个工业的一种反抗，当然也带来一些新的可能性和焦点。

在阿妹的奔放天性背面，住着一个温柔的小女人。野性也好，激情也罢，听多了总会产生审美疲劳。柔情优美的情歌始终是流行市场上最吸引人的因素。略带一点沙哑的嗓音，给人带来“厚”的质感；上到高音域的海豚音，或者是持续萦绕的拖音和尾音处理，都是张惠妹打动人的绝招。加上她在歌里投入的感情，总能触到人们心底脆弱的地方。从开始的《原来你什么都不想要》《剪爱》《哭不出来》到最近的《你在看我吗》，她用一个女人柔美的一面不断撩动听众的心弦，始终保持在流行市场上的经典地位，实属难得。

不管张惠妹身体里到底住了几个不同的自己都好，她最终还是一个爱唱歌会唱歌用心唱歌的人。在台湾这小小的岛上，她用销量、演唱会、专辑质量和音乐能力几个方面展示出来的高度甚至是奇迹证明了自己。就算她明天就退出歌坛，她所得到的所尝试的已然令她无憾，而我们也在这20年中保存下了心目中的那些经典。

第三辑
幕后英雄

林 夕

1961年12月7日出生，原名梁伟文，祖籍广东东莞。20世纪80年代中期晋身香港乐坛的专业填词人，1984年毕业于香港大学文学院中文系，主修翻译。曾任大学助教、报刊编辑、亚洲电视节目创作主任、音乐工厂总经理及商业电台广告部创作总监，现为商业电台制作创作总监，并从事歌词创作。

★香港流行乐坛御用词人

林夕：听我的歌有毒？这个毒只到皮肤而已

20世纪80年代至90年代初那十多年间，是香港流行乐坛的黄金时间。从罗大佑、Beyond、草蜢、张国荣、梅艳芳到四大天王，各自撑起偶像派实力派的不同天空，创造了无数在今天看来已然成为神话的销量传奇。当时词坛的代表人物也是江山代有才人出，前辈级有黄霑、郑国江及邓伟雄等，新锐势力则有林振强、向雪怀、潘伟源、潘源良、周礼茂及林夕等人，各领风骚，为词坛打造百花齐放的作品。这其中至今鹤立鸡群独领风骚的唯林夕而已，在这黄金年代他亦迎来了自己的第一个创作巅峰，他的歌词抚慰了无数失恋者。当年沉迷于玩文字游戏的林夕坦言，现在回头看，当初太幼稚了。

金牌词人梦

“以前看一部日剧写两首歌词”

林夕是香港大学文学院高才生，曾任大学助教、报刊编辑、电视节目创作总监。他对事物观察入微，对城市触觉敏锐，以填词速度快、产量高而著名。他身上有很多“传说”，比如可以边看日剧边写词，边斗麻雀边写词，只花45分钟便能填写一首歌词等等。林夕见证了香港乐坛最好的时候，当然也包括了最坏的时候——在这样的年代里，他用笔记录下自己的梦想，还有对世界的看法。

南都娱乐：什么机缘走上歌词创作道路的？

林夕：大学念的是翻译，读中国当代文学，受台湾朦胧诗影响，最初有挺大抱负要把新诗手法放到歌词里，早几年证明是失败的，因为诗的逻辑是跳跃的，一念一世界，可唱歌的人要用感情。我觉得不太成功的第一首拿奖歌曲叫《吸烟的女人》，现在看来挺不成气候的，可还是拿了冠军，那时候很卖座。第二张还卖到15万，现在还是觉得那时候作品挺幼稚的，但商业上还算成功。后来开始对歌词性质真正有深入点的了解，那就是必须要沉浮于旋律的范畴里，就像谈恋爱，你跟对方一定要水乳交融，结合起来才有生命。

南都娱乐：这种顿悟是越来越掌握了和商业结合的尺度？

林夕：当然也不光为商业考虑，歌词和旋律打架，那唱的人怎么表达？！比如说音乐是硬的，歌词却是《寒武纪》、《给自己的情书》这样软软的，那不是为难歌手吗？不过王菲也没人能为难她啦，她会说“我不唱了”。接近90年代，与张国荣第一首合作的叫《无需要太多》，改编自台湾马兆骏的《我要的不多》。之前我不写那么直白的谁都会说的，最初的我很在意写些语不惊人死不休的那种心情，后来发现这首歌他唱起来那么容易，感情抒发得那么自然，所以就悟到好的歌词，最重要的目的不是炫耀辞藻让人惊艳，而是让人看到你的工笔，我觉得好的作品要能够恰如其分地感动别人，准确比美文更重要。

南都娱乐：你说罗大佑是你生命中最重要的人之一，为什么？

林夕：在罗大佑的音乐工厂工作的3年，我主要负责录音室里的许多工作，也开始注重文字和音乐的水乳交融，在那3年里，我创作了《似是故人来》和《皇后大道中》，开拓主题，写了一些反映社会现象的歌。那段时期给了我很多新的点子，罗大佑是一个放浪的人，他给了我很多空间和自由，让我做自己想做的事，也让我的胆子大了起来。

南都娱乐：听说你可以一边看日剧一边作词？

林夕：现在不行了，好像忽然失去特异功能一样。因为日文我懂一点，但没到可以边看边创作的地步，还是要看字幕的，以前可以看一部日剧写两首歌词，但现在不行了，因为写歌词不同于写稿子，往往一句要停很久再想。现在写的时候会播些滚动新闻，我喜欢看凤凰资讯台，深度全面地了解一些关于政策的时政新闻。如果想远离现实社会一点，就会看Discovery Channel（探索频道）或Animal Planet（动物星球）。

南都娱乐：你曾说把自己感情的际遇都写给杨千嬅，道理的东西让陈奕迅来诠释，凄美的东西都写给黄耀明，你给黄耀明歌词里的那种“妖”是其他人没有的，为什么？

林夕：从《花非花》这张碟开始我跟他合作。之前我就好中意他，但是他看不起我的歌词。他认为我是一个生意人。那么等到认识了之后，彼此了解了，才找我写歌词。我人生观受他影响好大。不过黄耀明讲道理都是他指定的，他心中已经有了答案的，当然我也同意的。事实上我做人好多思想都是被他影响的。

南都娱乐：看你新书的名字《原来你非不快乐》，包括后期的歌词，是否因为受害焦虑症而专注研究快乐不快乐的情绪？

林夕：谈不上研究，因为自己有焦虑症以后，觉得很奇怪，对我情绪无影响，只是肉体上受苦。香港情绪病很普遍，身边很多朋友就有忧郁和躁狂两极化症状。我意志力也很强啊，但脑分泌和肉体控制不来，就会很忧郁，拿别人发脾气，突然间又会很high。所以在2003年以后，我特别留意这些问题，包括有些反映在歌词、专栏里面，不经意写到结尾都会联想到我们怎样从另一个角度看事情会看出社会（问题）出来。

南都娱乐：感觉你经历了香港乐坛一个“好到最好，坏到最坏”的时代，你怎么看？

林夕：市场景气跟水平高低应该分开来讲，我反而觉得80年代是卖唱片最容易的时候，可那个时候大多都是改编曲，连音乐都抄人家的，还要抄得原汁原味，你说值不值得骄傲呢？！可90年代后，100％都是香港本土编曲的原创音乐，虽然很多养分来自不同地区，受不同音乐风的影响，可我觉得还是自己的东西。而且旋律变化、歌词题材、手法宽度都比七八十年代广阔了许多。也是因为太不景气的原因，胆子自然小了。我认为太不景气一定是你的受众和你的产品有了距离，你跟他们已经脱节而没发觉。

南都娱乐：这种不景气是如何形成的呢？

林夕：如果把音乐视为一种纯粹消费行为的话，对不起，那选择太多了，要消磨时间的话也太多选择了。所以一定要把音乐提升到一个精神食粮的境界才可以跟其他那么多娱乐方式去竞争市场。当然音乐歌词要更大胆，要有更大空间才行。所以现在一首歌的寿命比较短，从头到尾听的机会反而不是很多。

陨落天王梦

“张国荣、梅艳芳和林振强去世，一个时代结束了”

梦一般的时代到了2003年突然终结，正是那一年，出产天皇巨星的华星唱片倒闭了，倒闭的不只是一家唱片公司，而是一个时代终结了。罗文去世了，张国荣去世了，梅艳芳去世了，写《每一个明天》的林振强也去世了。时隔5年，提到张国荣，林夕竟然再次情难自禁地泪眼婆娑。张国荣是那个时代的背景音乐，也是林夕生命中的一个符号。张国荣前期的轻佻，中期的沉稳，后期的深情，简直就是林夕自己的成长写照。

南都娱乐：和张国荣的合作中有两首命题作文《红》和《我》，这在你的创作中是很少见的。他怎么让你接受这种命题形式？还是只有他能让你接受？

林夕：帮张国荣写了两首歌后我们就成为无所不谈的朋友，他复出的时候就找到我，说：“我要豁出去！”他要让复出演唱会有一些很艳的场面，搞一个让大家都意想不到的效果。刚巧演唱会的制作人同样也是王菲的制作人，选歌也是很大胆的，就提出一个“红”的概念。一听这个音乐我就有很多想象，红色的美丽画面背后，似乎有种不在乎别人眼光、自信的神态。当时他和我讨论《我》这首歌的时候，哥哥要歌词的第一句就是“I am what I am”。电话里我就说：“好，我知道了，bye-bye！”那歌名叫什么好呢？我们一致想法，就叫《我》吧！其他每一首歌都没有沟通的，因为我知道他需要什么。他某一个题材很多，我会替他开辟新的天地，当然他也很满意，因为有默契。

南都娱乐：《我》是一个很难创作的题目，你写的“我”是

“你”还是哥哥？

林夕：我一定要写他，当然是写他的性格，他那么有自信心，我没有到他那种洒脱的地步，比如说要我穿这个衣服（睡袍）站在舞台上，那我不敢，当然条件也不允许了，毕竟不是每个人都是“霸王别姬”（笑）。我的性格与他有很多不同的地方，但还是可以成为很好的朋友。最像我自己性格的是杨千嬅，我所有的歌词都是在写我和她，我们鸳鸯同命嘛。

南都娱乐：那后来听到哥哥去世消息的时候，你是什么反应？

林夕：（惊，沉默）你为什么会突然问这个问题？（低头）反应就和我现在一样，愣住了，不懂得怎么反应。当时我在睡觉，突然有电话来，“张国荣自杀了！”“你开玩笑吧？”“你不相信打开电视看下……”（哽咽）所以听到以后不会讲话了，觉得那不是真的，对不起，因为很久不愿提起……（哭）

南都娱乐：有评论说张国荣、梅艳芳的去世是香港一个巨星时代的结束，你怎么看这个说法的？

林夕：我觉得还包括林振强。他们三人都属于20世纪80年代的背景音乐，那种背景音乐要停止了，永远不再回来了。坦白说，进入21世纪以后，他们三人都不算活跃，林振强很少写歌词，张国荣发片量很少，梅艳芳也一样。他们会让我们回想到一些好的价值，失去的时候你特别珍惜。张国荣去世后，我们可能会发现现在新一代的不同之处。现在的艺人有谁是唱得好演得好、可以快歌慢歌拿捏得很好的？有没有哪个实力派和偶像派既有他的实力，也有他的偶像魅力？现在最红的女歌手，有谁能像梅艳芳把歌唱得好，在舞台上又是一个明星呢？这三个人去世后会让人想到，原来我们是在不自觉地、慢慢地失去一些东西，这三个人去世了，我们也应该对乐坛多点反省！

隐退天后梦
“王菲的嗓子好像会变魔术”

给王菲创作是林夕事业牛市的开始。林夕曾说，王菲是他的皮。事实上，他视王菲如无名分的妻子。“1998年，王菲感情失败，她离开了窦唯，窦唯发表了很多很难听的话。那时我也正陷在失恋的情绪里，于是想了很多方法去理解哀伤和放下哀伤。后来我写了一些词送给王菲，鼓励她和我自己都应该拿得起放得下，其中一首就是《百年孤寂》。”王菲魔术般演绎歌曲的方式，令她成为罗大佑之外对林夕创作产生最大影响的一个人。直到天后再婚生女，隐退歌坛，他谈起这位“无名分的妻子”，仍是一言难尽。

南都娱乐： 这段时期有另一个对你来说很重要的人出现，你们的关系被你形容为“没有名分的夫妻”，她对你的创作有什么影响？

林夕： 王菲，一言难尽啊。我的创作到了1993年，碰上一个很重要的人，就是王菲。她中期有选很多外国改编英伦新风格的音乐，香港以前的歌手都是改编美国R&B。后来王菲的歌词里也有些哲理，也有些包装，比如《寓言》的5首歌还是有很多场景的。

南都娱乐： 你喜欢王菲是因为她能实现你歌词的真正想法？

林夕： 我也搞不清，因为她的嗓子本身好像会变魔术，我也不清楚她是否能体会我歌词的一些意思，但她唱起来就很有感觉，感觉到她好像懂了，也让听的人感觉到，她有这种能力。许多很不一样的写法，她都可以接受，因为她的声音可以发挥的范围太广了，什么都可以唱，抽象到她自己都不明白的也可以。比如说《催眠》，表面上看去是一个童谣，但如果你深入地看一下我的安排，就会体味到里面一层层拨开的意思。放在如今商业化的运作里，根本没这个空间。和王菲的合作给了我一个不那么急功近利的机会，可以把看起来深层的难以消化的、哲学性的东西都放进去。

南都娱乐：你觉得王菲是否读懂了你那些意象派的歌词？她有问过你吗？

林夕：我觉得有些歌词，王菲都不甚了解。她的好处是不问，就唱。我相信她会明白，我歌词里的世界也是她的世界，她会进入那种世界。

南都娱乐：《开到荼靡》应该是你们合作中比较特别的一首歌吧？

林夕：我没有问过她，但从演唱会她唱这首歌的力度和频率，我相信她很喜欢，可能也是她喜欢这首歌的节奏与编曲。像《只爱陌生人》对我人生观影响就挺大的，对我以后作词方向、题材有很大影响，完全对失恋是另一种看法，以前真的找不到的。

南都娱乐：据说写这首歌是你对她婚变的开导？

林夕：最主要是我当时刚巧也遇到了感情问题，那刚好她也（离婚）。写这首歌的时候我在想，人最绝望的是什么？后来发现是对整个世界上的一切都看得太透了，太透明了就失去了好奇心，所以我想写下这种心情是怎样的，当我们再碰上问题还是会心有余悸，但是有重生的机会，重新拿回原来失去的灵感。

南都娱乐：你写情歌的目的是什么？你对失恋的态度又是怎样？

林夕：爱情的乐趣在于一边冒险一边享受，可如果很多人承担不起冒险失足的后果，我也要写些解药给他们，写些更绝望的二手经验，还没那么伤的事给他预防。我会调整自己，像宏观调控我们的感情，感情有时候还是节俭一点，提高利率，不要过度消费。

太过滥情无用，但心灵太穷要谈一下恋爱。我也会鼓励内需，写一些爱情的好处，不同利弊。网上说《富士山下》很绝望很悲伤，我就很奇怪，副歌部分明明是暖色调的。但没关系，你绝望，你听完会去自杀么？不会，反而以后你真正有这个经历，你自己就能够免疫，保持该有的理智面对。听我的歌有毒？这个毒只到皮肤表面而已。

【记者手记】

他戴着厚厚的绒线帽，黑框眼镜，一身休闲运动服，胸前挂着一串长长的佛珠。完全没有想象中的忧郁和寡言，反而出乎意料地侃侃而谈，时而自嘲发笑。明明为首次在内地出版的新书《原来你非不快乐》前来宣传，却不愿意和新书一起合影，个性十足。访问林夕前，大家都说他很敏感，但有多敏感，我真不知道。但当我们稍微提及一个名字——张国荣，刹那间他便泪流满面。哥哥曾经找林夕写了一首歌，名叫《我》。看到他哽咽拭泪的样子，我才发觉自己提了一个多么残忍的问题，可是他摆摆手说："没关系，我逃避太久了，需要面对一下。"那些显赫的名字随着那个梦一般的时代渐行渐远，留下他和新一代的音乐人，继续造梦。林夕学会了面对。

（采写／邱致理）

印象：梦见娇媚

文／曼珠沙丽

梦，拆开就是林夕两个字。

从精神层面上，梦代表着虚无中的幻想。从这位香港一代填词人杰的角度，它是充满语感的一个字，林或者夕，或者合并出来的梦字，都充满着中文这一象形文字的美感。林夕这个名字代表了三种幻觉或者也是实在的感受，或者更是三个具象。

第一个具象是在社会层面上，林夕代表着从80年代到如今香港填词界无可匹敌的NO.1。他所填写的词，至今数千是肯定有了，但更多的是其歌词带来多面视觉，一个幻听幻感的视觉，包括他自己也公开宣讲，自己的雌雄同体。在每填写一阕歌词的时候，他能够走进歌手的角色中去，张学友、王菲，或者杨千嬅等等。

林夕在社会层面是一种情魔般的梦境。时男时女，时而哀伤时而激情。他不是一个包装歌手的大腕，或者超级制作人，他扮演的是一个在平凡社会中精萃出来的魔。带着各种感情创作各种歌曲，让听者各种陶醉。在这个具象里面，他是无边无际随心所欲，这是魔的境界，很多人还传说他讲电话就能讲出歌词，边打麻将也能写歌词，诸如此类。谁能做到呢？林夕就是个凡人不可触及的梦魇、梦魔。

林夕第三个具象，则是他的私生活。从20世纪80年代中到他已经50岁了的今天，他的情爱关系，或者性取向，或者更多诸如与王菲无分之类的说法，都无关紧要。私生活中，他是个备受压力的患者。在他的作品中凄艳、痛苦之类的话语占据了主体。这个具象事实上是他写歌词的根本出发点。在他的私生活里面他亦男亦女，而且总是在情感纠葛当中，所以他的歌词才能一直具备情感的杀伤力，在众多大牌流行歌手的传唱里成为经典。

从乐坛看，林夕为香港华语乐坛贡献了数量不菲的粤语歌曲，从王菲之后，他还参与到国语歌曲当中，能够研究普通话的发音，重新铸造自己的艺术轨迹。香港乐坛和台湾乐坛在80年代起步时期，甚至包括后期，都大量依赖翻唱欧美歌曲来支撑其高速发展，包括天后王菲的众多歌曲都是翻了西方歌曲的曲子，然后由本地填词人重新填词，改变歌曲题材，从摇滚、另类翻成流行歌曲，从而在华语音乐世界中攻城略地。而林夕则是香港最重要的填词人。2009年他获得十大中文金曲奖终生成就奖，并无负虚名，甚至台湾连同大陆范围的华语音乐世界内都无人能与之并论。说他以一己之力造就香港流行乐坛有点言过，但他确实是香港乃至当代华语音乐界最重要的人物之一。

方文山

1969年1月26日生，台湾花莲人。早期曾在台湾桃园当水电工时，自制一本歌词大全并向唱片公司自荐，并最终得台湾艺人吴宗宪赏识签约。后与周杰伦合作，共同制作出许多脍炙人口的作品，《印第安老斑鸠》《爱在西元前》《忍者》《双截棍》《东风破》《七里香》《夜曲》《发如雪》《青花瓷》等等。数十次登上两岸三地音乐大奖的领奖台，成为华语乐坛地标性人物。

★台湾“中国风”代表词人

方文山：我和周杰伦掀起“中国风”热潮

大多数人是知道周杰伦后，才知道方文山的。方文山独辟蹊径，擅长在历史和时空中去诠释着自己的音乐理念。虚幻的意境、远古的战场、消失的古文明、浪漫的传说、历史的疮痍……这等优美如诗般流畅的歌词，在当下流行乐坛这个“我爱你、你爱我”的俗套模式下，他的作品显得如此难能可贵，总让人眼睛一亮。黄霑走了，林夕倦了，李宗盛老了，幸好，还有方文山。

无名小卒的成名史

“吴宗宪不仅是我的恩人，也是好朋友”

方文山20多岁前连稍露锋芒的迹象也没有显现过，在没人关注的孤独和寂寞中历经生活的艰辛。直至退伍之后，他才突然开窍，认识到写作才是他的“宿命”。随后被吴宗宪签进“阿尔法”，就像一块璞玉终于被识货的商人发掘，绽放出蕴含已久的光芒。

南都娱乐： 听说被吴宗宪发掘之前的生活过得很艰苦？

方文山： 还记得小学时每到暑假，就跟邻居的小孩到住家附近的工地大楼，捡绑脚手架的废铁丝和工人喝剩的铝罐来卖。报酬少得可怜，只有十几二十块台币。而中学时期的寒暑假，就在桃园、龟山一带的工业区当廉价劳动力。我还曾经当过餐厅服务员、业务员、高尔夫球童、纺织厂机械维修工、百货物流送货司机……哈哈。

南都娱乐：经历这么多，你是怎么开窍的？

方文山：其实我学生时代就对文字，对历史产生了兴趣，但那时候并没把这个作为自己将来发展的方向。后来渐渐对拍电影感兴趣了，想当导演，就去台北报了编剧班，拿到了编导证。但当时台湾电影很不景气，我就想不如写歌词吧。可能是我学过电影编剧的缘故，所以我的歌词很有画面感和故事性。一开始模仿别人的词，后来慢慢有了自己的风格，就越写越多了。

南都娱乐：因为吴宗宪发掘了你，所以你常在公开场合说自己是“吴宗宪的人”？

方文山：那时我写了大概200多首歌词。挑选出100多首装订成册，寄了100份给台湾各大唱片公司。我想无论怎么样，至少也会有几家公司和我联系吧。没想到从头到尾只有一个人跟我联系，这个人就是吴宗宪。所以宪哥是我最感谢的人，没有他的赏识及肯定，我不会有现在的成就。他不仅是我的恩人，也是我的好朋友。

南都娱乐：签给吴宗宪后，一开始也不是那么一帆风顺的吧？

方文山：那时候我和周杰伦都是新人，没有人认识。写的东西并不是马上有人要，人家也不会太关注到我的作品，而且新人都是有竞争的。然后是周杰伦的旋律先被大家注意到，主要是不管是和弦还是旋律，都没有别人的影子。他总是有很多变化。虽然我们是一起合作，但是通常都是人家要他的曲子而不要我的词，会找一些知名的老师，如姚若龙、许常德他们填词。

南都娱乐：那之后是如何“咸鱼翻身”的呢？

方文山：后来他们觉得我和杰伦的词曲搭配很好，就两个人的作品一起启用。慢慢就有了很多歌手和我邀词。现在我的作品面世的大概有220多首歌，和杰伦合作大概八九十首吧。

南都娱乐：到目前为止，你的作品卖出的最低价是多少，最高价是多少呢？

方文山：这个很难说，要看这个歌红不红。一开始差不多是台币8000块，现在差不多人民币6000—6500块的样子吧。

南都娱乐：在华语歌坛有很多优秀的创作者，像罗大佑、李宗盛、林夕等这些人都影响了很多人，你自己有没有欣赏的创作人？

方文山：罗大佑，小时候听他的歌我才发现，原来流行音乐也可以带有批判性。像李宗盛，虽然他是男的，但是他创作出来的歌词比很多女性还细腻，他很善于观察女人的情感，写得很动人。林夕的词我也很欣赏，他的中文功底很深，作品很有自己的特点。

无心插柳掀起中国风

“我和周杰伦不是中国风的发明者，却是制造它流行的人”

就像他在《上海一九四三》中写的：“消失的旧时光，一九四三，回头看的片段，有一些风霜，老唱盘旧皮箱，装满了明信片的铁盒里，藏着一片玫瑰花瓣。”方文山是个极具“怀旧”情结的人，这一点无疑在他的歌词中体现得淋漓尽致。

南都娱乐：大家都说，“方文山和周杰伦掀起了流行乐坛的中国风热潮”，你觉得在这方面是杰伦影响了你，还是你影响了他，或是你们达成的一种共识呢？

方文山：简单地讲，中国风不是我和杰伦发明的，之前黄霑老师、顾嘉辉老师那个时代就有了，还有陈升的《北京一夜》也都是中国风的歌。我们只是带领大家关注到这样一个现象。那个时候我写了《娘子》，这首歌有一点R&B节奏，填词的时候故意填得有一些仿古诗词的味道，希望有一点点反差，没想到反而会有惊喜。这也要归功于杰伦对我的创作并不干涉，同时他也很认同，所以我们两个人的频率是一样的。假设说如果我很喜欢中国风，但杰伦觉得不好，这个文字的框架和现在的生活状况距离太远了，刚好他也喜欢这种风格，这就是说我们两个在这件事情上的看法是一样的，所以我们才从事这种风格的创作。

南都娱乐：就像你说的一样，你们并不是中国风第一人，但你和杰伦是如何把这种类型的音乐推向了高潮的呢？

方文山：虽然我们并不是发明者，可是任何东西，你要制造流行，就要有回响。杰伦的专辑发行量很大，本身这是一个很强势的宣传攻势，也是一个很强势的渠道。他的宣传加上媒体效应，就会事半功倍，也会引起其他歌手的关注。他们会觉得这种曲风很好，所以大家都会写一些同类的歌曲，所以慢慢就变成了一个现象。其实像《龙的传人》也属于中国风的音乐，还有《笑傲江湖》的主题曲《沧海一声笑》，都可以说是中国风。我只能说我和杰伦的东西是这五六年的代表作，不是说要超越谁或是取代谁。

南都娱乐：你的中国风是从《娘子》开始的，然后到《东风破》、《青花瓷》一直都延续下来，每张专辑都有这种风格的歌曲，这是刻意这样安排的吗？

方文山：应该这样说，你吃饭的时候有一道汤很好喝，你可能很喜欢喝这个汤，比如说罗宋汤或是西红柿汤之类的。但可能你每次都更换不同的菜，很精心地调配。就像我们制作每一张专辑，都会有不同风格的歌曲，但中国风这种风格的歌曲呢，我们确实有刻意地去维护这个区块，可能它占的比例是五分之一或是六分之一，我们后续是刻意的，但一开始并没有想过这个问题。所以说，我一开始就是很自然地写了《娘子》，之后是《爷爷泡的茶》，再后面是《龙拳》等等，后来我们就觉得外界对这些歌曲的反响都是正面的，所以我们就有意去维护这个部分的比例。

南都娱乐：*那你是如何创作这类的作品呢？是对唐诗宋词一直很有研究，还是对生活的有感而发呢？*

方文山：我很喜欢读书，尤其喜欢宋词，最喜欢李清照和唐后主李煜的作品。宋词在某种程度和现在的流行音乐很像，它也是一个词牌名，如《一剪梅》等等，都是先有音乐再有歌词。但创作也离不开生活。像《青花瓷》《爷爷泡的茶》《刀马旦》，创作前我都收集了相关资料。创作《爷爷泡的茶》时，我研究了制茶的过程；创作《刀马旦》则去研读京剧。某种程度上，我把歌词当作电影脚本去经营。

南都娱乐：*马未都曾给《青花瓷》歌词挑错，你知道这件事吗？*

方文山：我觉得马未都挑的错属于专业范畴，而流行音乐是通俗文化，通俗文化有时不需要去考据太多东西就可以下笔。比如很多电影都难免有自己杜撰的情节，这样可以让剧情更连贯更好看。我在写《青花瓷》时，在查找数据时没有去查得那么彻底，如果那样的话，就会弄得太学术，不太通俗化。

南都娱乐：*那你担心自己的创作风格过时吗？*

方文山：中国风是无心插柳的结果。推出时颇受欢迎，刚好中国市场又兴起，有经济实力消费，让中国风得以延续风潮。流行音乐本来就是商品，我认为中国风不是一时现象，它已经成为了一种类型。

最佳拍档周杰伦
“我是给杰伦穿衣服的人”

想当年，周杰伦和方文山都是在唱片公司打地铺搞创作的难兄难弟，直到周杰伦一战成名，方文山才成为了聚光灯下的焦点，跻身著名作词人的行列。周杰伦曾如此描述自己的曲和方文山的词：“我的曲如果没有方文山的词，不会中（受欢迎之意）；方文山的词如果没有我的曲，也不会中。”

南都娱乐：大家都有疑问，是方文山成就了周杰伦，还是周杰伦成就了方文山？

方文山：当然是杰伦成就我了。这个你要先从词曲的地位上来看，很简单，旋律是一个人的骨架，歌词是这个人的衣服，如果这个人骨架很好，你拿来一百套衣服给他，好看的衣服当然会帮他加分。所以以这个标准去判断就很简单了，周杰伦的音乐旋律是基础，一定要有这个基础，那歌词是为这个旋律复制出一种画面感，有锦上添花的作用。一首完整的歌曲就像一件商品一样，完成之后，要促销出去，包装是一定要的！

南都娱乐：你的意思是说，如果没有你的“包装”，杰伦就不会取得今天的成就？

方文山：没有我的话，也会有其他人来帮他包装。比如说他专辑里也有别人帮他写歌啊，从第一张到第八张有很多人帮他写。虽然量都不多，反应也没有这么大，不过客观来说，我的作品已经连续入围8次台湾金曲奖，而且这8次每次都不是固定的评委。所以我能入围8次，也蛮开心的！

南都娱乐： 周杰伦上一张专辑《牛仔很忙》反响不如以往。有人说杰伦的创作已经进入了瓶颈期，你觉得呢？

方文山： 大家会对比较好的演员、创作者，有更多的期待，以更高的标准去看他。就算他维持原有的水准，大家还是觉得他退步了，其实这是不公平的。比如说今天这个摇滚团体他从头到尾只唱摇滚，没有人会干涉他，那杰伦为什么就不能一直写他擅长的R&B风格的歌曲呢？总是有人说，你怎么不变化？那你们怎么不叫某个摇滚乐团，你们不要唱摇滚了，你们唱民谣去呀，这太苛责了。

【记者手记】

个子不高，黝黑的皮肤，简简单单的T恤、牛仔裤，戴着顶毫不起眼的帽子，身上最打眼的唯有脖子上那根朋克风格的金属粗项链。这就是方文山的庐山真面目。虽然已是大师身份，却并不张扬出众。可以说他没有帅气外形，少了书卷气息，缺乏浪漫气质，然而就是这样的路人甲，让自己成为华语乐坛上炙手可热的作词人。金子总会发光，何况是一匹遇到了伯乐的千里马？

（采写／宋寻）

印象：他是一幅低谷时代里的绝美画卷

文／杨闳

如果说香港词人林夕那里有一种古来的韵味和现代人的精神迷离的话，那么精通中国古典文化的方文山在词作中注入的是后现代文学精神。

与同时代的林夕等词人比起来，方文山似乎有点尴尬，因为他的名声大多来源于周杰伦，“不生周，没有山”作为一个既定事实，既成全了方文山在华语歌坛的地位，也令其在这地位之上多少有一点不舒服。但他不是躲在周杰伦背后的人，也不是靠周杰伦光环才能生存的词人，从某种程度上来说，反而是方文山的词作成全了周杰伦的音乐天赋，他们是交相生辉的一对搭档。没有周杰伦的话当然你今天看到方文山的机会不大，但没有方文山你觉得你还能听到今天的周杰伦吗?

可以说出道超过十年的方文山，是生不逢时，他出道即遭遇世界范围的音乐低谷，而这低谷看上去不可逆转，音乐的萎靡是时代性的。但你从“素胚勾勒出青花笔锋浓转淡／瓶身描绘的牡丹一如你初妆／冉冉檀香透过窗心事我了然／宣纸上走笔至此搁一半／釉色渲染仕女图韵味被私藏／而你嫣然的一笑如含苞待放”这样的词句中完全能读出一种东方的后现代之美，这诗句之美又是超越时代的。乃至后来这首歌词引起的风波，诸如入选课本、遭马未都质疑都正是因为它的卓尔不群，具备了相当质素之后的必然衍生物。与其说方文山是生不逢时的音乐工作者，还不如说他是华语歌坛少数同时精准应接了天地灵气和时代符号的创作者。

方文山的词从来都可以当成文学作品去精读，不光是字与字的衔接成为了一种书写出来的美，他也是可以“通灵”到当代年轻人心灵的创作者。在歌词中，尤其是以浮躁肤浅为标榜的华语歌词中，主要以凌空蹈虚的华而不实为美，罕见有灵气同时关注人的真实内心的作品。方文山即便不是这个行业的大师，他也是兢兢业业并且天资禀赋卓越的作者。他能在歌词中完整表现自己的独特意象，并在朗朗上口的字句之间找到与普罗大众沟通的密码。方文山大概应该算是难得的音乐人才，也就是说，即便方文山不加入到音乐的行当里，他也会是才华横溢的那种作家，是给残败华语音乐加分的人，而不是相反。

在《菊花台》中，方文山将文学意味与空灵之美结合得紧密无缝，跳跃由快到慢，在字句中他有如唐朝的诗人，诗中有画、画中有诗，“菊花残／满地伤／你的笑容已泛黄／花落人断肠／我心事静静淌”，惆怅、远方、容颜、体感、心理交相呼应成一幅凄美的画卷。

高晓松

高晓松，20世纪80年代末的大学生，怀揣着理想与才华，高晓松辍学流浪泡妞，一路上从未停止。1994年出版的《校园民谣》到1996年的个人作品集《青春无悔》令其声名大噪，揽获多项音乐大奖，成为国内屈指可数的音乐制作人。

★校园民谣教父

高晓松：当时写歌就是写着玩，下酒用

高晓松这个名字，最早是跟风靡全国的校园民谣《同桌的你》绑在一起，尽管前几年他将自己的重心跟电影、评委以及其他的许多新闻纠缠在一起，但是谁也不能忘记当年涵盖了青春和伤感的一曲曲《同桌的你》、《睡在我上铺的兄弟》。在音乐界，他以创作、制作见长，在确立校园民谣之于乐坛辉煌地位的路上起到了不可忽略的作用，也使他确立了校园民谣领军人物的地位，他为内地流行音乐也贡献了几代歌手，老狼、叶培、朴树的打造与他息息相关，曾轶可、萨顶顶、李宇春的专辑他则是重要的制作人。无论他怎么号称要离开音乐圈去电影界发展，他却一直被大众视为扛着校园民谣的大旗，称他为“内地民谣第一人”、“校园民谣教父”并不为过。

草地上唱歌

“那时姑娘也不以貌取人啊”

1994年4月由大地唱片推出的《校园民谣》第一辑发行，引发巨大反响，其中《同桌的你》及《睡在我上铺的兄弟》在全国各地流行音乐排行榜上连续数周位居榜首；同年6月，通过北京大学生毕业晚会的推波助澜，老狼吉他弹唱《同桌的你》更加风靡全国……高晓松的名字由此被大家关注起来。这一被关注就是20年。2012年初，身为多栖明星的高晓松誓要在音乐上厚积薄发，音乐圈内他也是大事连连：担任第12届音乐风云榜年度盛典评委主席，相隔16年再次举办自己的作品音乐会《此间的少年》，还在主打民谣音乐的花田音乐节上担任艺术总监。

南都娱乐：你在清华长大，全家人都是高级知识分子，家人对你现在成为音乐人有影响吗？或者父母对从事音乐行业有异议吗？

高晓松：哎，我特别怕说家庭，跟我家庭毫无关系，家人没人干这个，我弹琴卖艺，再说，当时我也没干这个，我是导演在拍广告谋生，音乐就是弹琴给姑娘听，草地上大家喝酒用，结果被人录下来拿给大地唱片，我师傅黄小茂就找过来了。家里知道的时候，《同桌的你》已经满街满地唱了，父母也都是留洋的，毫不传统，对此没有人说什么，再说也不用他们支持，我自己的生活已经靠拍广告很好了。

南都娱乐：那怎么想起来写歌的，还记得自己写的第一首歌吗？

高晓松：记得啊，19岁，我在大学一年级，当时人很脆弱，多愁善感，无以抒怀，就写歌。现在想起来特别恶心（笑），你都别用书名号，那都不算一首歌，叫“逃出城市”，哎呦，好恶心……那都不算作品，就是习作，当时还是有种模仿什么人的痕迹，至于模仿的是谁，太多年我都记不得了。当时没人把这个当事业做，就是写着玩，下酒用，高校很多学生都在写歌，清华里头，从宋柯到我都在写。

南都娱乐：有多少人在草地上唱歌啊？

高晓松：一二十人，女生越多的学校写歌的越少，特别明显。大家一个月大聚一次，一个礼拜小聚，要么清华要么北大，有时候还出题，七步成诗写“洋伞”，分成七个调，像古代文人吟诗作对的感觉。那是当时大学最美好的标志之一，今天我不知道大学女生还喜不喜欢这些，估计喜欢创业的了吧。

南都娱乐：有姑娘因此对你产生好感吗？

高晓松：那有的是！不过最多的是宋柯，宋柯特别有范儿，他占据了姑娘资源的90％，特别崇拜，我们都以跟宋柯喝酒吃涮羊肉为荣！那时候姑娘喜欢的人就是弹琴打架踢球，宋柯是清华校队的主力后卫，而且弹琴唱到中央电视台去了，虽然抹着红脸蛋儿，孙国庆还唱过他的歌，一个学生的歌能给歌星唱，那时候很厉害了。主要是姑娘那时候也不以貌取人啊！

南都娱乐：那时你还跟老狼组过“青铜器”乐队？

高晓松：那时很多乐队都是口头上的，也是虚荣心，没有乐器、没有作品，就是几个人聚在一起一说，起个名就有乐队了，有的乐队连吉他都没在一起摸过就消散了。我和老狼还有其他几个哥们就是看国外的乐队，觉得咱们也该搞一个，不管有没有技术都敢往上努啊，而且必须是动静儿大的重金属。那会儿特别穷，用刷子当鼓槌，哥们变卖了自己的东西才有了贝斯。有时候排练在清华大学我们的宿舍，全乐队都在我们宿舍住，还有时候都睡在天台上，早晨就看着一轮红日从天边升起来。这样的排练扰民，我们在清华大学最北边，排练的时候有人在外面拿汽枪打我们。后来就去门头沟乡下的云岗，一个废弃的工厂里头，做个广告，有关这些生活在我出版的书《如丧》里头有特别详细的描写。

南都娱乐：你以前是鼓手，怎么现在也不操办什么乐器了啊？

高晓松：有啊，不弹吉他怎么写歌，只是不组乐队了而已。但乐队是创作的必经之路。

南都娱乐：你前一段时间在微博上说《睡在我上铺的兄弟》原来是女生小合唱《睡在我上面的兄弟》，这是真的吗？

高晓松：哈哈，那是开玩笑，不过当时确实很多歌都带点荤，每首歌都有荤版，从在草地上到后来走穴，《同桌的你》还在当年走穴的时候被穴头改编过，《模范情书》还被朴树改编过“我在大街上琴弦上倒地身亡”，主要是以前氛围好，大家也没有助理和单独的化妆间，都在一起聊天，编荤歌什么的，现在大家看名单知道都来了，但到点来完了就走，谁也没见着，没有过去的江湖、圈子的感觉，完全成了名利场。

巅峰岁月

“老天是太眷顾我，也许看走眼了”

高晓松1988年考入清华大学，学的是电子工程系雷达专业，但是他并没有按照正常的人生轨迹成为科研人员，反而成为了一个“懂点儿科学知识的艺术家”。令万千学子艳羡的清华生涯后，他却毅然选择退学。此后，高晓松与自己的好朋友老狼开始了将近一年的流浪生涯，当时还远走海南岛走穴，期间辗转到厦门大学“校中村”东边社暂住了大半年，那个时候对高晓松来说是校园民谣时代最重要的创作时期，包括《同桌的你》、《麦克》、《白衣飘飘的年代》、《睡在我上铺的兄弟》、《青春无悔》在内的许多著名校园民谣都在这个时期完成初稿。回到北京以后，高晓松报考北京电影学院导演系研究生未果，但跨入新兴的广告业。1993年，黄小茂经写过校园民谣《青春》的沈庆介绍找到了高晓松，才有了后来的《校园民谣》系列。

南都娱乐：《校园民谣1》收录了你的4首歌，是你当时的所有优秀作品吗？

高晓松：我卖了8首歌给大地，分别收在《校园》一和二，还有一些我买回来又放在麦田音乐发行的作品集《青春无悔》里头，包括后来发行的老狼的《恋恋风尘》，算是收录了我当时相当一部分作品，也是连续出版作品质量还算在水准之上，大家才觉得我是个不错的音乐人。作品集叫《青春无悔》，年轻的时候有很多虚荣心，想要给大家展示我什么都会，我不可只是校园民谣，那时候创作也比较澎湃，充满了对所有东西的描绘欲望，我觉得是老天拿着我的手在写作，现在我对自己的生活也不知道什么能值得歌唱了，我则更想给别人做专辑，因为别人有生活，比我能写。那个时期是我曾经最好的时光。

南都娱乐：老狼在央视转播的1994年北京大学生毕业晚会上唱《同桌的你》大火，你当时在干嘛呢？

高晓松：当导演拍广告，我没觉得音乐人是能做的一个行业，我当时就想挣些钱，觉得大概当导演不需要童子功，就去拍广告了，但忽然间我就成了"著名音乐人"，这也挺好，反正做音乐拍电影写字都是我喜欢的事儿。我所有喜欢做的事都做到了，除了恋爱和旅行，那些事都换成了名利，我也觉得老天是太够眷顾我，也许看走眼了。

南都娱乐：当时据说老狼的妈妈很反对他当歌手。

高晓松：老狼的妈妈是专业出身，广播艺术团团长，当时说"就老狼还能唱歌"，不过过几个月之后就听他妈妈接电话说"我们老狼三百块钱可不行，这哪能去”，哈哈，成经纪人了！

南都娱乐：老狼是你校园民谣时期最重要的伙伴。

高晓松：那还用说嘛，当时好多人都觉得我和老狼就是一个人。我有一次路过公用电话亭，听的清清楚楚一个人说“我在北京，比你清楚，老狼就是高晓松的笔名”，还有一次，老狼开车违章，警察看到他就愣了，直呼：“哎呦，高晓松”……大家分不清我们不是因为我们俩长的都难看，而是他唱我的作品特别贴心贴肺，我们一起成长，有特别多共同的感受，他唱歌的时候我也常觉得是我自己唱的。

南都娱乐：“最好的时光”中的歌曲，现在回头看看哪一首对你来说最重要？是《青春无悔》那首歌吗？

高晓松：有首歌叫《月亮》，是写诗人顾城的，是他死那天，我看报纸上整版只写了四个字“诗人死了”，顾城是我最热爱的诗人，我觉得一个时代都结束了，我那一天就写了三首歌，组曲都是写给顾城的，除了《月亮》还有《白衣飘飘的年代》和《回声》。我很少在写曲的时候澎湃到无节奏，《月亮》完全没有节奏，当时跟交响乐团合作，指挥也全即兴，这首歌完全是接了天的灵气，突破了条条框框，但你永远也回忆不了你是怎么写出来的！我到现在也再没有出现一天写三首歌的事，也没有三首歌一起出现，你都觉得很满意。那个时候应该是我掌握自己的情绪和音乐技术最平衡的时刻，现在我技术很好，但是术高艺低了。

南都娱乐：那2010年发行的作品集《万物生长》呢？

高晓松：就是平静、诉说、冷静，没有那个时候充满热情的咏叹。

致敬“最好的时光”

“18年服务三代歌手，还算对得起这个行业吧”

高晓松一度似乎远离了校园民谣，七八年前他再度创作了一些作品与当年校园民谣风格大相径庭的《彼得堡遗书》、《杀了他喂猪》，直到2010年作品集《万物生长》里头《旧的童年》才让人重新感受到当年的高晓松。2012年，“导演”高晓松又重操“音乐人”旧业，一系列音乐事件跟他紧紧相关，“大家知道我也是混饭吃，很多媒体经常在各种场合遇到我，但现在想明白音乐才是我的正事”。

南都娱乐：你现在离校园民谣似乎很远了，还有做类似当年青春音乐的冲动吗？

高晓松：有啊，我下一部电影，跟我作品音乐会的名字一样也叫《此间的少年》，就会写一下这样的歌曲用在电影里，当年读书的情感我闭上眼睛就能闻到那个味道。

南都娱乐：4月28日，你的作品音乐会《此间的少年》，据说跟第一次作品音乐会相隔16年，这算是向“最好的时光”致敬吗？

高晓松：我音乐行业18年，服务三代歌手，刘欢、老狼、李宇春、谭维维啊，虽然作品不算那么多，但我还算对得起这个行业吧，这个音乐会算是和大家一起从现在的生活里头“走失两小时”，此间曾经有过那样一群吉他少年，现在老了但心还在当时的状态，就当回到大学草地的样子，纪念最美好的时光吧。

南都娱乐：16年前在南京举办的作品音乐会，当时效果如何？

高晓松：在南京五台山体育馆就一场，没想到有那么多人，那英当时因为服装的问题回去后台换了一下，再回来就进不去舞台了，到处都是人，最后她是从人头顶上爬到舞台。那天11月16号，天特别冷，好多人在外面等着，干脆说打开门让所有人听听音乐温暖一下吧，这次不知道会不会有次善举啊！我还记得当时那英对我说“高晓松你真该好好感谢老天爷，多少老音乐家想开个2000人音乐会都多难，你26岁就开万人音乐会”，那时候我刚过完26岁生日，年轻气盛，觉得拥有的一切都是我的才华，我在书房里头写过自己“文青翘楚浪子班头”，现在想起来都羞愧，我已经明白都是老天爷的眷顾。

南都娱乐：你这次担任音乐风云榜年度盛典评审主席，你预计过在音乐上会有什么发现吗？当了主席有责任感嘛？

高晓松：很有可能出现“哎呦怎么现在都做成这样”的悲哀，哈哈。怎样也能找到鼓励的方向。我们原来音乐一年20多个奖，现在也没几个。不能白当一届，想要推崇一些原创的优秀新人，就跟我当时去超女做评委一样，告诉每一个抱着吉他的年轻人，歌唱自己歌唱土地和生活，是值得的，哪怕矫枉过正。

南都娱乐：你怎么看待现在的民谣，像2011年的“民谣在路上”系列演出，2012年的内地独立民谣港台“走江湖”都也吸引不少关注。

高晓松：我觉得他们的态度还是好的，我觉得我们那一代的民谣是“好时代的坏孩子”，他们则是“坏时代的好孩子”，在这样一个时代仍然坚持很多真善美的东西。

男人最在乎的女人
“告诉女儿别遗憾不能成功什么的”

2007年12月，远在美国的高晓松悄悄向国内的亲朋好友发送了短信，“美西时间七日晚十一点五十四分，得一女！初为人父，很惊奇！晓松于洛杉矶报喜！” 如今女儿已经四岁，为人夫为人父的高晓松也有不少变化。

南都娱乐：你在家为你老婆和孩子唱歌吗？

高晓松：我一天到晚给我女儿唱歌，我女儿点什么我唱什么，有一天我们三个人在美国开了一路黄昏，女儿命令我和老婆一起唱歌给她听，我们都觉得特别美好，老婆也说“希望她长大了不要忘了这么美好的家人的一天”。

南都娱乐：音乐细胞是得你真传了吗？

高晓松：还不知道，就是不停给她唱各种歌。

南都娱乐：你都说你父母对你比较西式教育，你对女儿呢？

高晓松：要是儿子我可能会说，你努努力什么的，但女儿啊，我当然让她想干什么干什么，健康就好。我跟我老婆说一定要让她学会混，成功的人很少的，让她心安理得地混过很多年就是最大的成功，别遗憾什么不能成功之类的，我们现在经常说你不是那个最漂亮的，也不是那个最聪明的，不然长大她不成功会很失落。

南都娱乐：都说浪子生女儿是被惩罚，你会担心女儿长大了被另一个玩音乐的小伙子带走，冷落你吗？

高晓松：这不用担心，这肯定会发生，这是进化论嘛！

南都娱乐： 女儿的出生对你有什么影响？

高晓松： 原来我对这个世界还有一些负面的想法，但对女儿的爱让我对这个世界充满正面的能量。

（采写/蔡慧）

印象：更愿意躺在床上听他的歌

文／王洞洞

当世是一个群龙崛起泥石俱下同时存在的时代，一点不像当年只有真正的龙和凤才能脱颖而出。在人人都可以是一分钟的明星时代里，不是所有的红人都值得关注，更非所有的名人都值得追捧。所以，一个从上个时代走过来的人，我，更怀念过去。

过去或者上一个时代是什么，其实离我们不远，比如20世纪90年代初校园民谣兴起之时，郁冬、老狼、叶蓓、小柯这些名字都是那个时代的英雄。他们都是踏实的永远不会坍塌的真实存在，作为歌者他们浮华无关，是心灵与天赋交织的产物。在这些名字背后还有一个至今我们也多少有机会听到他唱歌的家伙，这个人是高晓松，他称得上是整个校园民谣运动的一面旗帜，没有他领军，校园民谣也许不会存在。

所谓辉煌，是留给当事人怀念的，还是给后人缅怀的？按理说，这都不应该，辉煌是要超越，那对于观众来说才是最得意的。可是事情往往就是无法完美，你见过辉煌，但见过更多的辉煌之后的不再。比如当年校园民谣那一拨人，想起来或想不起来名字的，他们今天大多在干些什么呢？不能说从乐坛跨越到影坛的高晓松毫无作为，他名下的几部片子也惹来过关注。只不过要究其质量和成绩，实在是无法与之前的音乐相提并论。

高晓松毫无疑问是聪明人，他嘴上善辩、基本功扎实、背景深厚、学识渊博，在词曲上都曾创造过华人经典，《同桌的你》、《睡在我上铺的兄弟》、《冬季校园》等等这些，在词与句、曲与调上都是一代人的青春见证和关于逝去的懵懂的回忆。但转战影坛之后的高晓松变得多少有点无的放矢或者词不达意，多次尝试之后，显然他的成绩与他的目标和见识没有形成对应。

也许这不是个音乐的年代，当大批的音乐人不是沉寂消失，就是纷纷转行，我们应该确信音乐产业可以颓败，但人类不能没有音乐，它对于人类生存来说，基本上可以等同于水。你可以一天不吃东西，但不能一天不喝水，正如人类无法停止歌唱和倾听。

有音乐总是美好的，纵然物质匮乏或者生活简单，但床上随身听传来音乐时，总是可以证明岁月安好。高晓松的美好全部在于他作为推手和制作人所出的那些张经典专辑，如今他在电视上当评委，在电影宣传活动上招呼明星主演，或者在网络上脱口秀，但都已非我们最热爱的那个人。出色或者成功，跟时代的引领者、风气的缔造者还是有区别的。作为跟随高晓松一路走过来的听众或者观众，相比那些抖机灵的俏皮话或者不得要领的电影，我更愿意躺在床上听他的歌。

当年高晓松催情般地写出“谁把你的长发盘起，谁给你做的嫁衣”，那是时代之音，时代已惘，但声音犹存。

张亚东

中国流行音乐的领军人物、内地流行乐坛“天王”级音乐制作人，中国内地电子音乐的标杆。1969年出生于山西省大同市，22岁时前赴北京发展个人音乐事业，之后帮王菲制作多首乐曲，取得了巨大的成功，时至今日已成为王菲的御用制作人，并帮助港台以及内地无数的著名歌手与音乐人创作诸多乐曲、音乐专辑，其中包括许巍、朴树等。

★内地流行音乐制作天王

张亚东：这个行业需要虚张声势

“编曲就是个做菜的，菜好吃就行了，还用管怎么做？”如果不是为了宣传自己厂牌下的《东乐园》合辑，张亚东难得走出“厨房”接受采访，尽管“金牌制作人”之类的称号就让他成为著名“音乐厨师”，他依然觉得把握不了市场的火候：“大众的品味非常出乎你意料，我无法判断”，他只能“市场归市场，我以不变应万变”，正如同当年和王菲的合作，“不管王菲还是其他歌手，做音乐时我不需要和任何人商量”。

即使在1990年代的中国流行音乐黄金时代，大众们选择歌曲还是靠“牌子”——这牌子是毛阿敏、毛宁、杨钰莹等歌手，诸如编曲、录音等技术活他们不专业；直到张亚东的出现，他和王菲合作的《浮躁》《寓言》《只爱陌生人》等专辑使得王菲拥有除了嗓音外与主流音乐相区别的音乐特质，站稳了天后位置，而她也使张亚东以“编曲”、“制作人”的身份走到台前，第一次让幕后制作人成为流行音乐中的明星。等到1990年代末，许巍《在别处》、朴树《我去2000年》、陈琳《爱就爱了》推出时，很多人购买就是冲着张亚东这块牌子去的。

资产阶级
“编曲就是技术活，我迷恋技术”

来自山西大同的张亚东，20世纪80年代末在大同矿务局文工团工作，“矿工他们的音乐需要符合大的政治路线，都是革命那一套，我喜欢的还是流行音乐，比较资本主义。”格格不入的张亚东拎着自己做的MIDI小样就这么入京了，没想到他那套“资产阶级”音乐在北京依然新鲜，“我也说不好我的东西好在哪，天赋这东西没法用语言形容”。

南都娱乐：你是怎么进音乐圈的？

张亚东：我原来在大同矿务局文工团，我们团还是比较正，都是革命歌曲那一套，我自己喜欢的是流行乐，实在格格不入。那时每天没事儿就扒带、扒古典，自己也写了很多歌，然后用MIDI做成小样，等下定决心离开大同来北京后，就像拜码头一样，把自己的东西一个个拿给艺人、歌手们听。后来我就进了中录录音棚，和万小元（中录录音棚总录音师，有“中国录音第一人”之称）这些人关系比较好。

南都娱乐：到了北京，你的音乐也依然属于很新颖的么，还是相比下发现自己的局限？

张亚东：我那时候的音乐就特别新，要不我能在北京待下来？我也说不好自己的新在哪儿，我有完全不同的意识，可能有一些歌我的编排就和别人想的不一样，很有创造力，所以光靠编曲就够养活自己。我还写歌，有次给我写的歌录Demo时，万小元听了立刻说：“这个人赶紧签了他，当歌手一定行！”（笑）我觉得自己在音乐领域里掌控得比较好，不是蒙着来。天赋这种东西没办法用语言来形容，比如一首歌你就是觉得这个字不好听要换那个字，别人没感觉，但事实证明我的改动就是好。

南都娱乐：你的编曲方式对当时的音乐制作会带来一种冲击？

张亚东：会的，一定会。那会儿我听得就比别人多，所有的国外音乐像4AD、另类、主流我都听。最主要是我MIDI技术特别好，我当时可能是中国第一批玩MIDI、用合成器编曲的人，再加上我老去国外如英国，我会带很多资料回来，Audio、CD什么的，当时可能别人都没有。我眼界不一样，就会在编曲方面有不同的想法，不会随大流。

南都娱乐：是从你开始，编曲在一首歌的成功里变得非常重要吗？

张亚东：这是媒体的误读吧。其实，编曲是个相对专业的领域，就好像你吃菜，不一定要知道厨师怎么做这道菜，你只管好吃就完了，不能奢求每一个消费的人都知道工艺。说实话，老百姓到今天都主要是听单弦律、听歌词说什么，不太懂编曲的事。我不认为自己有大众特别能接受的东西，我可能在业内比较有人肯定，但很少有听众对我说你编得太好了……

王菲

“我和王菲就是互相成就”

在很多采访里，张亚东都不厌其烦地反复强调这个概念——“王菲成就了我”，的确，如果没有90年代中王菲给他的宽松环境和不加压力的信任，年轻的张亚东不可能天马行空地实现自己的想法；同样，如果没有张亚东有别于当时主流的、充满活力又阴郁的电子曲风，王菲也不会开拓出有别于之前港台商业歌曲的气质。“我们是相辅相成的”，金牌歌手与金牌制作人的发现是相互的，这种相遇不是谁打造谁，也不是商业流水线上可复制的模型。

南都娱乐：那让你这个后台“厨师”走到台前，被广大听众知道，就是因为和王菲的合作？

张亚东：可以这么说，王菲她很重要很重要，基本上算是她成就了我。在那时候，如果不是王菲，其他歌手未必会给我这个新人机会，而她给我那么宽松的空间自由地做你想做的事，让你没有任何压力。我当时什么古怪想法她都接受，像《浮躁》、《寓言》都是当时很不主流的音乐，她就肯让你做。

南都娱乐：你的古怪想法是说国内最早把英伦、电子风格带入音乐编曲么？

张亚东：对，我一开始就喜欢电子，不是舞曲那种节奏，我喜欢阴暗的，不是那种流行电子；同时我听很多英国乐队，或者说整个欧洲，我比较不美国，不街头，不嘻哈，我和那个天生犯冲！总之，我就是个安静的人，我不会去摇滚音乐节，我讨厌人多，我喜欢小声的东西，不喜欢大声……阴郁是我的颜色，直到今天也没法改变。

南都娱乐：人可以选择音乐，但找到合适的歌手演绎自己的音乐不是时时都能遇到，你给王菲制作的专辑像《寓言》等就像是完全为她量身定做一样，前后风格很统一，很像概念专辑。

张亚东：其实王菲那两个专辑，我根本没考虑什么专辑概念（笑），是王菲自己很强，她自身的性格就是能把完全风马牛不相及的歌曲统一成一体！可多数艺人不可能做到这样，所以当给其他人制作时，我就要知道他到底要什么，有前期计划在里面，我不喜欢专辑自身矛盾。

南都娱乐：如果不是王菲来唱，你的歌可能就非常另类、不可能走红？

张亚东：我不喜欢主流、另类这些概念，我不能让自己为了什么东西去做，不会说为了王菲怎么去量身定做。我不能保证自己每次做什么都有高品位但是至少我可以真诚，我不能容忍假的，我是什么就是什么，做得不好也是我。即使录制王菲的专辑，我做音乐的时候也不用和任何人商量，我做完了她拿去填词而已。

南都娱乐：和你合作时的王菲会和以前有什么不一样么？

张亚东：《寓言》就比较不一样，王菲其他的好像都是流行歌曲，特别商业化、市场化，在《寓言》里她终于有了与她唱台湾香港歌曲的那么一点不同，我和她是个相辅相成的关系。

金牌制作人
“我都以不变应万变”

被人广泛熟知的张亚东此后制作了一系列成功卖座的音乐专辑，包括朴树、许巍、陈琳、汪峰的等等，“金牌”因此变得更有魔力，同时他自己也推出个人同名专辑，还与张浅潜组成短暂的“Z2”组合。在21世纪到来之后，他参与了一系列电影音乐如《蓝宇》、《开往春天的地铁》的创作，担任太合麦田的制作总监，还为李宇春操刀处女作。张亚东依旧活跃着并日益成为内地流行乐坛最有话语权和影响力的人物之一，可在各种有关流行音乐的讨论中他却罕有发言。埋头做事的张亚东承认现在的音乐市场变化莫测到让他失去判断能力，“我只能选择以不变应万变”。

南都娱乐：去年底你建立了自己的音乐厂牌“东乐”，标志着你的音乐理念真正成型，可以和市场接轨了？

张亚东：是，我理解的我的品牌是职业的音乐化，不是很另类很地下的品牌。我主要关注音乐，不是像其他另类厂牌那么关注人文。我是地上的公司，我就要做为主流市场服务的音乐，我们虽然不是五大，但我们会做不输给他们的音乐。

南都娱乐：《东乐园》是你签的好几个歌手、乐队的合辑，这些人里，你觉得有人能成为像王菲、朴树或时下最火的那类明星么？

张亚东：我看不出明星不明星，人家觉得多大的腕儿我也不觉得是明星；我只看得出我欣赏的部分。这个市场是我所不能了解的，我失去一个正常的判断，你不知道怎样的人就可以在中国火起来，非常没有逻辑、没有规律可循，大众品味非常出乎你的意料。其实这些歌手倒退10年绝对比当时的歌手厉害，他们都自己写词写曲，那时哪儿有这样的人啊。

南都娱乐：别人总称呼你是金牌制作人，似乎只要是你制作的都可以点石成金，你其实心里虚？

张亚东：在专业领域的制作，我自认我有过人之处，譬如监制、决定歌的方向、演唱方式等，和我合作过的艺人都很认可。如果是市场领域的制作，那我真不能控制，是不是只有把一个艺人做红了，我才算是金牌制作人？就像林夕，他是金牌词作者，人们找他合作是因为可以写出自己想要的感觉，难道唱了他的歌个个都红得像王菲？

南都娱乐：所以你制作音乐、发掘歌手的标准从20世纪90年代到现在都不曾变化过。

张亚东：对，可能是我入行比较早，那时候也没有现在这么多歌，大家听到的也少，现在大众欣赏的东西在很快地变化，写歌的人很多，歌手也很多，网络传播方式更多。以前全国人民只能等着谁出CD，现在歌手不靠唱片公司自己就红起来的多得是，在这个层面上，制作不制作是没必要的，谁管你啊？可是大众对制作不关注，不代表音乐没有好好制作的必要，这市场怎么变，我都以不变应万变。

【记者手记】

张亚东38岁时，和他同龄的王菲宣布退出歌坛相夫教子，另一个同龄的高晓松改行去好莱坞拍电影，小他两岁的小柯也彻底不做流行乐而专攻古典。“人越来越少是正常的，我自己真诚就好，不管外面怎么了。”他承认一个时代有一个时代的伟人，就像英国杂志评选出的史上最伟大乐队不是Beatles（甲壳虫乐队）而是Radiohead（电台司令）一样，“每个人都不能单独拎出来，独立于那个时代、那时代周围的人。比如说Beatles，现在出来还有那么大意义么？过去的就过去了，从这个角度讲，当今这个时代，再不会有Beatles，也再不会有王菲。”

（采写／陈炯）

印象：这个时代不会再有张亚东

文／张阿牧

“每个人都不能单独拎出来，独立于那个时代、那时代周围的人。”这句出自张亚东的话，用来形容Beatles和王菲都很合适，用来形容张亚东自己，也很合适。

如果把张亚东作为一个幕后人物所取得的成功作为一个特例来分析，会发现这其中除了他的音乐天分、对技术的痴迷之外，我还很愿意相信，他的“以不变应万变”的处世哲学也在当中起到了相当大的作用。

在张亚东之前，北京的音乐圈里关于流行和摇滚的圈子划分得十分清楚，哪些人是给摇滚乐队做制作的（乐队们通常自己编曲，只有录音师和混音师），哪些是给流行音乐做制作的，双方基本上没什么往来，虽然音乐圈内的“阶级斗争”并不是很明显，但无论是搞流行的还是搞摇滚的，阶级意识却相当清晰。

相比之下，更痴迷于音乐或技术本身的张亚东，则渐渐打破了这种格局，他会去做张蔷，也会做地下婴儿和瘦人，使两个圈子里的人和资源慢慢地开始接触、融合。就音乐本身来讲，张亚东也在这种对不同风格的制作尝试中，给流行乐和摇滚乐的制作都带来了一些属于对方的新的东西。这在王菲的《浮躁》、《寓言》及陈琳的《爱就爱了》等几张唱片中，表现得尤为明显。

内地唱片业的制作人概念一直以来都不太清晰。如果按照一个成熟唱片工业体系下的优秀制作人标准来看，张亚东的成功之中，表现得更多的是相辅相成，他不像李宗盛，能去选择并成功地将一些有潜质的新人推成明星。从对一个新人或歌手的整体音乐概念的把握中，张亚东一直没能获得更多的施展空间。早期，作为一个职业制作人有的只是制作合约，成为太麦的制作总监后，他也只能以公司的发展来为李宇春和她的玉米们制作唱片。

说张亚东具有“点石成金”的能力并不合适，或者说至少得有一个“石头”可点。与王菲合作的时候，王菲在华语歌坛的地位已经稳固。而与许巍的《在别处》和朴树的《我去2000年》合作时，虽然两个人都是新人，也都是首张专辑，但是内地歌坛20年来最优秀的创作歌手两只手就能数清，这两个人也肯定能分去两根手指头。一个制作人只有在碰到一个靠谱的歌手和一些靠谱的作品时，才能显示出“金牌”的成色。反之，则是一场灾难，像侯牧人自己后来一直不愿提及的给张楚制作的首张专辑《将将将》。

所以，如果就这么把张亚东单拎出来，他个人的特点和张力，除了取一个像《张亚东：漂泊的中国青春》那样带着理想主义色彩和人文情怀的标题之外，他最鲜明的特点和成绩是什么？而在那个过去得还不太远的时代中，他注定要与那些载入内地音乐史的唱片之间发生关系。

贾敏恕

因制作歌手顺子专辑一炮而红的台湾知名音乐制作人贾敏恕，在台湾音乐圈资历甚深，曾为伍佰、赵传、周华健、五月天等知名歌手及大陆的唐朝、黑豹等歌手及乐团制作专辑，获金曲奖多项提名。

★台湾资深音乐制作人

贾敏恕：摇滚就是那个时代的讴歌

有哪根摇滚的骨头硬得过时间？有哪里的摇滚乐扛得过时间？10年前的那些摇滚神话，曾让我们一次又一次被牵动被激怒被撕扯。面对神话，我们要做的，又怎能只是浸淫、缅怀和痛惜。跟着当事人，我们走近它、还原它、探究它，或许可以让它走下神坛。哪怕只是歇歇脚，也是舒服的。

20年前，崔健让摇滚乐在中国破土。17年前，两个台湾来的摇滚青年到北京朝圣，谁都不会想到，就是这两个台湾人，影响了中国摇滚乐的历史。其中一位，是大名鼎鼎、无须多言的张培仁；另一位，正是深深隐于幕后的制作人贾敏恕。

当年，台湾摇滚青年贾敏恕，就像中国早期摇滚乐的大厨。如今我们耳熟能详的经典摇滚专辑，很多都是出自这位幕后厨师之手。唐朝的中国化道路上，有他；“中国火”的群雄劲舞中，有他；“魔岩三杰”的神话里，有他……贾敏恕，一度让中国摇滚乐长成葱茏大树。然而，张炬离去、魔岩倒闭、乐队解散、三杰委顿，偶像派流行乐大旗当道竖起……神话黯然终变童话，摇滚乐的大树开始恢复到有机成长期。那段辉煌的历史，却并未远去，只要，那性感强悍的吉他、贝司与鼓响起。

青年乐团之后转战内地
“恰好那个岁数，就‘理想主义’了”

南都娱乐：你最早是以“青年”乐团吉他手的身份进入乐坛，对你日后的音乐人生来说，“青年”有何意味？

贾敏恕：“青年”可能是台湾最早的一个地下乐团。我们不是真的出生在70年代，但我们离那个时代并不太远。我们看到很多西方的摇滚乐队，他们发起的一些个人运动，都是在一定的社会状态下形成的。从英国的Beatles、YES到U2等等，就非常地“文以载道”。而对于当时还在读高中的我们来说，那自然是最崇尚在音乐里承载个人立场和理想的时代。音乐和个人背景也有关，我老家在江苏，我们是国民党政府到台湾后第二代，随着年岁、环境变迁和很多对过去的探索之后，我们明白更多事情，音乐就是我们的乡愁。摇滚这个符号代表了很多年轻岁月，从内到外。现在回头来看，“青年”乐团是我们对音乐的一种热情、成长的一个标记。

南都娱乐：“青年”乐团之后，你开始走向幕后。那应该是你在台湾音乐界最“劲”的时期，为何突然就放弃而转战内地？

贾敏恕：其实我那时并没有市场方面的观察。当时，台湾盛行流行音乐，某些商业的机制也很健全，但以乐队形式出现的原创音乐并不多，相对大环境、人的底蕴来说，北京更浓一些。我一向是一个很喜欢乐器的人，作为一个乐手，在内地就会结交一些朋友，过来北京看看行情，一切都是纯粹的“以音乐会友”。当我看到那么多可爱的人和有趣的作品的时候，又恰好是那个岁数，就很容易被打动，也就产生了一种所谓的“理想主义”，对华语乐坛环境好像有了很多的憧憬。你想象一下，“我自己做这些东西那多好啊！”

南都娱乐：80年代末、90年代初，北京当时的摇滚圈是怎样的面貌？

贾敏恕：摇滚气氛甚为浓厚。单纯来说，我认为摇滚就是那个时代的讴歌，当时的环境让人很想去唱一些心里很想说的话。大家都没有那么多的制作经费，但都把音乐的标准定得很高，做有品质的音乐。虽然每个创作人的个性不同，但有一点是相同的，就是都相当地真诚。

制作经典专辑《唐朝》
“过程中的每一天都能回忆起来”

南都娱乐：你担纲制作人的唐朝乐队同名专辑《唐朝》，直到今天，人们依然将其奉为经典。在当时，它是否代表着你在青年乐团时期理想的延续？

贾敏恕：这个延续，其实在心态上也是统一的。我们做音乐就想用自己的语言把心中的理想表现出来，我过去是这样，我也很乐意帮助别人这样。唐朝乐队有一种作为中国人的骄傲，有很厚的文化积淀。他们受到了西洋音乐的影响，就想做一种融合，把他们的想法和对生活的体验都表现出来。别人说《唐朝》那张专辑是一个巅峰作品，我觉得是因为它很天真和真诚，没有造作的成分。因为乐队外他们的为人也是这么回事。

南都娱乐：当时做《唐朝》时，具体情况怎样？

贾敏恕：当时我与乐队成员相处得很好，他们跟我岁数差不多，年轻天真有憧憬。如果我受了较多港台商业音乐影响的话，与他们沟通起来可能就会比较难了，但是并没有。当时我们是在中央人民广播电台侧楼中二录音棚，录了40多天，比较顺。我们每天泡在里面，门口还有一个武装的门卫，很有趣，感觉也很奇怪。一般来说，在录音棚看到武警，感觉就不太一样。到现在，我还记得。

南都娱乐：据说当初录完《唐朝》的最后一首歌，丁武从录音棚里走出来，你的黑发几乎变白发，真有此事？

贾敏恕：其实是比较累，看起来憔悴一点，至于头发我根本没空去理，可能是视觉上的错觉，呵呵。不过，真的挺辛苦。这是我在内地录的第一张专辑，情况很艰难。作为一个专业的制作人，你必须给他们意见，使作品表达得更恰当一点，我不是在做自己，而是在做别人，但我觉得音乐本身就能打破大家沟通的障碍、人跟人之间的界限。我的制作生涯中，在内地的那段时间尤其深刻，过程中的每一天都能回忆起来。因为我没有把它当作一个工作，而是用心地把音乐做好。做音乐那么久，音乐真不真，听得出来。

“魔岩三杰”
“老张浪漫，窦唯很‘串’，何勇‘文如其人’”

南都娱乐：“唐朝”后不久，“魔岩三杰”横空出世，它在日后几乎成了你个人音乐生涯最重要的关键词。“魔岩三杰”，你们当初是怎么想到促成此事？

贾敏恕：之前我做《中国火》的合辑时，认识了很多乐队。后来有人向我介绍窦唯，说这个人很“串”，我一听小样，感觉还不错。这个过程自然而然，我们都有一个很好的判断力，听到小样，看到他们在音乐和文字上的功力，就很自然认同，想把它们实践出来。“魔岩三杰”这个概念是策划人张培仁先生提出，他希望这个能代表原创的力量。如果说它起到一种开天辟地的作用，其实也就是因为它单纯真实。因为单纯，所以比较容易被察觉和回响。

南都娱乐：为何会选定窦唯、张楚、何勇这三杰？他们仨当时状态如何？

贾敏恕：因为他们的音乐更加完整，把音乐的理念交代得很清楚，而且作品的数量都很够，这是关键。而且，三个人代表三种不同的风格。他们的生活状态都一样，只是方式不一样而已。他们脑子里只有音乐，没别的事情。我对老张（张楚）印象最深刻的是，每当他写了一首歌，要表达时，就总是拿过一把琴说“我给你唱两句吧”，甚至包括在吃东西的时候。他会让你感觉到，他时刻都在想着音乐。有时候就是拿一把琴，想到什么就来几句。其实这是一种浪漫的生活。不过浪漫生活的基础是他真的要很认真地去观察，要有一点敏感和想象，他就是这样子。窦唯比较有趣，他身上有很多音乐的元素在交织，所以他每个阶段都有新的东西进去，都不一样，最后变成一种生活形态。他那时其实还是很愤怒的感觉，但是后来音乐感觉跟生活都变了。何勇比较直观，用四个字形容，就是“文如其人”，好的音乐人都这样。我与他们相处很亲密，几乎天天在聊，交流得很深入。音乐是我们共同的语言。

南都娱乐：当时“魔岩三杰”的摇滚作为一种前卫的音乐形式，一夜走红如同平地惊雷，当时中国的环境却相对很保守，你怎么看待这种反差？

贾敏恕：你在那样的环境下出现，就会有一个适合你现状的发展。其实这样的音乐在伦敦是很常见的。“魔岩三杰”音乐的本质很优秀，这毋庸置疑。这样一个极度自由开放多元的产品出现在市面上时，力量可以很大，有些人就会觉得特别兴奋。其实每个人对摇滚的理解都不太一样。我觉得，这里有两个层次，首先作为一种音乐形式，摇滚的承载力很强，超出人们对它表达事情、想法的期望度，这对年轻人是有影响力的。在正统的唱片市场上，摇滚乐是个稀缺事物，这也是它能在内地火爆起来的另外一个原因。

魔岩正谬之争
“窦唯主观了，张培仁是‘天真’的行销人”

南都娱乐：窦唯近年来发表一些言论，对“魔岩三杰”以及张培仁持否定态度，比如“阴谋”、“邪恶”，你怎么看？

贾敏恕：在这件事上，很多人的发言都很绝对。其实很多事不是这么绝对的，在音乐上没有非黑即白的事。可能窦唯有他自己的感受在里面，感受这种事情当然是主观的。其实，每一个人的生活、态度很容易“文如其人”。从窦唯后期的作品来说，他做自己喜欢的东西，从纯艺术的角度来看，是很好的。不过从市场的角度看，他要具备什么样的一个能力才能去这么做呢？他必须得很主观。在我看来，他的想象不主观，他的创作就不会主观。我们作为一个专业的音乐人、制作人，要退一步地去看这个环境，而不是在这个环境里掺和。说“偏执”，会显得比较负面，但我想“主观”对他来说，是一个比较贴切的描述。

南都娱乐：你的合作伙伴张培仁，他的争议很大，你对他如何评价？

贾敏恕：我和他是多年朋友，他是一个非常好的行销人。我们做的事情，到了市面上就是一个商品，他对这些商品的描述是很形象很贴切的。在做一些个人产品的时候，也包括了他很浓厚的个人情感在里面。在我看来，这也是我们天真的情结。随着时间流逝，正是检验它的时候，你可能就会有一些不同的看法。比如说你在2007年再看2000年或1995年的事时，你的说法会不一样的，我通常都是这样看事情。我在15年前跟他做这个事情的时候，我自己观察，发现他就是天真。

南都娱乐：如今回望魔岩时期，怎么看待当时中国摇滚乐的火爆和之后的逐步式微？

贾敏恕：如果没有那一段火爆的历史，所谓的原创、新的音乐，发展到现在都不会这么蓬勃。它提醒了年轻人自己去表达。17年了，如果把整个大环境比作一个人，那他的心态是向上的，这是一种提升，只是每一部分在提升的时候，都会受到周围环境的影响。其实我觉得摇滚乐的发展环境本质上没有什么区别，越往后走，它的难度会越来越大。因为你要提起一个东西的时候，第一刻会很高，最有力量，所以才会有魔岩这种“吃螃蟹第一人”的火爆。摇滚乐发展并没有所谓的好坏对错是非之分，要看本质。我相信当一个社会的疫体建设得越好的时候，它的原体就会慢慢地变厚。因为整个大环境需要很多东西与之配套，它特殊的宣传渠道等等统统都要到达一个水平。这是一个很长很长的过程。

【记者手记】

很难想象，曾经凌厉大气的青年乐团吉他手贾敏恕，现在说起话来却是深沉而温和。在今天的贾敏恕这里，摇滚已不再只是一种形式主义的包装外皮，亦不是一种法西斯式的愤怒情绪……甚至“摇滚”之于他，已无甚意义。莫文蔚、顺子、梁静茹、孙燕姿、任贤齐、五月天、苏慧伦、羽泉……摇滚之后的他，不知捧红了多少明星。游走过摇滚和流行，贾敏恕最器重的依然是原创。他所在的亚神音乐推出的都是唱作人，杨乃文、陈绮贞、蔡健雅……贾敏恕现在开始走上了基础铺路路线，“我力量很微薄，但希望能把每一个城市的原创都推动起来，让新人有成长机会。我们不要太过沮丧，只要能够往前走就好”。

（采写／吴飒）

印象：“中国火”没有贾敏恕就火不起来

文／麦田

写一篇关于贾敏恕的评论，比做一期《艺术人生》更难。贾敏恕的表面没有一点光环，他是位音乐制作人，他自己的音乐没几个人听过，他的乐手经历就是1983年加入了“青年”乐队。这个乐队4年后因团员入伍解散。台湾的20世纪80年代离我们这儿不只是80公里的距离。

一个组团的人退到幕后做唱片制作人，是顺其自然的。1992—1994年，黑豹、唐朝、张楚、何勇、窦唯出了专辑，还有合辑《中国火1》，贾敏恕是制作人，并列着这些名字，你就知道贾敏恕离开乐队后干了什么。于是，唐朝他们在那个年代的末梢成了英雄。

在磁带的内页里面很多都会写着贾敏恕的名字，写在制作人、编曲的冒号后面。后来别人告诉我制作人相当于电影导演。摇滚乐的唱片也是要分工的，我以为唱片是一个人或者一个乐队搞出来的才是完美的，于是我有一点点失望。唐朝的第二张专辑之后，我开始理解一个唱片制作人的重要。圈子里传《梦回唐朝》制作花了40天，是在棚里死磕出来的，贾敏恕之前的唐朝音乐原来没有那么整齐，表现不够集中。听了《演义》之后，我相信听到的是真相。

我坚持一种不正确的认识，一个摇滚乐手制作出来的流行音乐专辑总是有不一样的趣味。错不了，包括贾敏恕制作的杨乃文、苏慧伦、徐怀钰、莫文蔚……还有伍佰最好的唱片《爱上别人是快乐的事情》，贾敏恕也身在其中。贾敏恕成了音乐质量的保证，滚石唱片进入到90年代后期，仍然把握着音乐和时代的合拍，其中离不开贾敏恕的付出。

感谢早年的盗版商，盗版磁带原封不动地套印了“新音乐的春天”，打动了无所事事又试图在现实中突围的小杆子们，每个小杆子身体里都暗自涌动着电声吉他的solo和张培仁的文案。红磡体育馆“中国火”演出、何勇的采访，甚至录像带里面的红磡现场，都让人冲动。这个事件和演出，现在有一种阴谋论的解释，让人无言以待，但是现在内地唱片行业的人至今也没几个能赶上贾敏恕和张培仁。

贾敏恕从一个摇滚青年变成一个职业音乐制作人，有一个嬗变的过程。贾敏恕现在是北京一个公司的音乐总监，一个能制作出有品位的音乐的总监。PK14的杨海松接受我的采访时，谈到90年代听的摇滚乐是从《梦回唐朝》开始的。如今杨海松也是一个制作人，制作出了《Car Sick Care》的唱片，是这几年我听到的华语摇滚乐里最好的，我亲眼看见他和录音师曹操在调音台里工作的样子，专心致志。

顺便说一句，贾敏恕1965年生人，在制作《梦回唐朝》的那年他27岁。

第四辑
摇滚悍将

崔 健

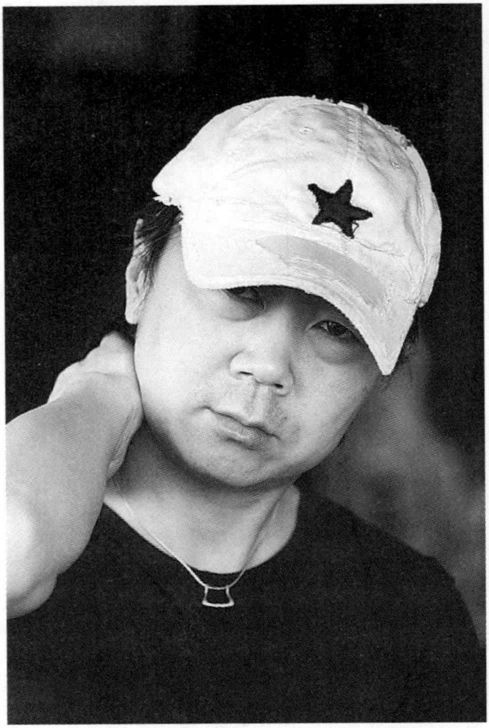

1961年出生于一个朝鲜族家庭，父亲和母亲都是文艺工作者。从14岁起，崔健跟随父亲学习小号演奏。1981年，他被北京歌舞团招收为小号演奏员，开始了音乐生涯。1978年在北京交响乐团担任小号乐手，直至1987年离开。崔健被誉为中国摇滚乐开山之人，有“中国摇滚教父”之称。成名曲为1986年的《一无所有》。代表作有《一无所有》《最后一枪》《新长征路上的摇滚》《给你一点颜色》等等。自1990年代中期以后，崔健逐渐淡出中国歌坛，但是在2005年，一张向崔健致敬的专辑《谁是崔健》，再次证明他在中国摇滚界举足轻重的地位。

★摇滚老炮

崔健：20年后，老头更有力量

从摇滚到年轻的问题

“我很了解十几岁的年轻人”

岁月斑驳，记忆鲜活。1986年，在北京举行的纪念国际和平年百名歌星演唱会上，崔健穿了一件颇像清代长袖的衣服，身背破吉他，两个裤脚一高一低地蹦上北京工人体育馆的舞台。当他吼出“我曾经问个不休/你何时跟我走……”时，台下不明就里的观众，顿时像触电一样战栗地惊醒，激情勃发……1989年，崔健开始了他以“新长征路上的摇滚”的长征，歌声回荡在中国城乡的车站、码头、广场和工地……时隔20年后的“新长征演唱会”回归，是起点，还是终点？荷尔蒙的分泌如果打上了“崔健情结”的烙印，不知道还能不能爆发得酣畅淋漓，一如当年？

南都娱乐：为何这次演唱会不愿唱太多老歌？

崔健：我每次演唱会都这样，感觉没意思，完全像怀旧的流行歌手一样。我们的将来比我们的过去更重要。

南都娱乐：20年前巡演，中途被取消了。这次全国巡演是不是在弥补遗憾？

崔健：当年北京、郑州、西安、武汉、成都，做了五个地方，还有另外四五个地方没去。不过其实也没有什么关系，“新长征路上的摇滚”这个名字比较让人一目了然，所以这次也用它。

南都娱乐：当年你一高一低的裤管儿的穿着，成了人们心中摇滚乐手的标志性打扮。似乎穿着肮脏的大T恤衫、头发蓬乱、行径怪异才是摇滚乐的表达方式？

崔健：自由艺术应该没有模式，不受任何束缚，人在一种状态中，自然能碰上一种能代表他们的艺术。

南都娱乐：这样的你在大众的眼里应该算是疯狂的吧？

崔健：我也不知道。对喜欢流行的人来说可能是吧。

南都娱乐：这次巡演走了几个城市了，觉得观众对你音乐的反应和20年前还一样吗？

崔健：没有什么不一样的。重复过去说的事儿，本身就有一种摇滚的精神。摇滚的特质就是重复。

南都娱乐：现在听你现场的观众大多数是中年人吧。

崔健：不是啊，年轻人也很多。曾经有人批评，说我现在既丢掉了老观众，年轻观众又不接受。其实不是。年轻人敢冒险，他觉得哪里不舒服，说出来就舒服了，不像中年人会三思而后行。而且我过去的受众已经成长，他们有工作、家庭和孩子，在面对现实时，音乐显然已经不是他们的中心。

南都娱乐：你觉得你了解现在的年轻人吗？知道他们需要什么吗？

崔健：我很了解十几岁的年轻人，经常和他们聊天。虽然我们的参照物不一样，但目标是相同的，就像你开车我骑自行车一样。如果看目的，开车和骑自行车都一样。如果不提目的地，那的确不一样。但没有目的地所有交通手段都是废铁。

南都娱乐：现在供摇滚乐演出的场地多了很多，一些年轻人也会习惯性地去看一些现场演出，怎么看待这种演出形式？

崔健：现在首先要多做的，是让年轻观众知道真正的现场是什么样的。我碰到过这样的音乐听众，他们原来对摇滚乐有偏见，但是听完我们的音乐后就改变了。我觉得让音乐回归现场，是很正确的。不过现场音乐会场所只有北京、上海、广州有几个。13亿人99％都听不到现场音乐。所以大部分人是没有听觉文化的，中国只有卡拉OK文化。

从中年到妥协的问题
“妥协，是中国艺术家生存的技巧”

中年崔健收敛、含蓄，甚至谦卑了很多。回答前先沉默几许，酝酿一番，少有言语过激。只有聊到环境的悲哀、音乐人的无奈时，他后仰的身躯才稍稍有些前倾，这是攻击的姿态和愿意倾诉的表现。无论外界如何论断，崔健对音乐的深厚情感，植根于骨髓。音乐行业的一蹶不振，戳到其患处，切肤之痛难以言表。见证和缔造中国摇滚乐的历史，是伟大，或许也是痛苦的根源……

南都娱乐：20世纪90年代中国摇滚经历了辉煌的时期。你觉得大家这么说的标准是什么？

崔健：我觉得根本没有辉煌过。20年前的摇滚横空出世，和人们传统的音乐概念狠狠地撞击了一次，因此大家记忆很深刻，就是这样。但实际上，那时候的摇滚只是一个起步，是靠热情维持的，环境并不太好。

南都娱乐：现在环境还会好一些？

崔健：现在更扎实，属于从自然的土壤里自然地生长出来。我们现在有了很多摇滚乐的俱乐部、酒吧、迪厅，以及很多有市场、有潜力的摇滚乐队，这才是摇滚乐健康的基础。

南都娱乐：曾经看过你的访谈，你说现在音乐基本上被外行人掌握了，他们有很强的销售能力，熟悉社会，但不懂对音乐人才的保护。目前音乐、唱片工业的死亡都和这个有关系。

崔健：对。打个比方，他们在挖一个坑，埋一个棺材，赚足够的钱，把音乐家埋葬，他们可以永远站在棺材外面。音乐家只要没有版权的保护、演出的机会，就是没粮没水的状态。这些外行，他们只管赚钱，没有使命感。他们瞧不起音乐家，他们还说，音乐家不懂市场，说：你们就老老实实做音乐就行了。唱片是名片，网络是媒体，观众吃惯了快餐，吃牛排吃不下了。我甚至觉得中国足球上不去，就因为他们听的狗屁音乐！做音乐的，还不如郭德纲说的好玩儿呢！

南都娱乐：如何改变这种现状呢？

崔健：老外研究过亚洲音乐特点，他们说“你们怎么听这么稚嫩的东西啊”。没有男性化的音乐、没有抱怨、没有愤怒、没有思考，全是在床上躺着听的温情音乐。对音乐庄重点好不好？音乐不是茶余饭后让你娱乐的东西，音乐是让你思考的。什么叫内行人？你保护的是生活方式，保护的是音乐家的庄重感。

南都娱乐：上次采访郝舫，他说中国很少有人愿意投资摇滚乐，是因为现在做摇滚乐的一帮人的基本素质还是太低了。你怎么看这个问题？

崔健：有些乐评人，生于70年代，看了几本洋人的书，去对中国的现状生拉硬套。他们可以觉得中国音乐家水平不够，素质不行，他们不会看人的能量，在现有环境里，连生存思考的空间都没有，怎么做音乐？你真正担心年轻人的素质，你要从本土社会环境的特定性中，去判断、去引导。要是按他们的标准，我们做音乐的连自信心都没有了。

南都娱乐：由于多方面原因，许多摇滚乐手在发展中都对流行趋势进行了不同程度的妥协。您对这种现象有什么看法？比如许巍和汪峰。

崔健：你对你父母都有看法，但不是一个可以公开谈论的话题。就算我不喜欢他们的音乐，但这种事情不会拿出来公开说。

南都娱乐：这么多年有没有妥协过呢？

崔健：我自己心里知道，有些东西你必须沿着危险与安全的界限去走。这东西曾经是非常政治的一种话题，现在已经变成很商业的话题。如果你没调整，你就没有商业表演的机会。这种调整，也可以说成是妥协。把话说出来，又能表达，这是中国艺术家生存的技巧。

从中产到骂人的问题

“我一直保持对现有生存环境的不满意”

多年来，崔健一直对外宣传，自己的创作灵感来源于“抱怨”，不过现在他更愿意称之为“批评”。也许人们只看到了他挑起战争，怒气冲冲，炮火不断……却未能窥视和体恤其用心良苦。当这个年龄的普通男子在应对中年危机的时候，他却还在把“愤怒”当成“乐趣”，然后在音乐里拼命折腾出一番哲学的滋味出来……

南都娱乐： 你说自己20年未变？但是20年是个很漫长的人生过程，人的心态始终会变，难道心态的变化不足以影响你的音乐吗？

崔健： 从音乐上来说没有什么改变，我们总是在寻找激情。这是一种由于对过去的厌倦才会产生的欲望。要保持对过去或者对现有生存环境的不满意，甚至可以说，抱怨是创作的基础。

南都娱乐： 你所说的“抱怨”是什么？

崔健： 如果没有抱怨，最起码做摇滚乐等于丧失了创作的感觉。抱怨是什么？抱怨就是不满意，只有不满意才会发展。

南都娱乐： 抱怨是创作的基础。年纪越大，经历多了，见识广了，心态更平和了，当你没有那么多抱怨的时候，音乐创作会不会枯竭？

崔建： 抱怨是与生俱来的，没有年龄限制。没有抱怨，就没有对事物判断的原则，你有原则，才会抱怨和批评。抱怨可能说出来是个不好的词，我更愿意称之为批评吧。抱怨是个人化的，个性就是人权，不尊重个性就是不尊重人权。当你有了个性，跟社会发生冲突，首先的反应，可能就是抱怨、批评、愤怒，通过这些才更能够鼓励你这种感觉，或者说发现这种感觉，最后达到一种个性的修补，才能真正把你内心的东西让大家看到。

南都娱乐： 你抱怨的方式是什么？

崔健： 我小时候嘴特别脏，经常骂一些难听的话。我想那时候是因为不知道怎么释放，会做音乐后，实际是找到了一种抱怨的方式。我更愿意把我的怨气放在音乐里，这样大家会觉得是实打实的。

南都娱乐： 你现在物质充裕，社会地位也上升了，生活也安逸了，那音乐里会不会自然缺少了那种大众最渴求的东西？真正的摇滚还存不存在？

崔健：拥有中产生活而坚持做摇滚并不难，首先要控制自己的生活方式，选择一种坚持做音乐的方式。你认定自己是一个做音乐的人，就会形成良好的习惯和作风，事业上大起大落不可怕，你的内心是稳定的。

【记者手记】

崔健说自己不怕“老”，创作激情还在，满腔愤怒依旧，二十年如一日……但是他却不愿意唱老歌，说老故事，甚至对怀旧这样的字眼都带着强烈的轻蔑情绪。历史是不能被抹杀的，自动屏蔽只会让人心存疑惑，决绝和尖锐难免被人怀疑是掩人耳目的最佳手段。

（采写/宋寻）

印象：我们不喜欢过去但还是要干下去

文／邱大立

在20世纪80年代刚过一半时，崔健作为一个“不合时宜”的敏感符号，和以迈克·杰克逊为首的西方流行乐同时出现在中国人的面前。他决定要发明一种新的歌唱方式。他渴望自己真正像一个人一样去学习思考，学习寻找专属自己的身体、生活。他的揭竿“造反”揭开了中国摇滚的第一个10年。在上层建筑的视野里，他是中国改革开放30年里通俗音乐界第一批被孤立、敌视和打压的对象。1987年初，他因改编经典红色革命歌曲《南泥湾》而遭到了最严厉的惩罚，被迫从北京歌舞团辞职，但是他没后悔。

因为，摇滚乐不需要去单位报到上班，摇滚乐也不需要被任何人和权力批准。崔健曾经像每一个最普通的中国人一样，有单位，有领导的关心与管理，有条不紊地过日子，但是当有一天他找到摇滚的时候，他知道一切都可以重新开始了。他不相信中年人和老年人可以为这个国家改变什么，他信任青年，他认为青年可以用一种叫“摇滚乐”的东西去纾解逐渐硬化的脑神经，他觉得这种没有中国特色的音乐可以让人们理解什么叫自由。1993年，当迫于现实环境强大压力的崔健被封杀时，摇滚乐却在中国雨后春笋般地滋生了。但是在90年代中国经济洪流的强大冲刷中，这些崔健精神上的养子并没有保持住思考的冷静和创作的独立性，当他们前仆后继地与一间间摇滚唱片公司签约时，崔健艰难地在全国各地一场场小型演出中推敲现场的力量。崔健是中国流行音乐的掘墓人，中国人的审美标准注定不能真正地接纳他。

1994年8月，崔健发表的专辑里有一首歌叫《盒子》，1993年9月，彼岸的“涅槃”乐队发表的专辑里有一首歌叫《心形的盒子》。在八九十年代交接的时候，崔健正是打开了中国人精神的一个心形盒子。90年代，当每个人在一夜之间突然明白要赶快去谋求自己的利益和幸福时，崔健也自然地从一个理想青年蜕变为一位百战不殆的音乐家。

从1989年到2009年，崔健带领我们进行了一段一无所有的长征，中国人终于明白：从中国人民到中国公民，我们还有很长的路要走。幸好，我们不再是一无所有的人；幸好，这儿的空间不大不小，刚刚好。

左小祖咒

中国地下摇滚乐最具代表性的音乐家。1970年3月4日生于南京。1999年在国内出版第一张专辑《走失的主人》，标志着地下音乐冲到地上，被誉为近10年中国摇滚乐的巅峰之作。2005年，发行《我不能悲伤地坐在你身旁》，单价150元，创下中国音乐专辑纪录。2008年发行《你知道东方在哪一边》，单价500元，再次刷新了中国音乐专辑纪录。此后保持着旺盛的创造力。

★内地地下摇滚英雄

左小祖咒：即使我去卖油条，我也还是左小祖咒

“世道不好的时候，我们就自己说自己的故事。世道好的时候，就让别人去说我们的故事。”在自己位于北京798附近面积超过300平方米的工作室里，左小祖咒开玩笑地说，和他的歌一样，这个30多岁、已经混了30多年江湖、一路摸爬滚打过来的男人，即使真和你掏心窝子，也是话里有话，机关重重的，这也许正是很多人面对他时爱恨交加、哭笑不得、不知如何是好的一个原因。在唱片产业和音乐市场普遍唱衰的时代，在体制之外，将唱片的定价标到顶级的他闯出了自己的一片明朗天空。他不否认自己得到过很多人的恩惠，但现在，他可以很自信地说：“我创造了时代，我改变了时代。”曾经的地下英雄、摇滚音乐人，现如今的大牌前卫艺术家左小祖咒还在“改变这个时代”中。

地下摇滚粉墨登场

“很多人糊里糊涂地成了英雄”

1998年到2001年是中国地下摇滚最鼎盛的一段时间，各路人

马粉墨登场。也是在那个时候，很多之前不为人知的名字开始出现在各种媒体上并为广大乐迷所了解。秉持一种草根的姿态，他们怀揣英雄主义的理想准备大干一场，但接踵而至的时代潮流将很多弄潮儿冲到了阴沟里，被塑造出的“英雄”一个个在未来的岁月里被打回原形。就像祖咒唱的“你就这样糊里糊涂地走上了政治的舞台”。而祖咒的幸运之处在于，他早早就看透了这一点，跳出来了。那个时代对很多人而言是可以用辉煌来形容的，但对祖咒来说，未来也许更值得期待。

南都娱乐：1998-2001年那段时间，是中国地下摇滚最火爆的时期，当时整个大环境是怎样的，你在那种大环境中又受到了什么影响？

左小祖咒：1999年，我的NO乐队的第一张唱片，还有苍蝇的同名专辑在摩登天空旗下出版，还有胡吗个和陈底里也都出了一张，现在除了我，他们都不做摇滚乐了，去做别的事。1999年，沈黎晖在广播电台听到我的歌，给我打电话，说要出这张唱片，我也特别希望在国内出这张唱片，正好借这个机会给我翻一下，因为第一版在香港出的是错版。当时无论是在美学上还是文学上，我都不被接受，所以在大陆出版的时候，歌词被改了好多，好多也没登，但是它那种奇怪的声音和声效出来以后，引起了当时很多人的关注，主要还是一种猎奇心理。我记得当时他们听“舌头”乐队的时候，很疯狂，他们的吉他音效做得很有现场感，闭上眼睛听，即使周围一个人没有，你都会感觉很热，很爆。当时整个环境都乱七八糟的，我记得还有“盘古”等乐队。但基本上今天想想，也没多大的意思，没什么值得回忆的。在那个时候，像我的歌词写的，“你就这样糊里糊涂地走上了政治的舞台”一样，很多人就糊里糊涂地被推举成悲剧的英雄，但他不是在做自己。

南都娱乐：还是有很多乐迷留恋那个时代，毕竟那是一批年轻人创造的一股难以被忽视的亚文化潮流。

左小祖咒：没什么回忆的才回忆那个事，对我来说，我不想回忆，因为最起码我今天还在做，我的今天，以后还有人会去回忆，这不是我的工作，我的工作是可能会摘取片段过来，加上我的杜撰，隔山打牛地写一些歌。

南都娱乐：这次“魔岩三杰”在上海的演出你没去看？

左小祖咒：不是我装清高，没什么可看的。媒体来问说：你评价一下。我说他们不好，说我妒忌；我说好，又不是真好。我去不傻逼么？“魔岩三杰”、唐朝，他们出来都是要超越崔健的，他们和崔健实际上是一代人，但是“魔岩三杰”合起来才能超越崔健。这个小圈子有时候相互吹不好。

南都娱乐：这次“魔岩三杰”的演出，还是给很多人提供了一次集体缅怀的机会，上海大舞台据说爆满。

左小祖咒：这当然是个好事，这不是个坏事。有一天我们也是这样的，大家会来缅怀你，这是人类他妈的免不了的一个悲哀（笑）。但“魔岩三杰”他们都没有表现出音乐家的独特的人格魅力，他们只是在那个时间、在那个历史环境里面的一个灵光乍现而已。如果真的要超越，你是应该改变这个时代，而不是这个时代创造了你。

南都娱乐：你觉得自己属于哪一种？

左小祖咒：我肯定是后面那一种。我改变了时代，当然，我也是个运气比较好的人，得到过很多人的恩惠。

做有原则的事

“咬字清楚又具备韵味，这个我研究了十几年了”

从1999年出第一张专辑《走失的主人》，到2008年定价500元的第六张专辑《你知道东方在哪一边》成为关注的热点，这一路走来，个中滋味难以为外人道。他做事有自己的套路，正如他的音乐有自己的左氏特点一般。

南都娱乐：“重塑雕像的权利”乐队的主唱华东有一次说，祖咒是摇滚领域里唱中文歌能把音乐和歌词贴得最好的一个人。

左小祖咒：目前是这么一个情况：我咬字是清楚的，但是有口音，咬字清楚又具备韵味这是比较难的。这个我研究了十几年了。我不像他们十几岁就组乐队，1993年我都20多岁了，到1998年我才出唱片，是我自己赶鸭子上架当制作人，所以到了《我不能悲伤地坐在你身旁》，理念已经是很清楚了。你能发现我的唱片制作一张比一张更职业化，因为摔跤摔得多了嘛，自然的。

南都娱乐：你有自己的套路，哪怕是旁门左道，但能行得通，比如定价150块这件事。

左小祖咒：那两年我基本是很难睡一个好觉的。唱片录好了，我拿经典的摇滚乐，拿世界上最好的录音来和我的东西比，没把我比下去，所以我才定150块钱。我重要的牌是打在《我不能悲伤地坐在你身旁》上了，录完了这个唱片以后，“非典”就来了，这个事干得太牛逼了，就像我在《尊敬》里写的一样，“但是仍然没有一个人被允许探视，但是仍然没有一个人迅速地离去，他们都焦急地等待一种消息”，那个词是我在2001年写的，整个一个灾难的预言全在我这个歌词里面。

南都娱乐：地下音乐圈里的创作和工作氛围通常是怎样的？

左小祖咒：在什么情况下人家才会帮你？就是你是一个真正做事的人。我们在生活里如果碰到一个人，他很缺钱但很有才华，我会给他提供帮助，但如果他拿这个钱去吃喝嫖赌，或者拿这个钱去买房子了，那就惨了。这等于一点信誉都没有，属于贪污行为。

创造时代者

“我还不是费翔，我也不是张明敏”

一场计划中的高指标演出，一张曾经被埋没、忽视，然而终将得到拯救的旧专辑，一部差点胎死腹中的小说，所有这些事，不论已经过去，还是即将实现，都是祖咒对自己给出的承诺。他心怀警惕但心高气傲，他步步为营的同时主动出击。几年前，他在自己的歌中唱道：“如果你要嫁人，不要嫁给我；因为我和你一样，要得太多。”而现在，这个曾经因为要得太多以至烦恼不堪的人，终于懂得了放弃和拒绝。

南都娱乐：你喜欢得到别人的赞美，还是喜欢受到讽刺？

左小祖咒：我还是更喜欢两者之外的，跟我谈讽刺？不可能是我的对手的。当然我喜欢大家在幽默的语境里聊天，要说接受赞美，我们也过了那个时期了。我要是找人夸我，每天出去玩好了，很多人夸我啊，有胆有量有才，全占着，哈哈，但我现在不需要这个了，人见到的越少越好。什么时候做一场声音好点的、大家听起来舒服一点的、精致的演出，我正在想这个事。2003年，《我不能悲伤地坐在你身旁》还没出，他们在《艺术世界》给我做了个专访，我说：即使我现在去卖大饼油条，左小祖咒还是左小祖咒。你明白我的意思？因为历史就是这么回事。

南都娱乐：你对现在北京场面上的那些乐队怎么看？

左小祖咒：现在没有看到什么可能性，但希望永远会是有的，产业非常糟糕，年轻人也非常痛苦，非常惨，音乐的门槛越来越低，就像写诗歌一样。我觉得他们还是把音乐当作一个理想去做，应该会更加好。像我在1993年的时候，那时候我连一个四轨机都没有，如果有，我会录很多唱片出来的，因为我真的是喜欢音乐。到今天也是，没有人非让我出唱片不可，是我自己出唱片，我一厢情愿，头往墙上撞。

南都娱乐：毕竟你脱离了那个产业体系了，你自己现在就是一块招牌。

左小祖咒：我吃过亏啊，不是非要这样干的，而且我的判断也准确一些，我早就看到这个事情不对了。现在还有人忽悠我，包括四大唱片公司也找我，希望我在他们底下出唱片，我说我不想出，你们不要找我，我给你们赚不到很多钱。称不上好事坏事，我已经过了那个热劲儿了，就像我以前出《狂犬吠墓》一样。我也没印过书，装订一个地方，打字一个地方，排版一个地方，最后我都搞晕了，书拿到手里以后，一看，这是书吗？印在小册子上面，歪歪扭扭的。但出这本书是我对自己的承诺，我一定要在2000年把这个书出版，那么我做到了就可以了。现在他们要给我出一个很棒的、很精致的，我就劝他们别出。因为他们出的话，肯定要把中间的“鸡巴”全给我改掉。全改了的话，这书就没字了，哈哈。

祖咒的时代正在进行时

“我要给曾经看得起我的、在我身上下注的人挽回名声”

左小祖咒从一个地下英雄到唱片定价冠军，再到风靡艺术界、文艺青年圈的大腕，更加难能可贵的是，左小祖咒的时代还远没有结束，他是一座正在进行时的艺术丰碑。一切为祖咒定义的词语都为时尚早，如果你有足够的耐心，应该对这位未来不知道会创造出什么奇迹的左小祖咒更多的期待。

南都娱乐：《你知道东方在哪一边》出来以后，你看网络上的反应，真的很火爆，但那种反响有没有点过于火了的意思？

左小祖咒：那不至于，我走到县城里面还是很少有人知道我的，我不是费翔，我也不是张明敏。咱自己几把刷子，自己明白。我看淡了一些事，比如说我前几年结婚，因为我已经看淡这些事了，去结婚、去生个孩子，相信很多人都会说我废了，我要的正是这一点。我出了《你知道东方在哪一边》，我废没废，我们拿作品说事。当然，我们这个岁数，不可能有二十出头那么英俊，年轻跟我们是一点关系都没有了，你看我在《你知道东方在哪一边》里唱了《偶像》那首歌，实在是太开心了。从1998年到现在的这10年，我在技术、歌词、力量方面，达到了自己预定的指标，所以这张唱片受到了欢迎。

南都娱乐：你说这句话让我想到了波德莱尔，他说过，每一个伟大的诗人，都是一个伟大的谋略家。

左小祖咒：这个我称不上，但波德莱尔是伟大的。我是波德莱尔的粉丝，我在第一张专辑里写过《六枝花》，“苍蝇、蚂蚁、蛆，瓶子、肛门、酒”，这是一种潜移默化，因为我看过他的诗集，认为好，受过他的影响。我五六岁的时候离开父母，到今年（2008年）有30多年的江湖，我身上所有艺术的因素，就像古代那些学武功的人一样，就像乞丐一样，吃百家饭的，什么人出什么招，看得太多了，小时候谁牛逼我就跟着他混，你要弹琴给我看，我在旁边看着，记在心里。所以像书本上的一些东西，有人写出来，我一看就知道这个对不对，因为生活已经给了我太多阅历了。在我的创作里，很多东西都是生活带给我的，那些东西就像奇异的景观一样，再加上我特殊的怪异的写法，他们就会觉得这东西太天方夜谭了，但其实都是对生活所做的演绎。

南都娱乐：艾未未曾经说过，你现在已经是一个成熟起来的流氓了，但我觉得，会不会你还在同时努力保持一种不为人知的纯真的、干净的，甚至是忧郁的东西呢？

左小祖咒：干净？称不上，我们这些人想干净都干净不起来了，也就是努力地能率性一点吧。在这个社会里面，你怎么能干净起来？完全干净不起来。哪天我要和人说真话的时候，他觉得我在开玩笑，但那件事切切实实是真事，可我不能搓着他的手和他说，这个事是真的。要说这个事，前面我要铺垫很多。还有，人年纪大了，你怎么干净？不就是活着？你口臭也来了，头发也掉了，而且年纪大和昏聩也经常被联系在一起，如果你再不自我保持警惕性，就会很招人烦。

南都娱乐：你是一个自恋的人吗？

左小祖咒：我算有些自恋，但不是那种盲目的，我还是懂得欣赏别人的，碰到好玩的人，很开心啊。

南都娱乐：为何要做《走失的主人》终极版？

左小祖咒：我大概投了一万美金来做这个混音版，够缺心眼的吧。这不仅仅是作品的事，它是当时中国音乐美学重新洗牌的开山唱片，融合了朋克、实验、后Grunge、后朋和哥特……是杂碎出来的一个神奇的东西。但是中国人他妈的崇洋媚外，他不认可我这个东西，让人窝火。我要告诉他们，我不是现在才小人得志，祖咒这个人在那个时候就是这样了，我要给曾经看得起我的、在我身上下注的人挽回名声。

【记者手记】

祖咒说他现在喜欢安静，曾经那段朋友呼啸成群狂喝滥聊的日子已经成为过去式了，这种对沉静的渴求放在这样一个灵魂骚动不安，难以得到平静的人身上，给人提供一种面对某个悖论般的兴味。一方面，你可以说这是一个人成熟了、睿智了，但另一方面，你又会有是不是他身上那种最迷人的锐气正在消减的担忧。说到环境对人的改变，大话喷子们可以说，人是具有自主权的动物，但对祖咒这样一个外表看着糙，但实际上心细如发的人，他会乐于向你给出肯定的答案的。这样的时候，我们现在这个时代，不啻是个最坏的时代。

（采写／Nico-h）

印象：他是史无前例的

文／朱白

别说在中国，就算在全世界，能给自己起一个名号、身份，然后可以被人传诵下去的人并不多见。左小祖咒也许早就当烦了摇滚歌手，甚至他觉得艺术家尽管唬人但也了无新意，所以他才给自己来了个“摇滚师”这么一个四不像的称号。难能可贵的不是命名能力，而是自我认取之后还有本事令大家就此认同，你看几乎所有关于左小祖咒的介绍里，无不都会有这么一个“摇滚师”位居首位。只有一点比较奇怪，一个职业也好名号也好是要有同类群体的，但“摇滚师”显然目前只有左小祖咒一个人。

也许左小祖咒迷人的地方就在于——他那么史无前例。无论是艺术经历，还是个人生活的经纬变化，流浪诗人、艺术家、摇滚乐手、大师、一代人偶像、时尚人士、社交达人、名流……他只需不到10年的时间就走完了对他人来说很漫长的路，身份之多元亦令人咋舌。如果说前期的NO乐队主唱、几张摇滚唱片只是左小祖咒作为音乐人的必要铺垫的话，那么在此后的2004年他跟导演贾樟柯合作和2005年发行了流行音乐史上的标志性事件的“售价150元”的《我不能悲伤地坐在你身旁》之后，他才算是真正牛逼了起来。此后你再看到左小祖咒的身影，已经不仅仅是在所谓的摇滚乐小众杂志上，也并非是在纯粹娱乐意义上的媒体上，而是更大众更高端的时尚杂志和电视媒体以及艺术家酒会上。

从艺术家到颓废而不糜烂的摇滚乐手，他教化了一代人，有跟他一同成长的，也有后来亦步亦趋地效仿他的。这一点不能视而不见，他正在像史上任何一位伟大的艺术家一样，承担着改造和教化艺术的任务。

左小祖咒有一种大概是与生俱来的气场，这决定了他言谈举止中弥漫的气质颇具领袖风范。他说，即便去卖油条，它也能卖成今天的这个品牌。这就是一种气场，换个角度，或者干脆换个行当，相信他依然能让他今天的那些粉丝着迷。

问题之一是如今你再来听左小祖咒的音乐或者看他的访谈，他的艺术上的野心显然向后走了几步——已经看不出当年那个野心勃勃要驾驭汉语的先锋诗人和音乐上实验家的模样了。不是说他在刻意讨好大家，而是小聪明大于所谓探索，这是左小祖咒部分观众的遗憾。当然，他无须对此负责，作为他的粉丝，我们似乎也可以这样来反省自己——跟偶像的大踏步向前比起来，我们也太不与时俱进了。

在《我不能悲伤地坐在你身旁》《小莉》《当我离开你的时候》《黄泉大道》《野合万事兴》这些正在成为金曲的同时，左小祖咒也在用音乐之外的行动成为这个时代的参与者，所以才会有《我的儿子叫钱云会》这样叩问时代、刺穿麻木的灵异之音问世。当他一次又一次地登上领奖台，领取了一个又一个的十大、杰出、××先生等甚至跟音乐无关的奖项时，你要承认，他在改变了中国流行音乐某种格调的同时，自己也站在了时代的最高处。

许　巍

1968年7月21日生于西安。1988年，接触到了摇滚乐，从此便立志做音乐人。1993年6月，组建“飞”乐队，负责词曲创作。1997年，首张个人专辑《在别处》正式发表，引起巨大反响，被认为音乐和歌词都达到了中国顶尖水平。此后出版的《那一年》《时光·漫步》《每一刻都是崭新的》，让许巍赢得了更多的拥趸。之后的专辑《爱如少年》让许巍成了一个真正被大众聆听的歌手。2004年开始，许巍在各地举行个人演唱会，标志着他已经从一名摇滚歌手变成一名成熟而有独特风格的歌手。

★内地摇滚音乐疗伤人

许巍：做音乐让我内心有了一种向上状态

我想许巍还是“成熟”了许多，在成名的这些日子里，每日里面对采访和聚光灯，多少会有一些怠倦之味，而面对千篇一律的提问，对于一个想表现内心的歌手来讲，只能是保持平淡的心态，认真地去解答无聊的问题。从红星音乐一路十几年的风尘，许巍表现出了内地摇滚歌手的延续性，仅此一点，他就值得名留青史，更何况那些独树一帜的文化内涵传承。国产歌手中能把原乡情结与千年背景表现得深沉又不矫情者，唯许巍是也。

谈救赎

“演唱会是我个人的救赎之路”

汪峰的新专辑让我们看到了一种救赎，狂妄而美丽；许巍也在说救赎，淡定又从容，殊途同归，正是他们支撑着还叫做音乐的东西，给出了良心的底线。假如华语歌手真正能明白救赎的意义，歌坛也不至于落到当下田地，一个没有救赎感的歌坛说白了就是一夜风流下苍白的面孔，还不如街角沉睡的乞丐。

南都娱乐：现在你坐在我对面，看起来很平和，但以前在“红星”公司的那个时间，你或者身边很多音乐人都在用愤怒去表现音乐表达不满，现在看来这是必经的一个过程。

许巍：对，在那种朦胧的起步阶段，大家都只是想通过音乐去宣泄自己的情感和不满，事实上到后来，我自己也是因为听到那些抚慰心灵的音乐，才突然感受到了温暖。我在最困难的时候，情绪特别糟糕，很多音乐我都听不进，越听越觉得难受，有些甚至让你变得更偏激。可是我听到了U2的音乐，那让我一下子感受到了温暖。我突然觉得有人在爱我，是真的通过温暖的声音在传达出来，特别不一样，那时候我才知道他们的音乐有多么伟大，甚至超越了Beatles。

南都娱乐：郝舫说：“不是许巍的音乐发生了变化，是音乐把许巍救了。”你也一再谈到救赎，音乐怎么救了你？

许巍：说得很对。前段时间我在广州，刘洋送我一张CD，里面是不同年龄、不同国家、不同语言的人翻唱的约翰·列侬的《Imagine》。他知道我很喜欢这首歌。我今天早上起来听依然热泪盈眶。我记得我状态最差的时候，早上起来第一件事就是听歌，一个是约翰·列侬，还有就是刚刚说到的U2。到了现在，依然能够触动，是件很好的事情。而且做音乐必须敏感。但这是一把双刃剑，因为这种敏感，伤害自己的程度就会比其他人深很多。其实就是快乐并痛苦着。慢慢地，我已经在这种折腾的过程中，趋于平静。因为前些年折腾太狠了。音乐确实是成就了我，让我过上了想过的生活……我觉得没有音乐我什么都不是。

南都娱乐：的确，音乐是有感动人的力量。很多人觉得你的音乐，特别是对我们这个时代（70后）的人，带来了相当多的安抚作用。你怎么认为？

许巍：你要说治疗的话，也是我在自我治疗。大家有这么一个安抚的感受，可以说是听到音乐后产生的共鸣吧，其实我自己也需要（这种安抚）。所以我说今年（2009年）的演唱会对我个人来说是个人的救赎之路。

南都娱乐：哦？说详细点。

许巍：因为它把我的状态提升起来了。其实在4月10日北京演唱会之前，我对自己的状态是没有底的。在我做完了《爱如少年》，还有经历了之后三个月的全国宣传期，接下来我的状态特别差。我需要休息一段很长的时间，但是工作又排得非常密集。所以到了今年春节的时候我基本上已经是筋疲力尽。过完春节又要开始进行演唱会的排练，状态没有调整过来，经常会有一种低落的感觉。但是到北京演唱会举办完以后，我却突然发现其实做音乐，还有开演唱会，这些对我、对我身边的人来说，都不止是一个成就的问题，更多地，这把我的心态给救了，让我突然内心很灿烂地有了一种健康的向上的状态，之后上海那场演完了又是一个提升。

南都娱乐：是不是因为台下的观众，当他们鼓掌或者欢呼的时候让你感觉到了那种精神力量的存在？

许巍：对，那是一个互动，那不是我个人能拥有的，是音乐强大的力量。其实当我现在回忆那个场景，那个大家在一起共同度过的时光，我会觉得说做音乐原来是有价值有意义的事，其实它不止是在舞台上唱首歌那么简单。

南都娱乐：听了你分享的这些经验，觉得现在的你对过去都很健谈。但如果是过去的你，特别是在那段众所周知自我封闭的时间里……

许巍：那时我不会和你交流的，一个字也不说，真的，连家人我都不想交流。那时候非常自闭。

谈传统

“碰到困难怨天尤人，这是人都会犯的毛病”

许巍是把握传统文化精髓最得体的现代音乐人，比之有些无聊的中国风，前者是得其骨，后者是皮囊上的毛。远离了愤怒的许巍在儒家、道家、佛家的理论里参悟天机，向中国传统文人的喜好靠近，把城市浮躁的气息一点点剥离。现代人有许巍在耳边开阔心境，青山绿水、之乎者也的，实为幸事。

南都娱乐：大伙普遍认为第四张是你的转型之作，但我认为应该是第三张《时光·漫步》你有了比较开朗的转变。

许巍：对，是第三张。

南都娱乐：但是，第二张里的《温暖》、《简单》已经有这种感觉在萌芽，可以这样说，第一张之后，你的音乐都朝现在的方向走。这个转变应该是挺有意思的一个过程，那个时候你正经历一段自我封闭艰难的时间，是不是也正是它促使了这种改变？

许巍：是，那时候感觉就是不想做音乐了，就回西安去了。除了吃饭睡觉就是健身，每天都会跑步，后来，让自己慢慢平静下来。从2000年到2001年底，在那将近两年的时间里，不想弹琴也不想听音乐，渐渐地开始自省，老在反省自身的问题。因为到了30多岁以后，人可能自然都会有一个对自我的反省。到底我之前走的路、我做的事情、我做人的态度，对吗？肯定有这样一个反问的过程。然后我就开始读大量中国传统文化的东西，那个时候才发现自己的生活态度、对艺术的理解、对身边的亲人朋友……对好多东西，都有太多不成熟甚至不对的地方，包括做音乐的态度。现在反观这个过程其实是件好事情。

南都娱乐：你说的“不对”是什么概念呢？

许巍：一读传统文化你就知道，就像照镜子，也像我之前讲的“知行合一”嘛。你做到了吗？你知道了道理，你能做到吗？就是这个问题。发现（很多事情）自己没做到，尽管读了不少书，但也没有用。我认识的很多人都是这样，书倒是读了不少，但是真正落实到做事做人，完全就两个样了，和他所说的、所知道的文化完全两回事，所以我特别害怕我成为那样的人。第二个就是在看中国传统文化比如儒家道家经典的时候，对整个世界有了新的了解，突然发现我之前的一些生活态度确实是不对的。比如说碰到困难怨天尤人，这是人基本上都会犯的毛病，很少人会考虑“是不是我自身的问题”，基本上都会怪社会，说自己怀才不遇等……其实这都是非常臭的毛病。后来明白这样“不对”的时候，就想要真正去转变。类似这样的事情非常多，才慢慢地从心理上去调整自我，开始自省，去改变自己。

谈故乡

“假如受了伤，还是会想回去西安”

怎样的城市生出怎样的人，无论你是先知先觉还是后知后觉，最终都会为这个城市的历史臣服。也正是这样一个历史与现代的碰撞与扭曲，才能诞生许巍、郑钧、张楚这样的“废都”人物。他们有过去人的影子，又是时代的先锋，却又与潮流格格不入。我们在探讨原乡情结时，其实还是在探寻中国文化的现代性。

南都娱乐：谈谈你的故乡吧，你是不是每次感觉疲倦了，都会想回去西安？你写的关于故乡的歌有一种全民共性，我却觉得这里边有很强烈的个性存在，似乎是对一段历史的反刍。

许巍：其实从2002年，我做《时光·漫步》的时候，我就开始自省和重新了解我们的传统文化，所以再度回到西安。那时我才意识到这片土地是中国十三代的古都，开始关注这个城市。就比如我看到了市中心的开元商场，朋友告诉我说这里原址就是大唐的开元寺。后来我就看到，虽然人都穿了现代的衣服，但那些城墙依旧，那些属于中国人的精神还在。我开始到处逛，围着城墙骑自行车，去了解西安人的生活，我发现好多人还是过着特别传统的生活，围绕着琴棋书画，有很多隐士，我觉得这个城市太精彩了。包括像从这个城市走出去的人，像张艺谋、赵季平、贾平凹，他们在西安生活过，有很重的西安味道。在了解这个城市历史的过程中，你的思维是从古到今地在观察，仿佛一下就深陷下去了。虽然我是做音乐的，但我的思想也古今相通了，会常常想到很多经典文化。这些已经不是平面的了。就好像我现在感觉自己的朋友已经不仅仅是身边的那些人了，有些朋友甚至可能是通过历史，读过他们的传记所认识的，他们会给你带来很多启示。

南都娱乐：创作都是根据自身心境产生的。在你后期的音乐中，你的音乐非常空灵、舒适，兼具宽阔豁达和文人思想，我想应该也是和这座城市给你的影响有关？

许巍：对。就好像我一读起唐诗，就想到李白、杜甫、白居易都在这儿（西安）了，呵呵呵，就在这个我生长、生活的城市。它带给你的（震撼）还是很强烈的。

南都娱乐：可以理解为原乡情结？

许巍：我觉得还是我们整个的历史和文化，这可能更重要，而不是某个地方。一个地方只能代表他的历史故事、文化传统和那里的人，像北京，它也有它历史的积淀。

南都娱乐：假如你受了伤，你还是会想回去西安吧？

许巍：那当然，一方水土养一方人嘛，呵呵。

谈音乐

“一拉三轮车师傅说我的歌有感觉，好听”

唱到现在，已经没有人质疑许巍的音乐了，能够质疑的，是他到底能不能用自己的方式改变这个世界的思考方式。许巍是个敏感的人，大家对他音乐的喜爱让他救赎了自己，没有沉沦下去。假如有一天，他的歌声不再受到关注，他还会坚持自己吗？我们时代会不会少了一个承前启后者？有道义感的音乐古来少之，特别在浑浊的偶像年代，对音乐中文化精神的传承就像“文化遗产”一样珍惜保护，不要等到失去了，再去怀念。

南都娱乐：我有个疑问，你觉得自己还是个摇滚歌手吗？

许巍：没有那么窄了，也不会那么窄了。刚开始，做摇滚歌手就是一个梦想，但做摇滚歌手的过程中，我听了大量的其他音乐，包括古典音乐、电子乐、爵士乐……其实最后你发现自己就是做音乐。你会发现自己变得宽广了，不会被某一个东西所局限，会吸取更多的元素，就做音乐而已。

南都娱乐：以前你的音乐更多的是得到文艺青年的喜欢，现在受众的范围扩大了很多。

许巍：现在从小孩到老人，都有喜欢我的歌的人。前段时间去成都演出，听见一拉三轮车师傅在哼我的歌，我朋友就问，你这么喜欢这歌儿啊？那师傅说：“有感觉，好听。”

南都娱乐：你觉得自己的音乐变得流行了是件好事，还是坏事？

许巍：当然是件好事，不过很多人不这么认为，中国这个环境很变态的，是很不正常的。在西方，任何一种音乐都有自己的市场，能平衡和谐地发展。但是目前在中国就不是这样。占主流的一定就是流行音乐。难道摇滚乐就不能被大众所知道、所接纳吗？不过这种状况会慢慢好转的，毕竟这是一个发展的过程。

南都娱乐：不是所有的人都适应你这种从愤怒到开朗的转变，他们还是要拿起批判的武器，你怎么回顾定义这段批判的历史？

许巍：它就是一成长的过程。你吃第十个馒头，觉得饱了，这时候千万别否定了前面那九个。就像我的《爱如少年》，很多人都以为这是张怀旧的专辑，其实并不是这样。我就是想通过写我们年轻的时候，那个年轻的、赤子的、向上的、朝气蓬勃的有无限未来的时候，和大家分享这种纯真向上的心态，也希望大家能一直保持这种心态。我看到滚石乐队，在台上和年轻小伙子一样，我特别震撼，太棒了！他们根本没有那种“我老了”的心态，也不像德高望重的大师那样高不可攀，就觉得“我就年轻”，还是朝气蓬勃。你看他们的眼神和精神状态，肯定觉得他们还是小伙子！我就特别喜欢那样的状态。

南都娱乐：中国摇滚歌手很难有这样的延续状态！

许巍：一定要把这种感觉分享到了，这是一种心态，不要感觉我年龄大了就老了怎么样，包括我和我爸爸也在讨论这个问题。

南都娱乐：你一直强调年轻，有没有觉得你现在的歌曲却过于温情了？

许巍：我觉得这是必经阶段，现在也是我（成长的）一个过程。

南都娱乐：除了温情之外，你的歌越来越平淡了，担心过太过平淡会变得平庸吗？

许巍：这不可能是平庸的，这种心态太难保持，包括我现在说做音乐是对自我的救赎，也是很难做到的。我们太容易被生活中不好的事物带走，人的情绪和思想，要一直保持清澈的状态，依然看到生活中的美好希望，这其实特别困难。这也是我做《爱如少年》的原因。我就是想用音乐去记录住好的心态，像路标一样，给自己一个向前的动力。

南都娱乐：接下来的专辑还是延续《爱如少年》的动机吗？

许巍：不知道，顺其自然吧。

南都娱乐：汪峰的新专辑有回归当初《花火》的状态。那你呢？有一天会变回原来的许巍吗？

许巍：我想我不会。因为我现在的生活很舒服，而且我也喜欢尝试新鲜的东西。相同类型的音乐，我不会再玩了。

南都娱乐：我认为《爱如少年》缺少现代和传统的碰撞，这样好像就缺少张力、少了力度。我最喜欢你第二张专辑，这种碰撞就很强烈，散发出的独特气质特别让人着迷，如今这种激情好像都消失殆尽了。

许巍：时间会证明一切，现在为这些下定论还太早，包括我第一张专辑。当时我刚做前两张专辑的时候，现实（的惨淡）让我都几近想放弃。只有很少一部分人在听……

南都娱乐：这个我持反对意见，我见证了很多人在听，是不是你有点悲观？

许巍：可能你就是那一小部分。哈，我当时连生存都没有办法。当我真正回来做《时光·漫步》的时候，才开始被更多的人认识，然后到近几年，才有人觉得我第一张专辑好听，其实这当中我冷暖自知。所以我觉得，一切都要等时间验证。就好像我，被承认是过了5年以后，现在也是一个过程，做音乐的路还很长，未来什么样我也充满期待。

南都娱乐：从崔健起到现在，你的音乐一直和时代文化紧密相连，陪伴我们到了30岁以后，给了我们很多感应，那么40岁、50岁呢？我们还可以听你唱什么？

许巍：我觉得还是会保持少年的心态，不想年龄的问题，别老去回忆过去，过去就是过去了，人还是要向前看。不能总是和过去割舍不开，就像天真烂漫的小孩，就是纯粹活在当下，很快乐，不回顾昨天，对明天也没有忧虑。所以我看到孩子，感觉他们本身太幸福了。有时候人就是太复杂了，太容易被文化、道理套住……佛家讲心无挂碍才是最高境界，还是觉得大家要共勉之，保持这种年轻的心态。

【记者手记】

采访许巍花了大半天的时间，但成文不过是寥寥几百字而已。这篇文章能最真实、最原始地勾绘出一个完整的许巍，要归功于周刊的蒋明老师。据说在此之前，蒋老师已经很久没有亲自出马采访了。有着流浪歌手经历的他，很快引起了许巍对曾经艰难岁月的共鸣。他们是西安同乡，甚至还有类似的音乐和文化背景，面对个人的心路历程和当今乐坛问题，许巍像打开了话匣子般滔滔不绝……采访现场甚至被工作人员再三催促，许巍还舍不得离开，似乎意犹未尽。

（采写／蒋明　宋寻）

印象：改变自己其实就是改变历史

文／蒋明

大陆摇滚前行至此，已然接上了传统文化的地气，向着时间的纵深里探索而去了。巧合的是，这些制造着文人摇滚概念的人，大都是20世纪70年代生人，最先也是他们举起反抗的大旗，在新长征的视野里企图颠覆政治文化统一事实。时间轻易就是20年，在貌似谁也没有被改变的世界里，我们都在发生着戏剧性的轮回，曾经被不齿被看作无力、腐朽的传统，却把中国最好的摇滚人武装到了牙齿。在许巍唱出《喝茶去》这样的腔调时，《两天》中的狂暴已经消失，却也让人由衷体会出由内而外漫溢出的巨大力量，一比中国武术中的推手与南拳之别，一静一动，而东方文化中以静制动的招数更符合审美情趣以及几千年的尘埃落定。

许巍不是一个例外，就像舞台下成千上万人的挥手致意不是例外一样，我们都被时代的转折和改革开放搞得索然无味了，才想起琴棋书画，想起我们的黄皮肤，可能世界上没有哪个国家像中国人一样漠视祖宗，所以韩国人说孔子、中医、汉字都是他们的，所以五四新文化这场欺师灭祖的活动在如今看起来罪孽深重了！还好70年代的文化人表述了这种担忧，当然，很多更有文化的人说歌手不算文化人，但用指头数数，现在的所谓时代高级知识分子，哪个不是听着港台流行歌长大的，而往往水井处皆歌的流行乐最是能反映风向的先锋。许巍之所以能有共鸣，与这个时代的浮躁与黑白不分有着直接的联系，社会在经济大潮的指引下奔跑，疲惫的人们需要古人安然的精神世界来安抚空洞与不再美好的生活中失落的灵魂。无论如何，在崔健喊出第一声压抑之后，战斗就不曾停止，甚至现在在回归山水都变成一种奢侈与抗争的时候，我们又何止一个许巍来填补焦虑。

许巍的变化本身就是一次印证时间之旅，在大多数摇滚人都放弃了呐喊之时，他想办法抽丝剥茧地让传统文化的精华符合现代的语境。可惜的是大多数摇滚歌手文化素养都不高，乃至想到了却无法用文字表述，还好有许巍这样的探路者，尽管我们也会指出其文字的不足，但其境界的张力却是不可忽视的成就。而他一路的改变也像是一块活化石，印证着中国摇滚的尖锐与宽容。或许西安这座城市给了摇滚一次向文化致敬的机会，我们在许巍的作品里不难窥视出唐宋文化对其的左右，一种固有的原乡情结与诗词意境和文人的无端愁绪也许就是他们对这个世界的不屑与进言。

长大的孩子已经不能在咆哮中改变历史，他们也懂了，改变自己其实就是改变历史。很显然，许巍先改变了自己，再影响了一批人，这些人再去影响他们的周边、他们的孩子。这样的循环，是可以让人看到希望的，至少是不曾放弃的希望。明天的歌谣一定不是周杰伦哼哼唧唧的《双截棍》，不是香港歌手无病呻吟的什么“几个情人”。就像佛法一样，现在也是歌坛的末法时代，泥沙俱下，年轻人的荷尔蒙发泄着没有价值的青春。在这山重水复的困境里，我希望是坐看云起的一拨人，希望尘世的浊不会淹没寂静之声，就像许巍在《旅行》中唱道：阵阵晚风吹动着松涛，吹响这风铃声如天籁，站在这城市的寂静处，让一切喧嚣走远……我们这些现实的孩子，不能遁入世外的孩子，听下清净自己心灵的歌声，就像小时候爸爸牵着你的手，那时候空气清新，绿树起伏，不闻汽车轰鸣、人声鼎沸，只有一些让人安逸的心跳，和一条仿佛永远走不完的小路！

其实我们一直没有改变，在许巍的歌声里，我们倒回了时间，也倒回了世间万物的本真！

夏韶声

本姓吴，舒雅颂（歌手）带他找相士改名为夏韶声，日本乐手竹田和夫则为他取英文名为Danny Summer。他是香港20世纪七八十年代活跃的摇滚歌手，曾组乐队Visa Band，被称为“香港摇滚教父”，张国荣亦尊称他为老大哥。他最为人熟知的歌曲有《童年时》《交叉点》《空凳》等。

★香港摇滚教父

夏韶声：摇滚乐才是世界主流

有时表象和本质的差距会远远大于我们的认识。1998年以来推出《谙》系列的三张碟，粤语经典曲目加上他沙哑低沉的醇厚嗓音，夏韶声颇受一批大众粉丝的欢迎，有人由此便认定他是发烧碟、爵士的代名词。也有人因为看了他在陈小春版《鹿鼎记》里出演的陈近南，看了他在甄子丹的《杀破狼》中演的督察，就“发现”了这个不错的熟脸配角。直到某天后生们惊觉他原来曾被称为香港摇滚教父，20世纪70年代就是香港乐队的代表人物，80年代已经在日本巡演，后来的巨星张国荣都要尊他为大哥……如今，1969年就出道的夏韶声，心声平静又沧桑：“这么多年来，能坚持走到今天很难，但是找到自己的路就不难。我现在找到了自己的路，但找到自己更难。现在我只是找到了一半的自己。”

出道好玩、发片不易

“以前的乐队是揾食的，如果你弹得不好，人家也炒你鱿鱼了”

夏韶声10多岁开始弹吉他，还未入行时曾在牛奶公司、搬运公司工作，后来到制衣厂谋生。有一次厂里开party，请来梅艳芳和张德兰唱歌，对音乐颇有兴趣的夏韶声被同事叫去弹吉他伴奏。一发不可收拾之后，他干脆到歌舞厅边弹边学，借着帮当时已经成名的乐队买外卖、倒垃圾而从旁偷师，有一次更见到童年偶像泰迪·罗宾，让他开心不已。回首当年，湾仔一带的酒吧是他音乐生涯的重要起点，在这个被他喻为少林寺“木人巷”般的地方，他练就了日后闯天下的好功底。然而从出道到发片，他等了10年，从玩摇滚到真正做出纯粹摇滚碟，他等了40年，个中百般感慨只有他自己最清楚。

南都娱乐：从什么时候开始你就立志要做音乐？

夏韶声：记得那时是20世纪60年代，我读五年级的时候，有一天我在佐敦道，经过一个夜总会的楼下，我看到泰迪·罗宾的照片，那时候他们（乐队“Teddy Robin and the Playboys”）已经很红了，我说我长大了要像他们一样！他现在已经不玩乐队了，在另一个领域（电影）做得很好，他和许冠杰都是我的前辈。

南都娱乐：出道的时候难吗？那个年代的歌手都得经过乐队和驻唱生涯吧？

夏韶声：我在1969年10月开始出道，70年代的时候我们在湾仔……首先你一定要知道，在香港的音乐历史里，湾仔是我们（band界）的少林寺“木人巷”。从湾仔出来的人，不一定就非常厉害，但是他们会懂得很多歌。那个年代我们玩的歌，不是收音机播出来的，而是美国大兵带来的Rock&Roll、Blues。小时候我们其实都太不懂，但要弹给美国大兵听。今天夏韶声玩这一类音乐，是因为我过去出身就是要做这种类型音乐。当年面对美国的大兵，不能弹得不好，不然他们会喝倒彩。今时今日，当年的很多酒吧还存在。那个时候我们在湾仔做，是很开心的，而且当时我很小，也还没结婚。通常一天走完这一间，就这样背着吉他到另外一间弹，这种工作每天都有，今天的乐队是不会像我们这样每天都弹的，所以如果我们弹得好的话，是应该的。如果他们说，现在的乐队是不是够，可能是因为他们不是天天都面对人，缺乏一点实战经验。这个年代是更明星一点，以前的乐队是揾食的，如果你弹得不好，人家就炒你鱿鱼了，没得揾食啦，哈哈。

南都娱乐：世事有时很吊诡，你出身于湾仔“木人巷”，但进入娱乐圈，却是因为有一年在九龙酒店表演时，被当时TVB监制刘韵芝看中而上了《欢乐今宵》。

夏韶声：上《欢乐今宵》这个电视节目是1975年，后来我在上面待了4年。当时做完节目第二天上街，别人说这个人昨晚上了电视喔……但又有什么好说的呢，我始终未曾有自己的唱片，直至1979年我才出第一张广东话唱片《童年时》。

南都娱乐：到1982年的时候，你加入甄妮的金音符公司，不少人很奇怪你们怎么会有关联？

夏韶声：那个时候她已经是天王巨星了，但其实我和她不是很熟的，我和傅声（邵氏影星、甄妮丈夫）、（张）振声他们几个兄弟比较熟一点，因为我在某家酒店驻唱的时候，他们每晚都来的。有一晚，他们带着甄妮来听我们乐队唱歌，后来甄妮就签了我，还出了一张唱片（《烦恼丝》）。

南都娱乐：1998年来推出的《语》系列很受大众市场欢迎，回头多年来最得你心意的专辑是哪几张？

夏韶声：最得我的心的……我只能说歌曲吧，因为唱片方面，我是接近80年代初才开始出唱片，虽然是自己做监制，但也要公司在后面看着，所以不是整张唱片都那么纯粹。而至于歌方面，比如《交叉点》就真的是我转折点的歌，是常青的歌。（还有像《童年时》《交叉点》《空凳》这些粤语经典？）我每次演唱会都要唱这些“首本名曲”的。但我一直唱到今时今日，只有去年7月出的《Power》才真是我自己彻头彻尾亲手做完的，纯粹是一张摇滚的唱片。

南都娱乐：那张专辑里，有看起来比较有歌颂性的《大国崛起》，但1988年你也有一首歌《说不出的未来》，这种心态的变化轨迹也反映在音乐上了？

夏韶声：歌有这个好处，你在不同的年代唱不同的东西，是永远可以一直唱下去的。记得那时候还未到1997年，我和普通人一样都不知道1997年后会怎样，我们这类人（摇滚歌手）心里的疑问，要问的东西都会在歌里唱出来，当年的《说不出的未来》是很适合那时候人的心态的。过了这么多年，看到1997年之后的转变，现在的心态又和那时候有些不同了。从20世纪80年代到现在21世纪，我看到的中国，已经跟我80年代看到的是完全两回事，2007年我去做全中国乐队比赛评委的时候，看到音乐上有些东西很厉害，甚至比香港更好。而且我住在美国就知道了，当你的国家强大时，中国人在外国的地位才会强，这是我这么多年看到的转变。

经历最好的玩band时代

“香港最多乐队的时代，是20世纪60年代到70年代末”

夏韶声自称是百搭的乐队成员，他不仅在乐队里的任何位置都待过，而且和香港同时代最好的乐手都合作过。从他组建的乐队

Visa Band走出来的乐手，日后都成了知名音乐人。但他并没有某些出色乐手的恶习：不尊重观众、不守时、故步自封。相反，早在80年代初他就跟从竹田和夫到日本巡演，冲出香港去看外面的世界，获取了更国际更专业的音乐经验。虽然在大众意义上从未大红大紫，但他已经历过最好的音乐时代。

南都娱乐：1982年你为何会加入日本乐队Creation？

夏韶声：因为在1980年，我有过一个乐队叫Visa Band，可能我们都玩得不错，有点名气，从我的乐队里出来的人都是最厉害的。那时候我在杂志上认识了日本的音乐人，所以筹备了Creation在香港的第一次演唱会。后来竹田和夫也带我去了日本，最开始我们是在日本的大学里弹而已，后来慢慢地，我再去第二次第三次就加入了他们的乐队，成为嘉宾乐手。在整个日本，除了北海道没有去过，各个地方我们都弹过了。所以当时我有很多机会去接触很厉害的人。如今在香港除了包以正，还有哪一个香港乐手曾经到外面和外国人组乐队的，我就不太清楚了。

南都娱乐：你组建的Visa Band，几代成员后来也成了音乐界的高人。

夏韶声：在我玩乐队的年代，从Visa Band在1981年开始，在后面这三年里面，每一个进入过我乐队的乐手，他们都是香港最厉害的人（单立文现在是香港ABRON音乐学院低音吉他部总监，也是著名演员）。在我的乐队里，还有分散出来做自己乐队的，例如民间传奇、Blue Jeans。

南都娱乐：此前的演唱会请来一批前辈、晚辈、同辈，也是有意将香港的摇滚乐传统再梳理一次？

夏韶声：其实香港还有很多乐队，那是象征性地将我的前辈、同辈、后辈有代表性地浓缩展现。我的同辈包括有玉石乐队的大AL、太极乐队，当然还有很多人。香港最多乐队的时代，是20世纪60年代到70年代末，80年代中后期就开始慢慢没了。而LMF则是我的后辈，我觉得他们在80年代中的香港是有代表性的，有很多不同的Rap bands，但是他们的影响很大。此外他们还是我的“模型朋友”，我们都是砌坦克模型认识的。

南都娱乐：见到当年一起玩乐队的老友，最大感慨是什么？

夏韶声：我们香港有一批歌手原来是“band仔”出身，包括一些大家都认识的人，例如许冠杰、谭咏麟等等，但是要吹哨子叫大家出来，好像很久都没有人做这件事了。2010年年初二，陈友（温拿五虎之一）打电话给我，问我们在湾仔出身那班“band仔”可不可以出来聚会呢？我就去参加了聚会，但真的很感慨，我们那班人有的人真的老了，你都不认得他是谁了，有的又不在了，但大家再见面时还是很开心。

南都娱乐：你感觉过去的乐队和现在有何不同？

夏韶声：有一个很明显的不同，是我们过去是不染头发的，你是黑色头发就是黑色，但现在的小朋友会染成其他颜色，会穿得很漂亮……我觉得这是对的，因为包装首先吸引了眼球，然后才会听内容。但内容其实大家都是差不多的，首先不说歌词，在音乐上大家玩的是同一种东西，吉他始终是6条弦的，每个人都是拿着这6条弦，在摇滚的基础上玩自己心目中的东西。至于他们这样好不好呢，如果这个问题在60年代问，答案也是一样的：时间会告诉大家究竟他们会好不好。我们的前辈、同辈到今时今日仍然有人认识，证明他们是好的。如果我们的乐队也是好的，将来我们作古了的时候，它们依然会存在。

40年摇滚乐与怒
“不一定是摇滚才有一团火，音乐本身已经有火”

现在有人认识夏韶声是因为《谙》系列的发烧碟，有人认识他是因为在TVB的电视剧他混过熟脸，但也许他自己最想说的是：其实我是一个摇滚歌手。2010年5月他在香港开演唱会，唱很吵的摇滚时，台下大多比较安静。唱那几首粤语经典时，台下总是情绪满满。于是他不得不说，这些歌我是一定要唱的，因为很多人都是通过它们才知道我。摇滚在香港毕竟是小众，可以说非主流。其实他也做过很“主流”的事情，为了生计给TVB拍了7年零8个月的剧集，直到2000年重返乐坛，在红馆开了两场演唱会，又演了60场舞台剧《丽花皇宫》，一演两年，终于重新成为一个歌手。至此，男人五十的他血仍未冷，心头还热。

南都娱乐：有人形容摇滚是有火的，你怎么保持这把火？

夏韶声：我倒是觉得没有，我也翻唱过情歌，比如阿伦（谭咏麟）的《幻影》，就算这么抒情的歌，它里面也有火的。所以“火”这个字眼，不一定是摇滚乐才有的，可能摇滚是批判性、社会性的歌，所以才会觉得它有一团批判的火在。但对我们这些玩这类音乐的人来说，有时我们也会流眼泪，比如说表面上可能很坚强，一言不合可能就一拳打在你的脸上，但有时可能我们也会被人打的。我的意思是，不一定是摇滚才有一团火，音乐本身已经有一团火在，只要那种音乐是有内涵的，听起来是能感动你的，无论那团火是红色还是蓝色，都是好的。

南都娱乐：印象中，玩摇滚的人好像都必须是愤怒的，但你现在看起来如此平和。

夏韶声：或者我以前也曾经愤怒过吧。在外国就不一定要愤怒的，因为他们有这样的市场，有人去看去听。但在香港的愤怒，因为过去玩摇滚乐的人给人感觉很“地下”，他们比很多独立歌手辛苦很多，他们玩的是乐队，收入远远不如独立歌手。而另一方面的愤怒，是由于独立歌手大致上都不会唱社会问题的歌，那是不是留给玩乐队的人唱呢？也未必是。但玩摇滚乐这帮人遇到不公平的事情时，会更多留意，也更多地唱这方面的歌。无论怎样，摇滚乐其实才是主流，但在香港整天都说摇滚乐不是主流，因为香港始终是偶像是主流的地方，从1983年开始到现在都是。但从整个世界来说，那些不是主流，而是分支，摇滚乐才是主流。但有时讲这些东西会很矛盾，永远都是在香港问，说我们不是玩主流的，其实我们才是主流，他们并不是！

南都娱乐：就是黄家驹所说的“香港没有乐坛，只有娱乐圈”？

夏韶声：其实香港还是有乐坛的，但却不是给我们玩的，是给偶像派玩的，乐坛更多地论包装，而不是论音乐。如果真的说没有乐坛的话，我们也不会存在了。不过，有一样东西可能真是快要完全消失了，就是整个唱片业。这是一个很悲痛的事情，不仅在香港，这件事在全世界都在发生。在外国下载也是要付费的，而在我们这边，越来越少人买碟，玩音乐的人就生存不了了，这是全世界的衰退。

南都娱乐：一直以来，都有人说你是香港摇滚教父，你怎么看？

夏韶声：谁给我起这个名字我都不是太记得了，我知道邓英敏（香港金牌司仪）是有份的。在80年代，大概在1985、1986年，商台搞了一个新音乐联盟，他们叫我去做顾问，可能“摇滚之父”

这个名字就是这样慢慢而来的。我是很早就玩摇滚乐，但怎样都好，这个名字都是别人改的。听说有一个说法，在台湾（摇滚教父）是伍佰，内地是崔健，香港是我。我们三人没有试过同台，但我比较幸运，在1983年的东京摇滚音乐节，我曾跟日本的摇滚之父内田裕也同场。

南都娱乐：在香港的摇滚乐界，至少在时间上你是走得很前的一个了。

夏韶声：其实我们做了很多第一的了，我1982年已经做Reggae（雷鬼音乐），1979年已经做摇滚，不会想是走前还是走后，反正懂得就去做，后面受到影响再去做的就是后来者。是不是我们最厉害，才能够走在前面呢？其实不是，有些人根本出不了唱片，有些更厉害的人你们都没法认识。谁才是最早玩摇滚的呢？我可以告诉大家，不是夏韶声，玩中文摇滚最早的应该是泰迪·罗宾，是许冠杰。但是后者从来都没讲给别人听，他玩的是什么音乐，他唱的是比较通俗的东西，只是改了歌词然后放在摇滚上。他们根本不需要讲什么，但到后来偶像派出现，已经没机会让他们去讲，最糟是我却捡到一个机会，到偶像派盛行的时候让我去讲。我只是其中的佼佼者而已，我不是一个走在第一的人。

南都娱乐：20世纪90年代后你拍过电视、电影，很多普通观众也是因为那些作品才认识你，你当时也有生存的压力，而现在看来算不算妥协？

夏韶声：不会，这不算是妥协。有很多人都是唱着唱着就跑去拍戏，我也是其中一个，只不过很多人很不幸运地，或者说很幸运地，去拍戏了之后就永远没法回来再做一个歌手。我拍了7年8个月电视剧，还能跑回来做回我自己，还能找到自己的位置，继续出唱片，真的比较幸运。但我也喜欢拍戏，TVB的《开心华之里》我就很喜欢，那个剧集拍了一年多，很开心。而我最近一次拍戏，已经是几年前和甄子丹拍《杀破狼》，有机会和这样厉害的人一起拍戏也有不同感受，而他们都很尊重我，尊重我是一个歌手。当我再做回歌手的时候，也有这么多圈内人尊敬，其实我觉得我在香港是最幸运的一个了。

【记者手记】

2010年4月初的一个傍晚，香港九龙湾。在国际展贸中心的排练室外，夏韶声一根接着一根地抽烟。回首往事，原以为他理应很愤怒，但他却摆出一颗平常心：作为入行40年的“老人家”，说起后辈也没有厚古薄今的意思，甚至觉得包装也是必要手段，回首自己的影视剧生涯再没有苦涩之意……他看起来如此热情随和，其实却有很多坚持，说起偶像派对乐坛的冲击，摇滚的主流与非主流地位，都是毫不含糊。至于谁是香港摇滚乐第一人，他却不太在乎，说自己的“被冠名”只是碰到了时机。我跟他握手告别，他的大手温厚一如其人，脸上笑意的真诚，更是让人动容。

一个月后，他在红馆举行“Danny Summer & Friends Band Evolution Live”演唱会，去听现场的，大多是30到50岁的“中年人”，还不乏下班相约同来的一帮朋友或同事。显然，他的歌是某一群人的青春记忆。散场后，有人说还是上次那场好，这次太劲爆了。其实早在演唱会开场两首歌后，夏韶声就说，可能大家会觉得有点吵，但这次是band resolution！他请来老中青几代乐队朋友，泰迪·罗宾又带来80后乐手，总希望薪火相传，就是所谓“Rock&Roll never die”吧。这也是那一代音乐人的青春、生命所在。正如他说的，玩他们“这种”音乐的，开演唱会是很难的事，但，终究是能够开的，但，要等很久。——历经几十年岁月磨砺，娱乐熙熙攘攘，音乐有谁共鸣，好在心中那团“火”仍在，或许变得温柔，却灼热未改。这，不也是上天对真心坚持的一种眷顾么？

（采写／叶晓萍）

印象：50年不变的“不稳定”

文／邱大立

在弹丸之都，这是一个悲壮的理想主义者。夏韶声，香港摇滚教父，一直是香港歌迷心底的一个疙瘩，对几代乐迷来说，他们一次次试图用幻灭的时代口味去磨蚀他、漠视他。但他们越是磨蚀，越是漠视，夏韶声的歌声却越是冷静，越是立体。他知道自己的创造性和娱乐性始终不能成正比，但他始终不能说服自己：如何与时俱进？如何让自己不后怕？

在20世纪60年代末，在全球摇滚乐的第一轮浪潮中，少年时代的夏韶声就响应号召开始组摇滚乐队，企图实现一个梦：让香港歌迷的审美趣味得到一个新的提升。70年代末，香港开始流行中文歌时，夏韶声已经实现了从翻唱西方流行曲的歌星到一个创作型的全面音乐人的蜕变，并开始出版专辑。这奠定了他在香港音乐人中辈分最高的地位。但纵贯半世纪，夏韶声在香港始终只是一种优质音乐的象征，他没有得到乐坛相应的承认，也没有相似的后辈接过他的火种。

这孤绝的火种，他至今仍然自己扛着。

夏韶声的音乐类型属于成人音乐，他不屑于挖掘怀春男女的微情小事，他在最初就把自己的视野扩展为一个危在旦夕的地球人。由于音乐过度西化，香港人对夏韶声的认知性从头至尾都无法达到一种真实的平衡。从硬摇滚、布鲁斯到民谣、知性摇摆、爵士乐，总是“隔靴搔痒”地撩拨着香港人的大都市文化自豪感。而在内里，他的创作题材始终紧扣现实，这在一味追求浮华的香港都市，是相当“不知趣”、“不稳定”的。

这种“不知趣”、“不稳定”，竟然50年不变。

对每一个普通人来说，未来的“不明朗”和此刻的“不稳定”，导致了精神双重的“不和谐”。而正是对“不明真相”的一次次追问，才实现了《记取这一天》和《前程是我定》的双赢。他针砭现实地唱出《空凳》《交叉点》《不顾一切警告》《永不放弃》《说不出的未来》《你唤醒我的灵魂》《妈妈我没有做错》《出走》《你漂亮的固执》等良知作品，不惧体制打压。这之后他继续用《酸雨》《救救这地球》《长街故事》《火种》表达他的生存主张。在现实当头的香港，夏韶声不属于流行音乐，他是边缘者。香港人更愿意把他当作是乐坛的良心来仰望。

的确，喜欢夏韶声音乐的基本是35至60岁的人，他们理解夏韶声为什么如此发声。夏韶声的嗓音没有任何的浮华和添加剂，这种正统的唱腔甚至有些古板，这和他刚直的性情有关。在目前看来，这种唱腔更显非主流。正是这种率真，也让一群死心塌地的乐迷一路跟随。他重新发表了香港经典爵士老歌的系列作品《语》（1、2、3集，第三集重新演绎罗文、梅艳芳、张国荣、陈百强的代表作），在刘德华的唱片只能卖几百张的今天，夏韶声高品质的专辑一张依然保持数万张的销量，这体现了香港乐迷在走到另一个十字路口时的另一种选择。

同一首歌，的确可以有无数种理解方式和传达途径。它不应该是一锤定音的，它很可能就是“不稳定”的，一个歌手应该有责任与勇气把一首歌背后的不稳定还原出来。夏韶声曾经说，摇滚乐才是世界主流。这句话，在2009年的摇滚专辑《力量》里得以证明，很难想象主角已是一个半百人士。

夏韶声，唱出了自己的未来。

伍 佰

台湾歌手，本名吴俊霖，是华语区最知名的摇滚歌手、词曲创作人、音乐制作人，是1992年成军并活跃至今的摇滚乐团China Blue的主唱及吉他手，1990年出道。专辑《树枝孤鸟》曾获第十届金曲奖最佳演唱专辑奖，个人还以《双面人》专辑获得第十七届金曲奖之最佳台语男演唱人奖。除个人专辑之演唱、制作、词曲创作外，也为其他多位亚洲知名艺人制作唱片及创作词曲。

★台湾演唱会之王

伍佰：对我来讲台客就是有自己想法、有自己风格的人

伍佰凭着力道十足的唱腔、狂放不羁的表演方式、对音乐的热情与坚持，伍佰这个当年过得苦哈哈的穷小子，一步一步地成为台湾摇滚音乐界的传奇。特别是他特立独行的音乐风格，让台湾的本土文化在国际舞台上有了一丝呼吸和生存的土壤。用伍佰自己的话说是“以自己的音乐，成为这个时代的平民巨星”。

开创“KING OF LIVE”时代

“我是第一个在酒吧里唱自己写的国语歌的人”

伍佰的第一张专辑《爱上别人是快乐的事》虽然销量平平，但是凭借着在全台湾省pub走秀的方式，名声大噪。从北到南，从息壤、The Gate到Live Ago-Go。“伍佰&China Blue”，还有《只要为你活一天》《素兰小姐要出嫁》《少年吔，安啦！》等老歌，成为许多人的共同记忆——挤在小小的pub里面，敲着酒瓶，扯着喉咙，跟着台上大声唱和着，“安可”之声震耳欲聋。直到现在，很多喜爱音乐的台湾人仍旧念念不忘那些令人振奋的，属于打着“长

发、黑衣、摇滚乐和臭脾气”标签的伍佰的星期五之夜。在汹涌的人潮和疯狂的嘶吼中，台湾诞生了自己的“king of live”。

南都娱乐：伍佰这个艺名是源于“星期五、五百元、听伍佰”这句口号吧？

伍佰：读国小的时候，成绩不好。爷爷说如果我能每科考100分，就给我买脚踏车。一共是5科，每科100的话，就是500分。结果我真的考到了，五百这个名字就被大家传开了。后来在pub唱歌的时候，大家都习惯在星期五花500元看我的演出，所以有了这句口号。我在出《爱上别人是快乐的事》的时候，公司硬要把“伍佰”这个名字放上去，本来我是有点不爽啦，不过后来觉得也还不错，就一直用这个名字。

南都娱乐：你的音乐有受到大陆什么摇滚乐团的影响吗？

伍佰：1992年我到北京的时候，看到窦唯和张楚，他们对音乐的态度着实让我大吃一惊，我很欣赏他们的执著。

南都娱乐：20世纪90年代初，你点燃台湾pub的演唱风潮，据说当时火爆异常。

伍佰：从一个人听到20个人听，到100人，再到500人。那些来看我演出的人都拿着啤酒，我唱完下台，他们就在外面大力地用啤酒瓶敲桌子，不停地喊：“安可！安可！”后来观众越来越多的时候，没有办法再放桌子，就把桌子都拿走。他们就人挤人地站着，开始用啤酒瓶敲地。那几年全台湾多开了一千多间酒吧，很多以前没唱过酒吧的人都去酒吧唱，包括一些艺人。因为他们发现可以不用上电视，或者上通告，也能做音乐，唱自己的歌。

南都娱乐：是赶上了好时候？

伍佰：因为当时没有人在live house里面唱国语歌，全部都唱英文歌，我是第一个在酒吧里唱自己写的国语歌的人。因为我英文唱得不标准。但是你不唱英文歌没有工作，所以我就穿插着唱。后来我的国语歌大受欢迎，就索性全部唱国语歌了。

南都娱乐：你的长发、黑衣、戴墨镜的形象深入人心，从没想过改变吗？你是否觉得这些特质是摇滚乐的外在符号？

伍佰：其实我也剪过短发，也换过衣服，但是偏偏大家都没有看到。其实很多国外的乐团在演唱会的时候也喜欢这样装扮，但是大家都没有记住，就只记住了我，说明我这个人的气场很强。其实我喜欢穿黑衣的原因很简单，只是因为好看，在演出的时候能显得我更有力道，和摇滚没什么关系。

南都娱乐：“合久必分”这似乎已经成了很多当红乐队不可扭转的诅咒，那么“伍佰 & China Blue”是如何达到和谐共处的呢？

伍佰：其实我们早在十几年前就有约定。一些人不想演出太多，一些人却爱多开演唱会，我们约定当这些问题出现的时候，大家应该尽量去找到一个平衡点。还有我的乐团和别的乐团是不一样的，我的乐团叫“伍佰 & China Blue”，音乐是我做的，方向也是我定的，在音乐上是他们辅助我。我也很照顾他们，我们对彼此都很忠诚。

南都娱乐：你的音乐总在发泄着愤怒，而且当年玩摇滚的人多半都是愤青，你是吗？

伍佰：其实摇滚并没有你们觉得的那么了不起啦。不过仅仅只是一种音乐类型嘛，和爵士、电子一样。而且我们台湾理解的“愤青”和大陆理解的是不一样的，我不是愤青，应该说是文青吧。

从摇滚诗人到舞蹈家

“在台湾从3岁到70岁的人都爱我，因为我会跳花朵舞”

“台客”指的是土生土长的台湾本地人，身上具有明显台湾人的特质，也可以理解为台湾的“本土化”气息浓重的人。在台湾，他深受卡车司机、家庭主妇、农民、学生和小贩等各阶层歌迷的喜欢。伍佰的作品被人誉为具有本土草根性的混血摇滚，跳脱传统台语老歌里苦恋、喝酒、忍耐等多种悲情元素，是一个把传统与现代、城市与乡村、自然与狂野等矛盾元素融合得恰到好处的新新前卫的台客代表。有人称他为“台湾摇滚之王”、“pub之王”、“演唱会之王”。除了音乐以外，伍佰的浪漫主义情结植于骨髓深处，在他写的歌词里表现得淋漓尽致，所以“摇滚诗人”的美誉名副其实。不仅如此，除了玩摇滚，是诗人，也许他还应该算是“舞蹈家”——“搞怪舞蹈发明家”。虽然他自己坚决否认，并且对其创造的奇迹略显不屑。

南都娱乐：当初你怎么会想把一些台语老歌唱成摇滚乐的呢？

伍佰：其实当初做这个东西是有点被动的。我的第一首台语歌《楼仔厝》，也是在不情愿的情况下写下来的。结果发现反应还不错，演奏时的力道是国语歌所不具备的。但是因为我要去pub表演，自己又没那么多歌，却又要保证每天有新的东西可以唱，要让下面的观众可以有新鲜的感受。自己写歌进度总是太慢，有一个很简单的方法就是改编，改编英文歌没太多意思，所以我就改编台语老歌。把一些台语老歌，改编成live house可以唱的快歌、high歌。

南都娱乐：你是怎么为断裂的台语歌曲，寻找到这个新的衔接点呢？

伍佰：以前的台语歌很有趣、很深入，但不知什么原因没有接上来，我便开始想去填补这样的空白，所以就加了些复古的旋律。《空袭警报》、《树枝孤鸟》等专辑则属于比较现代的，而到了《双面人》，我觉得应该把台语歌不当成台语歌，它对外国人来讲应该是很有异国情调的，应该脱离它本来的所有包袱，所以我用舞曲，天马行空地去试，就是有点玩耍的性质。

南都娱乐：在改编的时候，你是如何在本土化和国际化之间找到平衡的？

伍佰：本土化和国际化都是我要的。我希望有台湾的感觉，所以我没有故意去改变我的唱腔；但我又希望在编曲等方面是跳脱这个地方的，比如《纯真年代》这首歌里那个很奇怪的间奏。我用我的方法去解读世界。

南都娱乐：从字面上理解，“台客”这个词有俗和土的意思，那你介意别人说你的音乐是台客摇滚吗？

伍佰：不介意，爱怎么说是别人的事情。就像有人说我是深台客，有人说我是浅台客，我自己都搞不清楚了。而且我也不觉得台客就一定是社会的底层，对我来讲台客就是有自己想法、有自己风格的人。其实有人这样说我，我接受，而且还蛮开心的。有点俗，有点美，有点土，有点贱，各种风格都能在我的作品中看到。跟着社会一起变化嘛。

南都娱乐：伍佰不仅仅只有摇滚，你的情歌很细腻、很动人，特别是歌词，是从创作之初就这么重视歌词的形式吗？

伍佰：本来我认为歌词不是很重要，因为刚开始听的音乐是西方的音乐，但是发现西方音乐的歌词就几句，然后solo一堆，所以认为歌词没那么重要了。后来才慢慢发现，这样想是不对的，我应该要把歌词写出来，写出歌曲背后的心情。不过这是个漫长的过程，是需要磨炼的，不是说写就会写的。

南都娱乐：还记得你的歌词什么时候被大家比喻成诗的吗？

伍佰：应该是在《爱情的尽头》那时吧，其实是那时有意识去做所谓像诗的歌词。

南都娱乐：那么你的代表作《挪威的森林》的浪漫风格是你故意为之的？

伍佰：那是有感而发。我很喜欢村上春树。读这本书的时候，并没有想到要写歌，只是单纯的阅读。当时刚好在写《爱的尽头》那张专辑，读完这本书，心里很感动，于是写了《挪威的森林》。这歌其实跟书没有什么关联，只是书的内容让我很感动，因而产生了一些联想。书中所描述的情景还一直停留在脑海里，于是写了出来。

南都娱乐：《挪威的森林》是有感而发，那么“花朵舞”呢？来自你的创意？

伍佰：其实是被迫的啦。当时为了拍MV，找了个舞蹈老师来编舞，他是跳嘻哈的，把整个编成了嘻哈舞。我说不对，不对，不应该跳这种东西（用手比画着）。所以我在他的基础上做了修改，就变成现在这个样子。全凭自己的感觉。

南都娱乐：听说“花朵舞”在台湾从3岁的小孩到70岁的老人都会跳，是吗？

伍佰：幼稚园、小学、县政府、大学，大家都会跳。熊猫送到台北市动物园的那一天，全台北市的人在动物园门口集体跳花朵舞迎接熊猫。去年日本的“摔跤天王”武藤敬司在台北的小巨蛋做了一个摔跤比赛，我们也去和他们一起表演。我们一边弹吉他、唱歌，他们一边打，最后的ending就是一起跳“花朵舞”。跨年晚会也是，台北跳，高雄跳，到处都在跳。

颠覆性的选择

“当初的莫文蔚没有选择，我写什么她唱什么”

多年来，伍佰几乎与刘德华、张学友、王菲、那英、周华健、莫文蔚、翁倩玉、刘若英、谭咏麟、谢霆锋、蔡依林等隐退的或是还在活跃着的“天王天后”们都合作过，与李宗盛、罗大佑并称“台湾创作三杰”，特别是2001年，他为莫文蔚打造的《一朵金花》在香港引起乐界的一片哗然，没有人会想到这位草根摇滚歌手竟然颠覆性地选择用极具实验性的电音风格来了个华丽转身。

南都娱乐：第一个唱你的作品的人是谁？

伍佰：好像叫廖俊吧，不太记得了，是好多年前的事情了。

南都娱乐：你给莫文蔚做的粤语电音专辑《一朵金花》完全颠覆了大家对你的印象。当初为什么要做一张电子乐风格的专辑呢？她有没有参与意见？

伍佰：我一直很喜欢电子乐啊，一开始听的都是那种东西。

但是没办法，我的乐队不能做啊。所以我找了个人，就是莫文蔚，在她的作品里面一次性地来实现。跟莫文蔚合作那次其实很刺激、很惊险，因为我把她原来的东西都破坏掉了，又重组。她在唱很多歌的时候都是跳着唱的，她从来没有这么兴奋过。她也很痛苦，从来没唱过这样的歌，要把她以前的方式都破坏掉——那是一个扭曲的、破坏又重生的电子舞曲。她完全没有选择，我做什么她唱什么。哈哈。

南都娱乐：你曾说给天王天后写歌很浪费时间，那是不是觉得他们都诠释不出你的作品真正想表达的东西呢？

伍佰：不是这个意思。给别人写歌确实占去了我的很多时间。但是从另一个角度来说，帮他们写的时候比较轻松，是比较商业性的行为。其实也是种休息，是逃避我这种不好相处的个性的一种方式，顺便训练自己写作的方法和能力。

南都娱乐：你说过你更乐意帮女歌手写歌，她们是如何触发你的灵感的？

伍佰：在给她们写的时候我有一种解脱感，我不需要太负责任地做我自己应该做的事情。我常会把她（女歌手）的照片放在桌上，然后就一直盯着她看，想象着如果我是她的话，我应该唱什么样的歌，去想我对她的感觉和她的想法。

【记者手记】

做了多年的音乐记者，专访伍佰还是第一次。功课做得很充足，提纲写得洋洋洒洒，很长。出人意料的是，经纪人删掉了许多在我看来理所应当可以给予回应的问题，诸如“你怎么看别人说你的摇滚商业味很足”、“介意别人说你很乡土吗？”、“有人说你是罗大佑的接班人”等，还强调不要问及李宗盛、罗大佑等人，也不会对近期超级火爆的组合“纵贯线”作出任何评论。只是不知道这是经纪人自作主张，还是伍佰自己的意思。有人说伍佰率性、坦白、傲气十足。傲气我倒是深有体会，至于率性和坦白，也许是能在谈笑风生中把自己包裹得严严实实的最佳面具吧。

（采写／宋寻）

印象：摇滚或者就是很多二百五

文／李文枫

1996年或者1997年，笔者在家看着足球，间或转台时看到伍佰的台语摇滚新歌《树枝孤鸟》MV。蓝色和白色的通道里面，一个颧骨很高的哥们拼命刷着吉他。电音味道和摇滚乐交织一起，更加有台湾本土文化气场。

伍佰的歌曲第一次听觉得咬字很奇怪，那是流行音乐的年代，《爱你一万年》远比伍佰以及China Blues有名得多。包括伍佰至今的艺术历程列表中，创作歌曲，大部分是为了给流行歌手们唱，这些人包括黄莺莺到莫文蔚——列举名字对伍佰的名声来说毫无意义。他的内核在他炎黄之心的布鲁斯吉他当中。

咬牙切齿，就是他唱歌的风格。或许不如国外诸如滚石乐队这样流氓且嚣张的乐队，更不会像金属乐团那样喧嚣而鼓动热血。伍佰的歌曲就是很多很期待摇滚乐的人在一起的嘶吼。

哪怕是为了生计或者为了获得更多出头的机会，伍佰写了诸多流行歌曲，制作了诸多流行唱片，自己唱歌也很小声小气地喊着，但他逃不脱骨子里面的倔强。为摇滚乐的倔强，也为始终坚持的音乐理想的。

1992年出道的伍佰，在流行音乐鼎盛的台湾，摇滚乐的中国蓝乐团虽然出了唱片，但并没有获得很好的反响，包括在大陆地区，布鲁斯痕迹更重的音乐对听众来说还是太新鲜了一些。

相反他咬牙切齿的凶狠情歌却引发了不少关注。台湾人似乎更喜欢浪荡派歌手，加上他的歌曲里面掺杂了更多闽南语系歌曲的韵味，歌曲的吸引力拥有俗气的本土化趋向，更有西方音乐伴奏的舒畅和大气。就时代来说，伍佰是开创台语摇滚乐的悍将。尽管他的上位经历了众多坎坷——深居幕后为人写歌，写了无数歌曲，才有了机会台前被唱片机制尝试。

说到伍佰的功绩，并不是在台语歌曲方面，而是摇滚乐的态度，还有创新精神，包括电子乐的运用。他是个不断在音乐道路上奔跑的顽童，顽劣不堪地歌唱，更无所不用其极地制造更多的歌曲。

他代表着流行乐坛的摇滚乐一线天。顽固的流行音乐流水线铁幕被撕开一道口子。大陆人民玩着黑豹唐朝，台湾人民鄙视了齐秦和虹乐队，歧视了刺客，还有红蚂蚁，还有伍佰和中国蓝，他却终于依靠贡献《爱你一万年》这样的口水歌曲，为自己挣扎出一条摇滚乐的羊肠小道。我们现在听着五月天或者信乐队，或者苏打绿的时候，还会去想摇滚乐和流行乐的区别吗?

昔年赵传用京剧唱的中国式摇滚迅速沉沦，然后我们迎来了伍佰，小学5科都考100的摇滚笨蛋。他分明就是两个二百五拼成的——一个是流行的二百五，一个是摇滚乐的二百五。